世界华文文学研究文库第 4 辑

世界华文文学研究文库编委会 编

一切都是缘于爱

汤淑敏选集

汤淑敏 著

Research Library of Global Chinese Literature

SPM
南方传媒

花城出版社

中国·广州

图书在版编目（CIP）数据

　　一切都是缘于爱 ：汤淑敏选集 / 汤淑敏著. －－ 广
州 ： 花城出版社，2023. 11
　　（世界华文文学研究文库. 第4辑）
　　ISBN 978-7-5360-9350-8

　　Ⅰ．①一… Ⅱ．①汤… Ⅲ．①华文文学－文学研究－
世界－文集 Ⅳ．①I106-53

中国版本图书馆CIP数据核字 (2022) 第058753号

出 版 人：张　懿
责任编辑：李　谓　李加联　杜小烨
责任校对：谢日新
技术编辑：林佳莹
装帧设计：林露茜

书　　名	一切都是缘于爱：汤淑敏选集	
	YIQIE DOUSHI YUANYU AI：TANG SHUMIN XUANJI	
出版发行	花城出版社	
	（广州市环市东路水荫路 11 号）	
经　　销	全国新华书店	
印　　刷	广州市岭美文化科技有限公司	
	（广州市荔湾区花地大道南海南工商贸易区 A 幢）	
开　　本	880 毫米×1230 毫米　32 开	
印　　张	7　2 插页	
字　　数	205,000 字	
版　　次	2023 年 11 月第 1 版　2023 年 11 月第 1 次印刷	
定　　价	68. 00 元	

如发现印装质量问题，请直接与印刷厂联系调换。
购书热线：020 - 37604658　37602954
花城出版社网站：http://www.fcph.com.cn

出版说明

　　有海水的地方就有华人，有华人的地方就有中华文化的流播，也就伴随有华文文学在世界各地绽放奇葩，并由此构成一道趋异与共生的独特风景线。当今世界，中华文化对全球的影响力不断扩大，无疑为我们寻找华文文学创作与研究的世界性坐标，提供了有利的条件和新的机遇。

　　改革开放三十多年来，中国大陆华文文学研究界的老中青学人，回应历经沧桑的世界华文文学创作，孜孜矻矻地进行了由浅入深、由少到多的观察与探悉，取得了相当丰硕的研究成果。为了汇集这一学科领域的创获，为了增进世界格局中中华文化和不同文化之间的交流与对话，为了加强以汉语为载体的华文文学在世界文坛的地位，也为了给予持续发展中的世界华文文学以学理与学术的有力支持，中国世界华文文学学会与花城出版社联手合作，决定编辑出版"世界华文文学研究文库"。

　　这套"文库"，计划用大约五年的时间出版约50种系列图书。

　　"文库"拟分为四个系列：自选集系列、编选集系列、优秀专著系列，博士论文系列。分辑出版，每辑推出 6 至 10 种。其中包括：自选集——当代著名学者选集，入选学者的代表作；编选集——已故学人的精选集，由编委会整理集纳其主要研究成果辑录成册；优秀专著——世界华文文学研究领域的最新学术专著，由编委会评选推出；博士论文——世界华文文学研究的博士论文，由编委会遴选胜出。

"世界华文文学研究文库"将以系统性、权威性的编选形式，成就华文文学研究领域的大典。其意义，一是展示中国世界华文文学研究的整体性学术成果；二是抢救已故学人的研究力作；三是弥补此一研究领域的空缺，以新视界做出新的开拓；四是凸显典藏性，有较高的历史价值与人文价值。

"文库"在编辑过程中，参考并选用了前贤及今人的不少研究成果，在此谨向众多方家深表谢忱。由于时间仓促，遗珠之憾和疏漏错差定然不免，尚祈广大读者多加赐教。

花城出版社

2012 年 10 月

自　序

　　时间过得很可怕，距离1982年我开始接触并研究世界华文文学已过去了三十多年，如今回过头来总结这一段历史，真叫人百感交集，思绪万千。

　　翻看几十年前自己写的东西，心情很复杂。不怕别人笑话，我觉得自己写得那么认真，充满真情，读着读着，我被自己感动了。敝帚自珍，不必自轻自贱。要永远对文学保持一颗虔诚的心。另一方面，我也十分清醒，由于主客观原因，自己努力不够，水平不高，成果太少。正当自己奋力前进时，与我相濡以沫的爱人突然病倒，迁延数年。他走了以后，我自己又连续因病住院，在南京、北京先后做了七次手术，治疗肾病。其间，又曾两次中风。每当我想起，那年我昏倒在大街上，醒来时，看到我周围一大群陌生的人，那温柔的笑脸，亲切的安慰，顿时使我安定下来。他们为我忙碌着，说120、110马上就到。我一个人都不认识，事后也无法向他们表示谢意，但在我心里永远珍藏着他们给予我的关爱。我感恩我赶上了一个好时代，我感恩所在的单位，我感恩我们世界华文文学学会，我感恩我的亲人与朋友。在我因病无法参加一些活动时，我仍承担并完成了本省的一些重点课题（瞿秋白研究）。

　　我感谢学会的创始人、学术前辈曾老总（曾敏之），我珍藏着他给我的一些信件和他赠送的作品，感恩他对我的鼓励和期望。每念及此，就十分激动。感谢乐黛云大姐，她曾对我的评论文章做了鞭辟入里的分析，她对我的关爱与指导，永远激励着我要做一个坚强的、有所作为的女性。

如今我已年届耄耋，剩下的时间不多了，但我感到这几年身体有所好转，头脑也很清楚，我还可以做一些事情，心中做好计划，事业就是生命，要有紧迫感，只争朝夕。

目　录

陈若曦研究

陈若曦和她的小说　3

一幅畸形社会的真实图画
　　——评陈若曦的新作《突围》　17

探索·痛苦·希望
　　——评陈若曦创作的三个阶段　26

这就是她
　　——评陈若曦的散文　38

谈吃穿与陈若曦风度　49

陈若曦与衣食住行
　　——旅行杂记　54

《失恋者》从小说到电影　67

不该遗忘的悲剧
　　——读《尹县长》　72

论陈若曦、琼瑶、三毛与中国文化　79

真善美的激情颂歌
　　——评介陈若曦的《纸婚》　92

海外撷英

爱人吧， 伸出你援助的手
    ——读《温柔的夜》　101

用生命书写的
    ——张拓芜和他的散文　105

她为什么选择死?
    ——三毛自杀之谜　113

愿人世间有更多的爱
    ——谈席慕蓉的创作　128

戴小华的情结　139

他不会消逝
    ——悼何紫　148

寓教于乐　雅俗共赏
    ——关于《醉红尘》《今晨无泪》的对话　155

"梁凤仪现象" 断想　161

春蚕到死丝方尽
    ——电影《原乡人》观后　167

带着笑声的悲剧
    ——电影《老莫的第二个春天》观后　173

聂华苓创作中的女性形象　177

五四女性文学的奇葩
    ——论苏雪林《棘心》《绿天》的成就与不足　188

海外华文女作家与中华文化　196

汤淑敏学术年表　211

陈若曦研究

陈若曦和她的小说

一

国内读者比较熟悉的我国台湾作家是於梨华、聂华苓、白先勇，还有乡土作家黄春明、杨青矗等等，而陈若曦的名字则很少为人所知。其实，在所有的台湾作家中，和大陆人民关系最为密切的要算陈若曦。她虽然生在台湾，长在台湾，后又去美国留学，但她曾在"文化大革命"那艰难的岁月里，和祖国人民共同生活了七年之久哩。她对祖国人民的爱与憎、欢乐与痛苦、理想与情操，恐怕比其他任何台湾作家都了解、体味得更为真切。1973 年，她重又离开大陆后，写了一系列反映大陆人民生活的作品，在我国香港、台湾，以至美国引起了轰动，毁誉不一。台湾一些报刊、出版社也转载、出版了她的作品，评论文章连篇累牍，一时成了一股风潮。她的一些作品被翻译成英、法、日等几国文字，成了海外最畅销的作品之一。她的第一部短篇集《尹县长》英译本出版后，美国有二十多家报刊发表了评论①。在海外学术界颇有声望的美籍华裔学者夏志清认为陈写的《尹县长》《耿尔在北京》"应该是不朽的"，"仅凭《尹县长》里的六

_____

① 葛浩文《漫谈中国新文学》，香港文学研究社 1980 年出版。

篇，陈秀美（笔者注：陈若曦原名）在当今文学界已有其独特的地位"①，"《尹县长》英文本出版后，陈若曦已是举世瞩目的当代中国作家了"②。我认为，海外评议陈若曦的人很多，但真正了解她的并不多，对她和她的作品做出切合实际的、中肯的分析评论文章更是少见。

台港文学是我们伟大祖国文学不可分割的一部分，在海外文坛上活跃着一大批有影响的中国作家。近几年来，我们的一些文艺报刊和出版社开始注意发表和出版他们的作品，评论界也发表了一些评介文章，有的高校文科也开始增设"台港文学"这一门新课。但他们对陈若曦及其作品却没有给予应有的注意，也许由于她的作品呈现了某种复杂的现象，因而采取回避的态度。我认为这样是不解决问题的，回避并不能抹杀她的存在和她的作品已在海外产生的广泛影响。正确的态度应该是将陈若曦这样一位作家提到议事日程上来，给予必要的重视，并对其作品的思想与艺术加以审慎的研究，以弄清真相。基于上述的想法，我想先就陈若曦其人及其作品，做一些简单的介绍，提出一些初步的看法，由于资料和水平的限制，错误在所难免，希望得到有关方面和专家们指正。

二

陈若曦原名陈秀美，英文名字 Lucy。1938 年生，台湾省台北市人。出身于农家，祖父和父亲都是木匠。她依靠自己做家庭教师的收入，维持在大学读书的费用，1961 年毕业于台湾大学外文系。当代台湾著名作家白先勇、王文兴、欧阳子都与她是同班同学。她 1962年去美国，先后在麻省圣橡山女子学院（Mount Holyoke College）和约翰·霍普金斯大学（Johns Hopkins University）进修英国文学，获得

---

① 《陈若曦的小说》，见《陈若曦自选集》，台湾联经出版事业公司1976 年 5 月初版。

　　② 《陈若曦的第一篇小说》，见《新文学的传统》。

硕士学位。在约翰·霍普金斯大学进修时，她认识了段世尧，1964年与段结婚。段是学流体力学的，获博士学位。1966年"文化大革命"初期，她和丈夫一起回到了祖国，前后在国内生活了七年时间。

陈若曦是怎样回国的？在夏志清的《陈若曦的小说》一文里，有这样一段记述："去巴尔铁摩 Baltimore 后，她结识了一帮新朋友，她的未婚夫段世尧也在内，兴趣转向回归，要为祖国服务。段君学流体力学，他爱国出于真心，但太理想了，看到美国报章不断报道中共建国的成果，真动了心，要报效祖国。一九六四年结婚前后，秀美每次来纽约，总委托我借一大批中共书籍，带回去研读，我的劝告不生效力。青年人相恋，陶醉于一个看来非常高贵、牺牲小我的理想，这份信心是无法动摇的。但他们真想回国吃苦，同七十年代那些口讲'回归''认同'、人在美国过着资本主义社会生活的某些教授，情形是大不相同的。"这一段话，恰好说明了当年陈若曦夫妇是多么真诚地向往祖国，希望把他们的知识贡献给社会主义祖国。夏在同一篇文章中还谈到他和陈若曦 1966 年 5 月曾在纽约见面，下半年他去台湾时，去陈家看望陈的父母，陈的妹妹说已几个月没有收到姐姐的信了，家里非常着急。夏料定陈若曦夫妇一定是回大陆了。

是的，1966 年下半年，陈若曦和段世尧绕道欧洲，真的回来了，回到了她从未涉足过的自己祖国的土地，当时她是多么兴奋啊！然而，来得不是时候，那时正是"文化大革命"高潮，国内政治生活混乱，一切正常的秩序都颠倒了。他们因为等待分配工作，在北京住了两年招待所，亲眼见到了红卫兵造反的许多混乱情景，这使她思想开始有了变化。关于这段经历，夏志清的一段话可做参考："秀美同她丈夫刚去北京，充满着热情，但在红卫兵造反的世界里，她有一天见到彭德怀双手被反捆，头被按下，在长安街上游街，心灵震动，对中共的信心不免动摇。"[①] 1968 年 12 月，他们夫妇被分配到南京华东

---

① 《陈若曦的小说》，见《陈若曦自选集》，台湾联经出版事业公司1976 年 5 月初版。

水利学院教书，事实上无书可教，专业不对口，用非所学。在政治上备受歧视，就因为他们是从美国回来的留学生，比国内一般知识分子"臭老九"还要低一等。生活上也得不到应有的关怀和照顾。他们为祖国建设服务的美好理想遭受了严重挫折。1973 年 11 月，她终于怀着"沉重复杂的心情"①，举家离开大陆，又到异国他乡飘零去了。在香港居住一年后，1974 年 11 月全家迁居加拿大，并加入加拿大籍，1979 年获准侨居美国，任加利福尼亚大学柏克利分校中国问题研究中心研究员。

三

　　早在大学读书时代，陈若曦就已开始了小说创作，并和同班同学白先勇、王文兴、欧阳子等共同创办了《现代文学》杂志。因为他们都是台大外文系的学生，受欧美文学影响较深，在该杂志上系统地介绍欧美的文学作品和理论，同时自己也从事创作。后来他们这批人差不多又都去美国留学了。因此，他们被视为与台湾"乡土文学"不同的"学院派"。其实，陈若曦既是接受系统的欧美的高等教育，深受欧美文学熏陶，但是她又和从大陆迁台的第二代作家（如於梨华、白先勇等）有所不同。她是生在台湾，从小在台湾农村长大，与台湾的人民和土地有着天然的联系，这种多方面的生活和教育的影响，在她早期的小说中有着鲜明的反映。所以，她可以算作台湾文学"学院派"中又有着乡土味的作家。

　　她的第一篇小说叫《周末》，发表于夏济安主编的《文学杂志》上。但是有着"十分惊人"记忆力的陈若曦，却简直记不起曾经写过这篇东西。她在回答《联合报》记者采访的时候说，在她早期的作品中，最不喜欢的就是《周末》，因为她觉得"有点不知所云，简

---

　　① 《陈若曦的小说》，见《陈若曦自选集》，台湾联经出版事业公司 1976 年 5 月初版。

直不像是我写的"①。她早期的短篇小说，主要有：《钦之舅舅》《灰眼黑猫》《巴里的旅程》《收魂》《辛庄》《乔琪》《最后夜戏》《妇人桃花》《燃烧的夜》。这批作品自 1958 年至 1962 年先后发表在《文学杂志》《现代文学》《现代知识》上，1976 年收入《陈若曦自选集》。

在这些作品中，我觉得比较有意义的是《灰眼黑猫》《收魂》《辛庄》《最后夜戏》。作者将她的关注、同情和哀叹，都给予了生活在社会下层的被侮辱和被损害的人们，作者之所以采取这种立场是和她早年的生活分不开的。作者在自选集后记中说："我小时候生长在乡下，家里来往的亲友不是务工，便是务农，朴实无华。也许生活方式略有不同，但是他们对生活的追求，和生活的奋斗，照样地狂热炽烈，七情六欲的表达更加真实健康。"等到她办杂志以后，"这时，我下了决心，写作的目标便是刻画他们的生活"。于是，上面这些作品便是她这种决心的最初尝试。

《灰眼黑猫》和《收魂》是对封建迷信活动和传统的恶势力的血泪控诉。美丽、温柔的文姐，童年时代与伙伴们放风筝时无意中弄死了一只灰眼的黑色小猫，许多年后，她竟因为这件事被婆家认为是不祥之物，被逼疯、逼死了。作者在小说的结尾悲愤地呼吁："让年轻的远离那偏僻而窒人的乡村，让那年老的随着腐朽的旧制度——带着它所造成的罪恶——在地的一角沉沦下去吧！"在《收魂》中，阿萱已在医院的手术台上停止了呼吸，可悲的是他的父母还在家里忙着请道士为他收魂，他的父亲还微笑着说："道士说了，贵人出现东方，午夜便可安然无恙。……"作者用讽刺的手法加强了悲剧的效果。

《辛庄》和《最后夜戏》，写的是流动小贩和歌仔戏子为生活所迫，终日辛劳，不得过正常的家庭生活，以致沦入更加受欺凌受侮辱的境地。歌仔戏坤角金喜仔为流氓所惑，生下了阿宝，因为吸毒，嗓子越来越坏，老板随时都可能解雇她。像她这种人的下场，不是嫁作

---

① 《陈若曦的第一篇小说》，见《新文学的传统》。

商人妇，便是买几个养女，到头来开茶室、娼馆，可是，她才二十八岁呢！作者用写实的手法，将社会下层的一角展示在我们面前。

《钦之舅舅》和《巴里的旅程》是写得比较差的两篇，无论从思想内容或艺术技巧上，可以说，都是失败的。《钦之舅舅》是写一个性格孤僻、行为怪异的男人，"心电感应"地爱上了一位叫冷艳的姑娘，经常夜间独自在深山里散步，向月亮膜拜，最后他"心电感应"得知姑娘已死，他自己也就投水自杀了。人物形象苍白，语言夸张，全篇充满了神秘莫测的气氛。《巴里的旅程》则更像是基督圣经故事的图解，晦涩到使人不易读懂的程度。作者在自选集后记中说："那时候，我不但爱幻想，更因为受了欧美文学的熏陶，还不知不觉地模仿，《钦之舅舅》和后来办《现代文学》杂志发表的《巴里的旅程》便是这种产物。"她还说过，《钦之舅舅》是受了英国女作家窦莫利哀 Daphne du mourier 的影响①。

窦莫利哀比较著名的小说，如《蝴蝶梦》（Rebecca 吕蓓卡）是我国读者比较熟悉的。我们若把两者加以比较，就不难找出她早期创作的渊源。她接受西方文学的影响远远超过了祖国传统文学的影响（客观上是由于台湾和祖国大陆分离，国民党在台湾实行文化专制主义，对祖国优秀的传统文学，特别是五四以来优秀的现代文学实行封锁，禁止出版，使他们这一代作家反而接受西方文学的影响较多，这是他们与大陆迁台的老一辈作家不同的地方）。这种影响在《乔琪》和《燃烧的夜》里也明显地反映了出来。这两篇小说，没有多少情节，也看不见人物的行动，大部分篇幅都是人物心理活动的描写，也就是所谓意识流的手法吧。即使上面提到的基本上是写实手法的，如《灰眼黑猫》和《最后夜戏》，也仍然看到这种影响的存在，如《灰眼黑猫》中的象征手法和恐怖气氛的渲染，《最后夜戏》中金喜仔在台上表演时，大段的心理活动的描写等。

---

① 《陈若曦的小说》，见《陈若曦自选集》，台湾联经出版事业公司
1976 年 5 月初版。

总之，陈若曦的早期小说，呈现了比较复杂、矛盾的现象。在思想内容上，既有为社会下层人民悲苦生活的热情呼喊，对封建残余势力的愤怒抗议，但又似乎真的相信"心电感应"是所谓科学，人鬼可以相通，巫婆装神弄鬼可以治病（见《妇人桃花》），这也反映了作者世界观的矛盾。在表现手法上，既有质朴的写实的一面，也有未加分辨和融化的欧美文学的机械模仿，这有时在同篇作品中交叉出现。读了这些小说，使我感到，作者有一定的文学素养，但还处在比较幼稚的创作尝试阶段。

四

陈若曦离开大陆以后，1974年11月在香港《明报月刊》上发表了短篇小说《尹县长》，这是她搁笔十二年后的第一篇作品。

接着她又写了《耿尔在北京》《晶晶的生日》《值夜》《任秀兰》《查户口》，除《查户口》外，全都是刊登在《明报月刊》上的。1976年3月，以《尹县长》做书名，由台湾远景出版社出版，至1979年8月，已出版了二十一版。1976—1978年，在台湾《联合报》副刊和《时报》副刊上，先后发表了《老人》《尼克森的记者团》《丁云》《春迟》《地道》《十三号单元》《女友艾芬》等七个短篇，1978年4月，以《老人》做书名，由台湾联经出版事业公司结集出版。自1977年初，她的长篇小说《归》，在台湾《联合报》副刊和香港《明报月刊》同时连载，历时一年半。1978年8月，由台湾和香港分别出版了单行本。这样，加上1976年4月在《明报月刊》上发表的《大青鱼》（收进《陈若曦自选集》），差不多在四年的时间里，共发表了一部长篇、一个中篇（《耿尔在北京》）、十三个短篇，其他还有些散文、翻译等。作者在一边工作（初在香港教书，后到加拿大，在银行工作），一边写作的情况下，这个产量不可谓不丰了。

这一部长篇和十四个中、短篇，全部是反映大陆人民生活的。统观这些小说，主要有两个方面的主题，其中一个反复出现的，也是最主要的主题，就是归国留学生在"文革"中遭遇的种种不幸和苦闷，另一个主题，也是与前一个主题有关的，即是对"文革"时期社会各种弊端的揭露和批判。

这些小说中，一半以上（一部长篇，一部中篇，六个短篇）都出现了归国留学生的形象，无论是耿尔、文老师、柳向东，或是辛梅夫妇，他们大致都有着类似的经历和遭遇，思想上有着共同的苦闷。这就是他们在国外时，满腔热忱地向往回到祖国，要将自己所学的专长奉献给祖国的建设事业。为了实现这崇高的理想，他们不惜一切代价，刻苦攻读马列、毛主席的著作，抛弃了比较优裕的物质生活和良好的工作条件，想方设法，历尽辛苦，甚至冒着风险（所在国的阻挠，台湾当局的报复）回到祖国。谁知回来后，国内正在开展"文化大革命"，他们关于社会主义的美好理想与"十年动乱"的丑恶现实产生了极大的矛盾，专业根本用不上，老干部、知识分子都在受迫害，何况是归国留学生，政治上更遭歧视，是所谓"次等公民"，物质生活自不必说了。这样，他们在理想一再受挫以后，就十分灰心、消沉，有的甚至后悔，不该投奔祖国，想再度出去流浪。

例如《耿尔在北京》中的耿尔，已经四十九岁，回国也已十年了，本来"文革"前和工人小晴相恋，情投意合，已准备结婚，但运动开始了，因为他们成分的差异，恋爱告吹，后经人介绍，与小金相识，双方也都愿意，但因小金出身不好，丈夫是在运动中自杀的，对他们的结合，领导又不批准，致使他年近半百，仍然孑然一身。小说用许多生动的艺术画面，揭示出由于教条主义唯成分论的作梗，造成了耿尔的恋爱悲剧。

长篇小说《归》，则是以两对留学生回国后遭遇的种种不幸，尽情地抒发了他们在"文革"时期爱国无用、报国无门的苦闷心情。故事情节比较简单：在南京华东水利学院工作的英语教员、美国留学生、台湾同胞辛梅，想利用暑假去湖南长沙看望久别的丈夫陶新生，但军宣队某领导人却以维护她的安全等为借口，不予批准，实际上是对她信不过。后来她在院领导、某位老干部的支持下，获准去武汉看望刚从国外回来不久的好朋友方正、柳亚男夫妇，陶新生闻讯，也从长沙赶往武汉，夫妻才得以短暂团聚。这两对好朋友在重逢的时刻，交流了彼此的情况，相互倾诉了对自己所处地位的不满和不被信任、不被正确使用的苦闷心情。后来方正、柳亚男夫妇再度申请出国，陶新生却由于对国内形势的完全失望和个人理想的幻灭，制造了因公牺牲的假象（以免"畏罪自杀"连累妻儿），"巧妙"地自杀了。辛梅则陷于极度的彷徨和痛苦之中……

作者在序言中说，这部小说，"很大一部分是根据自己的亲身经历写成"，"原先曾想把书献给段世尧和郭子加伉俪，以纪念以前同甘共苦的一段岁月"。虽然作者又声明"主要是小说创作，并非自传"，但我相信，书中的主要情节是确曾发生过的事情，许多人物都可在生活中找到原型，有的连名字也没有改，有的只换成了谐音的字。主人公辛梅和秀美（作者名）读音近似，她们回国前后的经历也基本相同，因此，我认为这部小说也可以当作作者的一部分自传来读，是作者回归祖国前后心路历程的痛苦记录。

但它又确实"并非自传"，因为作者不仅虚构了一些情节（如结尾陶新生的死等），而且还进行了许多艺术的加工，使这部小说具有更普遍的意义。

书中主人公的经历是令人深思的。辛梅和陶新生为了避开台湾当局的耳目，悄悄回到祖国，几乎绕地球飞了一圈。方正和柳亚男为了申请回国的护照，在海外等待了五六年，从英国迁往法国，又从法国迁往瑞士，为了向我驻外使馆表示回归祖国的决心，干脆连工作也辞去了。柳亚男认为"天地间头一件大事就是做一个中国人，最怕孩子将来长大后不中不西"。她在国外老是和孩子的老师抢时间，孩子一放学回家，她就把"方块字立刻搬上来"。辛梅特地赶回国生孩子，是为了要把孩子生在祖国的土地上。回国以后，"文革"时期的许多社会现实使他们非常失望，他们所学的专业与分配的工作完全对不上号。方正是研究拓扑学的，被分配去教普通数学，陶新生是学地球流体力学的，专搞气象，却被分配去搞水利，辛梅是学西洋史的，只好去教 ABC。尽管这样，他们仍竭力克制自己，相信时间长了，慢慢就会适应新的生活。辛梅和陶新生回国六年了，他们在"青龙山里挖过煤，淮河岸边挑过土，在苏北胼手胝足地开荒建农场，同大家吃一样，穿一样，一心一意只想与国内的人认同，被接纳为八亿人口中的普通一分子。很多同学说她（笔者注：指辛梅）没有一点儿喝过洋水的味道，农民还夸赞她是农家的好女儿"。

所有这些都给她造成一种错觉：她被集体接受了。然而，一个长沙之行就粉碎了这个幻梦。放暑假了，别的师生再远的地方都可以去探视，辛梅辛辛苦苦一个人完成几个人的工作量，想利用假期去看望一下爱人都不批准，这不是政治上的不信任又是什么？"六年究竟还是短暂的，她对自己说，就怕今生永无认同的一天了！那样可真是终身孤立，哪怕将来老于此，死于此，却是永远孤立的。"她误把"四人帮"一伙当成了祖国和人民的代表，以致在内心发出痛苦的呼喊："你—们—应—该—相—信—我！"这一声呼喊是震撼人心的，这使我们又一次看到了极左路线在海外归来的知识分子的心灵上所造成的创伤！新生在美国被人认为是大左派，"为了卫护中国的声誉，几次与人舌战，创下通宵达旦仍辩论不休的纪录"。但是回国以后，遭遇的种种挫折使他的精神状态产生了很大的变化。他"不再雄辩滔滔，而变得逆来顺受"，"凡事只是听着，不顺耳的就皱起眉头，回家自己长吁短叹，因此眉头越锁越深"。即使在"大家谈笑热闹的时候，他会若有所思，眼睛一刹那出现空白的表情"。这两对知识分子都是在海外长大的，他们没有承受过新社会的阳光雨露，他们一踏上祖国的土地就是"四人帮"横行的动乱年代，那样混乱复杂的政治形势，他们哪里能辨别得清，他们误认为"四人帮"就是共产党，那样乱糟糟的、是非颠倒的现实就是社会主义的新社会。因此对社会主义的信念发生了动摇，柳亚男发出了"这个制度哪里不对劲"的感叹。他们对当时现实的种种不满，恰恰就是"四人帮"的倒行逆施。他们再度申请出国，应该说是"四人帮"的罪恶造成的。

《归》取材真实，风格清新隽永，看来似乎平淡无奇，作者是将巨大的思想内容寓于亲朋的聚会闲谈之中，表现手法十分自然、朴实。她在作品中所提出的问题，深深触动了海外知识分子的心。应该说，《归》是一部艺术上较好的有思想魅力的小说。

她的作品的第二个主题，可说是对"文革"时期各种社会弊端的揭露和批判。这批小说涉及的问题相当广泛，大到国家政治生活中的风云变幻，小到有的群众生活行为不轨，都有所反映。例如"四人帮"推行极左路线，搞个人迷信（《晶晶的生日》），天安门事件，革命干部受迫害（《老人》《任秀兰》《尹县长》），广大知识分子受迫害，被迫走"五七"道路（《值夜》），以阶级斗争为纲、唯成分论所造成的社会悲剧（《春迟》《地道》《十三号单元》），知识分子上山下乡、开后门、搞裙带风（《丁云》），崇洋媚外、弄虚作假、搞形式主义（《尼克森的记者团》《大青鱼》）等等。所以说，她的这些小说又可称为政治小说或社会问题小说。

《晶晶的生日》是写晶晶和幼儿园的小朋友一起玩耍，因为一句戏言，孩子们就被逼供、录音、装档案，还可能被打成现行反革命，家长们因此惊恐万分，坐立不安。晶晶的母亲因为是归国留学生，所谓政治情况复杂，就更多一层忧虑，以致造成早产。

在"四人帮"横行的严酷的日子里，他们利用革命领袖在群众中的崇高威望，动辄把人打成反革命。随便一件生活中的小事，稍不注意都可能被"上纲"到反党反对毛主席，那时真是整天胆战心惊，人人自危。1979 年得奖小说《记忆》，就是写一个女放映员，因无意误将毛主席的像放颠倒了，被打成现行反革命而含冤多年。《晶晶的生日》表现的是同样的主题。孩子们的天真无邪、文老师（晶晶妈妈）担心害怕的心理状态都刻画得十分逼真、细腻。

《尹县长》是写一个国民党起义人员尹飞龙，几十年来真诚地跟着共产党走，勤勤恳恳为人民做好事，可是政治地位每况愈下。"文化大革命"一来，被红卫兵造反，以"军阀、恶霸、反革命"的罪名不明不白地枪毙了，他临死仍在喊着"毛主席万岁"。这个悲剧反映了"文革"初期红卫兵草菅人命、以政治斗争为儿戏、践踏法制的混乱情况。

　　读完陈若曦的这十几篇小说，首先，我认为作者所写的这些东西，确实是在我们的生活中存在过的，部分地反映了那"十年内乱"时期的生活真实。尽管在她的作品中也有错误的观点和立场的差异，或某些写法不无偏颇之处，但并非出于作者对社会主义祖国的故意歪曲和恶毒攻击。将她的这些小说称作反共小说，把她说成是反共作家，那是不公正的。我认为，她的作品所反映的"文化大革命"，虽然还比较肤浅（这是由于她的生活经历所限制），但是对于我们认识那个特定的历史时期还是具有一定的价值。特别是在她的作品中所反映的归国留学生的遭遇和苦闷，这类的题材至今还很少有人涉及，更是有其独特的意义。她的这些作品，就其所反映的内容，与国内的伤痕文学有相通之处，只是它们发表得更早一些罢了。

　　在做这样一些基本估价的同时，我们不能不痛心地指出，陈若曦的这些作品在海外确曾产生过一些不好的影响，台湾的报刊一再转载，称她的小说是"一把血肉凝炼的匕首"，她的作品一再被台湾当局和一些右派政客利用来作为攻击中国共产党的宣传材料，这大概就是她的作品在中国台湾、美国等地一再翻印、成为畅销书的重要原因。例如《晶晶的生日》被译成英文后，出版社发行人出于政治宣传的目的，把书名恶意篡改了，虽然作者和译者原先并不同意，但后来还是让步了①。这些事实再一次提醒我们，一部作品一旦问世，它将不以作者本人的意志为转移而产生客观效果，作为一个严肃的有责任感的作家，为了国家和民族的利益，就必须慎之又慎地运用自己手中的笔。

　　还有值得一说的是，这些作品在艺术上还是有不少可取之处的。笔者不同意有的人出于另一种目的而把它们捧得过高，称之为"现代莫泊桑"，但是也不同意有的人认为它们一钱不值，没有什么艺术价值可言。作者的这一批作品与她早期的小说有明显的不同，她一反

――――――――――――

　　①　葛浩文《好一个"就事论事"——读〈尹县长〉书评有感》，见《漫谈中国新文学》。

过去追求欧化的作风，用异常朴素的写实手法，叙述一些看来似乎十分平淡的故事，然而就在这些朴素、平淡的故事中，显示了作者的艺术才华。作者在谈这种变化时说"年轻时最推崇写作技巧，现在但求言之有物，用朴实的文字叙述朴实的人物，为他们的遭遇和苦闷做些披露和抗议"①。作者的文笔自然流畅，有如行云流水，朴素无华，没有矫饰、雕琢的味道。但也有明显的不足，即这些作品大多只有事件的叙述和交代，不注意刻画人物，除少数几篇外，作品中的人物大多没有给人留下深刻的印象。有的小说，典型化程度不高，故事性不强，看来只是篇速写。《老人》集子中的几篇就比较弱，这大概正如作者在序言中所交代的："多是应付编辑索稿而写的。"

五

往者已矣，来者可追。"文化大革命"已经像噩梦一般地过去了。粉碎"四人帮"，特别是党的十一届三中全会以来，在中国的大地上已经发生了翻天覆地的变化，许多被颠倒的事情又颠倒了过来。陈若曦小说中反映的许多悲剧已经成为历史的陈迹。归国留学生不再是"次等公民"，而是受到党和政府的信任和重用。知识分子也不再是受歧视的"臭老九"，而是工人阶级队伍的一个组成部分，他们正在将自己的聪明才干贡献给祖国建设社会主义的伟大事业。前不久党召开了第十二次代表大会，提出了全面开创社会主义现代化建设的新局面，并且提出，争取实现包括台湾在内的祖国统一，是我国人民在八十年代的三大任务之一。

我们高兴地看到作为台湾籍的作家陈若曦，在美国出版的《远东时报》上发表文章，赞成叶剑英委员长提出的关于台湾回归祖国、实现和平统一的九条中的"三通"和各种交流的建议，她说："亲人

① 《〈陈若曦自选集〉后记》。

団聚一项已到了刻不容缓的地步。"① 我们衷心希望，当年以满腔热情投奔祖国的陈若曦，能再度燃起爱国主义的热情，为实现台湾回归祖国、海峡两岸亲人团聚贡献力量，写出更能体现民族利益和反映人民心声的作品来。

---

　　① 1982年9月30日《人民日报》第4版。

一幅畸形社会的真实图画

——评陈若曦的新作《突围》

　　这一天是美国加州某大学文学教授骆翔之的五十九岁生日，他的妻子林美月为他在家里宴请宾客，历史系的刘一良夫妇来了，本系的马明夫妇来了，还有美月的台湾同乡黄华。宴会进行到一半，活神仙伍昱在几个女孩子的簇拥下也来了，特别其中有一个骆翔之的心上人欣欣。

　　这是旅美台湾著名作家陈若曦新作《突围》① 的开头。这个开头所用的手法与茅盾《子夜》的开头很相似。《子夜》开头是利用吴老太爷的灵堂和来吊丧的宾客，将作品的主要人物和主要矛盾线索都牵了出来；《突围》则是通过为主人公骆翔之祝寿，将小说里的重要角色一个个都推到幕前来了。我们随着作家冷峻的现实主义笔触，看到了一群华人知识分子寄居美国的真实情况，并通过这一角窥见了，这个当今世界上最富庶的国家是怎样一个光怪陆离的社会。

　　堂堂高等学府的教授，顾名思义，他们的主要任务应该是传授知识、培养人才，可是他们却别有所长。请听听生日宴会上的话题吧：

　　"马教授，八月份股票暴涨，你赚了一大票呀！"

　　"马明，你还教书干吗？我早说你该辞掉教席，专门炒股票

---

① 中国友谊出版公司 1983 年 10 月出版。

去呀!"

宾客们七嘴八舌地去问他,马教授呢,满面谦虚的笑容,益发显出他内心的得意。马太太则比丈夫坦诚得多:"股票像赌博,也有输的时候哪!他可以当掉裤子,但老婆女儿还要吃饭呢!""教授薪水低,不过收入固定……唉,这像是鸡肋,食之无味,不过,弃之可惜……"

这位年龄不到五十的文学教授,股票生意越做越顺手,而且"还发现了打麻将的乐趣",可以打得昏天黑地,昼夜不分。

历史系教授刘一良,年纪不大,学问平平,却精于买房子,现在已成了学校里数一数二的房地产主了。他生活富有,赢得多少人啧啧称羡:"你现在离亿万富翁还差多少?我看你才应该辞掉教书的工作,专心搞房地产。搞出名来,是我们华人之光呀!""刘教授,给我们开个房地产速成班吧。"刘教授则乐于传授经验,"津津有味地分析目前房地产的行情,怎么挑选房子,如何杀价,有什么暗盘交易等等"。

作家的深刻之处在于,不仅仅只是描写了这样一些现象,她的笔还继续无情地伸入他们的家庭生活中去。如何对待婚姻和爱情,往往更能显示一个人的灵魂。《突围》以较多的篇幅描写了他们以及周围一些人的所谓私生活,这是陈若曦以前的作品中很少见到的。

主人公骆翔之似乎不像马明、刘一良那么庸俗,多少还有一点儿事业心,还在写中国近代文学史。虽然他这一辈子事业、婚姻皆不如意,但能在近花甲之年,被一个比他小三十岁的女孩子欣欣所爱,以致他认为今生可以死而无憾了。显然地,作家将她的主人公大大地美化了,将骆翔之和欣欣的爱情也大大地美化了。骆翔之是怎样对待婚姻和两性关系的呢?最初他草率地和美国女人海伦结了婚,五年后离异。后来他迷上了现在的妻子美月,而美月并不爱他,他又去和已故系主任、他恩师的遗孀,一个年龄比他大的犹太女人泰丽沙胡搞。当他的妻子逐渐对他产生感情的时候,他又对妻子极度冷淡下来,狂热地去追求欣欣，利用欣欣的幼稚无知，骗得欣欣对他献出了童贞。表面看来，他是一个爱情至上主义者，其实并不然，他不可能去实践对欣欣的任何一个允诺，却直接造成了妻子的一再出走，有病的女儿无人看管。从骆翔之的所作所为来看，他实际上是一个对待家庭不负责任，对待爱情极不忠实，见异思迁，不管别人痛苦，只以满足自己性欲为乐的极端自私自利的人。比起马明、刘一良来，他也没有什么清高之处，只是前者贪财，后者恋色。两者一样庸俗，一样卑下。

欣欣，这个杭州姑娘，初到美国时还比较单纯、朴实，甚至还带着几分土气。但是，仅仅一年多的时间，在她身上发生的变化是惊人的。她不顾骆翔之已是她父辈的年龄，也不考虑骆翔之早已有了妻儿，从中插进一脚，心甘情愿地以身相许。不仅如此，她还有一套谬论："相爱不必一定要结婚"，"婚姻与爱情不可得兼时，我保留了爱情，只有它是自由的。"她认为婚姻是枷锁，而爱情"像人生中一场偶然的遭遇，好说好散"。必须指出，她所谓的爱情是随意的婚外性爱，她所谓爱情的自由，是建立在美月和小琴痛苦基础上的自由，这是典型的资产阶级的损人哲学。作者在书中还为她遮掩，说什么她对美国的生活方式，特别是性解放等等不能适应，实际上，她在那种社会风气和骆翔之的毒害下，已经身体力行了。

这实在是遗憾的：作为全书主要线索的骆翔之与欣欣的婚外性爱，作者对此竟丝毫没有进行批判，而且是带着很大的同情甚至赞赏的态度来写的，书中许多地方对这种不正当的关系加以美化，说什么因为获得欣欣的爱情，使骆翔之又焕发了青春啦，拖了几年的文学史，现在又写得很顺手啦，等等。正因为此，这不能不大大削弱了这部作品的思想价值。

面临崩溃边缘的骆翔之与美月的家庭关系，是旅美华侨中的又一对"克雷默夫妇"，它使我们再一次看到了，西方社会的所谓性解放，是如何混乱不堪，它又造成了多少家庭悲剧！

再看看被许多人羡慕为美满婚姻的刘一良夫妇。其实是怎么一回事吧。他们之间从来没有爱情，刘一良生理有缺陷，妻子芳妮却认为

"有这样一个绝对忠实的丈夫，我起码不用操心他会走私"。丈夫的富裕经济，给她提供了经常到国外旅游和尽情玩乐的物质保证，以此换得了名义夫妻的地位，彼此满意，皆大欢喜。对于这种关系，芳妮的理论是："婚姻是一场交易"，"是一种条件结合"，"理想的婚姻应该是伙伴关系，与爱情风马牛不相及。"托尔斯泰老人说，所有幸福的家庭都是一样的，作者在这里为我们做了修正。

小说塑造最为成功的形象是次要人物泰丽沙。已经是秋风落叶的年龄，她还刻意修饰，浓妆艳抹。厚厚的脂粉将一脸的皱纹快要盖平了，红红的唇膏把嘴唇涂得发紫，还有那双眼睛用孔雀蓝浓浓地描了一大圈，活像猫头鹰的眼。她骨瘦如柴，可是热情似火，说起话来甜得发腻。把欣欣喊成"猩猩""甜心"，欣欣以帮她做些家务换得在她家里免费吃住。就是这个看来待欣欣十分亲切、有如慈母的泰丽沙，实际上是一个极其可怕的女人，堂堂的教授夫人竟然将街上的男人往家里带。特别是在欣欣苦闷的时候，竟用酒（可能含有药）把欣欣灌得醉死过去，对欣欣进行作践。读者读到这里时，不禁毛骨悚然，不寒而栗。看来被她作践的女孩子绝不止欣欣一个。只有荒谬的社会才会产生如此荒谬绝伦的事情。泰丽沙作为一个成功的可憎可怖的形象，是人们读后再也无法忘记的。

比欣欣遭遇更惨的是姚莉，她是和欣欣同机从大陆去美国自费读书的。她浅薄、爱虚荣，追求生活美国化，一心想在美国结婚，好取得在美国的永久居住权。结果她被美国的歹徒强奸了，并被击成重伤，身心遭到了严重的摧残。她躺在医院里的那副惨状，真使人不忍目睹。为了追求生活美国化，她付出了惨重的代价。这对将美国幻想成自由乐园的幼稚的年轻人，无疑是一服很好的清凉剂。当然，强奸凶杀这类案件，什么社会里都会有，关键是政府对它采取什么态度。作者告诉我们：强奸案已是美国生活的一部分，在旧金山要想破案几乎是不可能的。

《突围》在展现这些光怪陆离的生活画面的同时，还给我们展现了另一幅叫人哭笑不得、使人诧异、令人觉得可悲的画面。活神仙伍昱，已是五十出头的年纪，长得一头丰盛而乌黑发亮的头发，面孔红润光鲜，像是吃了长生果似的。他利用旅美华人空虚失落的心理特征，凭借他所掌握的一点儿普通的科学常识，进行迷信活动，他对自己搞迷信并不隐讳，而且公开承认，但那些善男信女仍然把他崇拜得五体投地。他经常替人排难解忧，兼看风水，既在高等学校开课，又四处登门说法。他不论走到哪里，都是前呼后拥，特别是华人妇女，发疯似的争相邀请，不仅请他算命，甚至连夫妻不和、久病不愈也求他解脱。他时而台湾，时而香港，成了当今世界上旅行最频繁的中国人。他在华人社会里越是具有吸引力就越是反映出他们可悲的精神状态。在八十年代初期的美国，一方面是科学技术高度发达，一方面是迷信成风，这正是病态社会的绝妙写照。

《突围》的艺术结构是相当精巧的，它是以骆翔之迷恋欣欣所引起的家庭矛盾为主线，穿插了刘一良、马明热衷于做投机生意，华人妇女迷信成风，欣欣、姚莉惨遭践踏，黄华投身于政治活动却生活潦倒等几组故事，展现了一幅美国八十年代初期病态社会和病态人生的生动图画。作品中的人物、事件和矛盾冲突都是高度生活化的，似乎是作者随手拈来的，非常自然、真实。

《突围》艺术构思的巧妙还在于，作家精心安排了一个小女孩。即骆翔之和美月的女儿小琴，她患了一种古怪的自闭症，把自己封闭在狭小的自我天地里，造成了智能的低下。这个人物是为和书中大多数人相映衬而设置的，书中那些所谓健康的人，实际上也患了自闭症，而且比小琴病得更深，他们都被封闭在一座围墙里，那上面写着四个大字："空虚、孤绝"。究其根源，因为他们远离祖国，飘零海外，身在异乡为异客，即使加入外国国籍，也无法改变自己的血统和肤色。长期生活在那种畸形社会里，纵然有什么抱负也很难施展。作者也没有回避，这些年来由于大陆进行反右、"文化大革命"等运动，在海外华人中产生了重大影响。骆翔之、马明在五十年代末和六十年代初，都曾经有过一番雄心壮志，想回祖国施展抱负，但是曾几何时，那点热情早已烟消云散，走上了逃避现实、醉生梦死的路。书中所反映的海外华人的这种状况，敦促中国共产党人应更快地建设好自己的国家，有个强大的祖国做他们的靠山，他们就可以减少一些孤寂感了。作者以"突围"二字作为书名，寓意是极为深刻的，这里寄托着作者对海外华人的深情和希望。

《突围》作为陈若曦在国内出版的第一本长篇小说，特别引起我们的重视。读了《突围》，我感到很高兴。我觉得，这部小说相较她过去的作品，无论在思想上或是艺术上都有了较大的突破。不足的是，作者仍和过去一样，常常过多地站出来讲话，叙述的语言多于具体的描绘，概念大于形象，以致主题有时过于显露。一部小说的主题应该是越隐蔽越好，要让形象本身讲话，给读者留有思考的余地，这样的作品读起来才经得起咀嚼。

陈若曦曾经是一位有争议的作家（这种认识上的分歧恐怕现在也难以完全消失），她以首先起来揭露大陆"文革"时期社会生活的阴暗面而震动了海内外文坛，这给作家带来了声誉，也带来了责难和各种各样的评议。世间的事物总是复杂纷纭的，特殊的经历，特殊的时期和特殊的环境，给作者蒙上了一层雾纱，以致在一段时间里她被许多人误解了，甚至有人将她比作是和於梨华相对立的反共作家，然而时间老人是最公正的，随着时光的流逝，一切的人和事都将以比较清晰的面貌呈现于历史面前，作家和作品也莫不如此。於梨华终于和陈若曦接近了，相知了，成了亲密的朋友。

陈若曦是1966年回国的，如何看待她1973年重又离开大陆的行动，以及从此开始所写的一系列揭露大陆"四人帮"时期社会阴暗面的作品，我在1982年所写《陈若曦和她的小说》一文里曾做了初步的粗浅的分析。为了验证我的看法是否正确，我曾多次走访陈若曦在国内工作过的单位——南京华东水利学院，曾经和她一起共事的许多同事，给我提供了大量的情况，有力地说明了"四人帮"肆虐时期的极左路线和倒行逆施，如何伤害了这位作家的爱国主义感情。她性格爽直，敢说敢言。尽管受了不少委屈，但她并没有将写作当成个人发泄私愤的工具，而是按照现实主义的创作原则对"四人帮"时期的丑恶现实做了比较真实的反映。对于她的这一类作品，我国文学界前辈作家巴金曾有过评论（巴金也是陈若曦极其尊敬的作家）："她的东西写得也不算怎么不好，不过那一个时候别人没写呀，她总算是最早的。但是比起来，我们一些作品还是比她的好些，因为在国内揭发，到底比她看得多。"① 这就是说，陈若曦是最早用小说向"四人帮"举起投枪的，只是由于她生活和思想的局限性，也带来了作品的某种局限性。我以为这是十分公允的看法。

　　陈若曦也是一位能够经常自我审视、不断总结经验的作家，因此她能够在克服自身的弱点中不断前进。《突围》所以比较成功，首先由于她在题材上做了新的开拓。她说："从 1980 年开始，我就不以'文革'为题材从事创作了，因为对这个问题很多人比我了解得多，资格比我老得多，我已集中精力多写一些有关海外华人的东西。"② 这就好比一个油田开采完了，就得转移，再去开发另一个新的油田。她长期旅居海外，对西方世界和海外华人知识分子的生活有比较透辟的了解，再加上她对事物的敏锐的洞察力，对生活有独到的见解，因此她就能够透过现象显示某些本质的东西，使作品具有较高的认识意义和教育意义。

　　作家以擅长运用讽刺手法，揭露和鞭挞丑恶的、不合理的事物来显示其创作个性，在这一点上，《突围》与她早期（在台大外文系）的作品以及以"文革"为题材（不妨称作第二个时期）的作品是一脉相承的。如前所析，她所塑造的泰丽沙、伍昱等形象是成功的，对马明、刘一良的讽刺、鞭挞也是有积极意义的。她说："观察一个事件，我往往先看到它的社会背景的讽刺性，这样侧重现实生活的讽刺已经成了我的缺点……"③ 其实，这不是什么缺点，而是如何正确运

---

① 李黎：《巴金先生谈过去、现在、将来》，载香港《八方》文艺丛刊第二辑。

② 《陈若曦谈两岸文学创作》，载 1984 年 2 月 22 日香港《文汇报》。

③ 《老人》集序言，台湾联经出版事业公司 1978 年 4 月出版。

用的问题，当然这离不开作家世界观的指导。综观陈若曦的创作，她在这方面是成功的，但也有失误的时候，像在小说集《城里城外》里的一些篇章，由于作者对某些事情缺乏深入的了解，仅凭间接的、道听途说的材料，感情比较冲动，写得又过于匆忙，不够慎重，因此曾产生了一些不好的效果。作者又及时总结了这方面的得失，她在《城里城外》序言中写道："动荡的七十年代过去了，我为政治冲动而写小说的日子也告一个结束，把这篇惹是生非的小说列为书名，为的是提醒自己，今后不可再做即兴式的'创作'。"正是这种不断探求、不断修正的精神，使她在《突围》中取得了可喜的进步，可以说，《突围》是她的创作进入新的阶段的重要标志。

对于陈若曦作品的艺术价值，也曾有过极其悬殊的评价，有人把她捧为当今世界上具有独特地位的第一流作家，现代的莫泊桑，有人则又嗤之以鼻，专挑一些用词造句上的毛病，将她的小说说得一钱不值。显然，这些看法都缺乏实事求是的态度，是不足取的。正确的态度应该是对她各个时期的作品做具体的考察，而不为政治偏见所左右。事实是，她在不同时期对作品的技巧有不同的追求，每一部作品所达到的艺术水平也参差不齐。她早期的部分作品受西欧文学的影响，带有虚无神秘的色彩，但很快就放弃了这种追求，转变而为朴素的写实的风格。她早期一味崇尚技巧，后来又变得有些不大重视技巧（作家本人也说过），加上急于表达某种政治情绪，致使有些小说手法单调，缺乏艺术魅力。对作者善意地指出这方面的不足，是必要的、有益的。小说集《老人》《城里城外》中存在的某些艺术上的缺陷，也曾使一些好心人对作者的写作能力产生怀疑，但是，《突围》的问世则给予了响亮的回答：陈若曦毕竟是一个有才华的、有思想见地的作家。

读陈若曦的作品，最撩拨我情怀的是，在她的作品中洋溢着强烈的民族意识和高尚的爱国情操。她以自己的曲折经历和许多动人篇章一再表明了：天底下最值得自豪的第一件大事是做一个有尊严的中国人。她说，在海外生活，心里总有一种孤寂感。美国生活再舒适，总归是人家的。她最担心的是，中国人在外面住久了，下一代会被人家同化了。"虽信美而非吾土兮，曾何足以少留。……人情同于怀土兮，岂穷达而异心。"① 这表达了陈若曦和海外华人的共同心声。台湾、大陆，都是中国的国土，台湾人民、大陆人民和海外华人都是骨肉同胞。相信团聚的日子为期已经不太远了。陈若曦的写作和活动，正是在为这一崇高的目的做出贡献，我们以无限的热情和希望期待着她。

① 王粲：《登楼赋》。

探索·痛苦·希望
——评陈若曦创作的三个阶段

　　1974年，香港《明报月刊》发表了陈若曦的短篇小说《尹县长》，立刻引起轰动。接着她又发表了一系列的"文革"小说，在海外文坛上掀起了一股"陈若曦热""陈若曦旋风"。人们一提起陈若曦的名字，似乎都有些神秘感。去年2月，她自台湾返美途经香港，在香港大会堂发表演说，盛况空前，许多人为了一睹她的风采，把个偌大的会堂挤得水泄不通。十多年来，陈若曦在海外赢得了众多的读者。但是国内出版评介她的作品还是近两年的事，至今许多读者对她的名字恐怕还是相当陌生的。

有益的探索

　　和许多人一样，陈若曦在很小的时候就为自己的未来编织过许多美丽的花环。五十年代中期，在台湾大学外文系一年级读书时，带着少女纯真的梦幻，也带着对社会人生的种种探索，她握笔开始了创作。她的第一篇小说《周末》，发表在她的老师夏济安主编的《文学杂志》上。我们知道，许多作家的处女作往往就是成名作，或者特别为作家自己所钟爱。陈若曦恰恰相反，在她早期的作品中，她最不喜欢的也就是这一篇。接着，她又在同一刊物上接连发表了《钦之舅舅》《灰眼黑猫》。1959年，她和台大外文系同学白先勇、王文兴、欧阳子、刘绍铭、叶维廉、李欧梵等发起成立了"南北社"。1960

年，这群青年人自己筹款创办了《现代文学》杂志，以系统地传播欧美现代主义的文学理论与作品为宗旨，每期介绍一个西方现代派的作家。据白先勇回忆说："陈若曦闯劲大，在编辑部专办外交，负责拉稿。"① 自此，在紧张的编务余暇，她更热心于小说创作了。至1961年大学毕业前后，她又接连写下了《巴里的旅程》《收魂》《辛庄》《乔琪》《燃烧的夜》《最后夜戏》《妇人桃花》等七个短篇，这些是她第一阶段创作的主要成果。此外，她还翻译过莎岗的小说，出版了一本英文小说集《收魂》。

她在台大外文系读书期间，正值五十年代中期至六十年代初期，国民党反攻大陆的梦想已告无望，在美国军事援助与经济援助的支撑下，国民党的统治相对稳定下来，对五四以来的优秀文化进行封锁，但是他们积极提倡的反共文艺又不得人心，因此西方文艺乘虚而入。正是在这特定的时代条件下，陈若曦比较系统地接受了西方现代文学的熏陶，崇尚存在主义、神秘主义，并从向往逐步进到模仿。这种影响最突出的表现就是《钦之舅舅》和《巴里的旅程》。《钦之舅舅》通过一个少女扑朔迷离的回忆，叙述了一个怪诞、凄凉的爱情故事：她的舅舅钦之"心电感应"地爱上了一个叫冷艳的姑娘，但他并不当面去找姑娘求爱，而是经常独自一人于夜深人静时去山里散步，向月亮膜拜。最后他又"心电感应"得知姑娘已死，他也就投湖自杀了。小说精心构架谋篇，语言文字刻意雕琢，通篇充满了神秘莫测的气氛。作者试图告诉我们："宇宙是这般浩大无穷，渺小的人不过取了九牛之一毛，却拿来规范它的整体。谁能解释生之奥妙？谁能估计信仰产生的力量？我们常说，心电感应有道，科学否认这个，可是它的真实性仍然存在。"《巴里的旅程》写主观意识的旅程，更加晦涩难懂。作者起步创作时的这些尝试和探索尽管不难理解，但却不是成功的。若干年后，作者也说，这些东西连她自己也看不懂。②

---

① 《现代文学的回顾与前瞻》。

② 1984 年 2 月 22 日在香港大会堂的演说。

探索·痛苦·希望

　　进入大学四年级的时候，她受老师黎烈文的影响，在艺术追求上开始有了变化，而这种变化又是和她的家庭及从小生活的环境分不开的。她的父亲一方是三代木工，母亲一方是两代佃农，她九岁以前一直生活在农村，家里来往的亲戚朋友，多是纯朴的劳动者，闲来无事时，经常讲些古老而有趣的故事，她听了以后，又去讲给别的小朋友听。他们对生活的执着追求，对人生的质朴理解，都无一不潜移默化地对她产生影响。她后来说："我小时候生长在乡下，家里来往的亲友不是务工，便是务农，朴实无华。也许生活方式略有不同，但是他们对生活的追求，和生活的奋斗，照样地狂热炽烈，七情六欲的表达更加真实、健康。自从办了杂志，忙碌异常，但脑子反而清醒，心里感到踏实。这时我下了决心，写作的目标便是刻画他们的生活。《辛庄》《妇人桃花》《最后夜戏》便是这种尝试。"[1] 以《最后夜戏》为代表的这批作品，其社会意义明显地加强了，无论是写歌仔戏旦角金喜仔的悲惨命运（《最后夜戏》），或是写个体小贩的辛酸生活（《辛庄》），或是写美丽、温柔的文姐屈死在罪恶的封建制度下（《灰眼黑猫》），或是阿萱没有等到道士为他收魂，已经在手术台上停止了呼吸（《收魂》）……都可以看出，作者力求从现实生活出发，用比较质朴的文字，为被侮辱与被损害的人们呼吁不平。作品散发出比较浓厚的乡土气息，描写了台湾独具的民情风俗，既给作品增加了色彩，又使她与其他现代派作家明显地区别了开来。但是，处于探索中的这些作品，从思想内容到表现手法，都并非是单一的，而呈现了比较复杂的状况。从思想内容来看，灰眼黑猫象征着不可知的神秘厄运，大大冲淡了文姐的死对封建制度控诉的力量。《妇人桃花》肯定人鬼可以相通，巫婆装神弄鬼可以治病，这和《钦之舅舅》里的所谓心电感应又有相通之处，而与《收魂》中对封建迷信的讽刺、抨击径相矛盾。在表现手法上，《乔琪》《燃烧的夜》几乎通篇都是写人的意识流动，即使乡土气味很浓、主要采用了现实主义写法的《最后夜

---

　　① 《陈若曦自选集》后记。

戏》，不少章节上也运用了意识流的表现手法，从中仍可看出西方现代文学对她创作的影响。

成功也好，失败也好，这种多种表现方法的尝试与探索，对陈若曦后来的创作无疑都是非常有益的。在创作了这样一批既带有浓郁台湾乡土气味，又有着鲜明西方现代主义特征的短篇小说以后，抱着"独自去闯天下"的想法，年轻的陈若曦远涉重洋到美国留学去了，从而结束了她创作的第一个尝试阶段。

关键性的几步

柳青说过，人的一生的道路是漫长的，但是关键性的却往往只有几步。

在美国留学的四年（1962—1966），是陈若曦生活中最为幸福、甜美的日子。她先后在麻省曼荷莲女子学院及约翰·霍普金斯大学进修，获英国文学硕士学位；这期间，她遇到了理想的伴侣段世尧，沉醉在爱情的欢乐之中。段世尧的民族意识和情感使她思想上开始变化，对社会主义祖国产生了热烈的向往，决心放弃文学，走政治报国的路。陈若曦为人诚实，表里如一，说到做到。1966年秋，她和丈夫段世尧，满腔热情，经加拿大绕道欧洲，投奔祖国来了。在人生的旅途上她迈出了关键性的一步。

回国后，她先后在北京和南京度过了七个春秋。这七年正是"文革"最混乱的时期，她的美好理想与冷酷的现实，不能不产生了极大的矛盾。她生在海外，长在海外，虽然读了一些马克思的著作，但对共产党缺乏感性认识，缺乏历史的全面的了解，她以为林彪、"四人帮"就是共产党，那个人妖颠倒、是非混淆的现实就是社会主义，因此，她感到自己被愚弄了，理想破灭了，满腔热血化成了冰水。在内心的痛苦无以解脱的情况下，她和丈夫带着两个在祖国出生的儿子又离开了大陆。这又是关键性的一步。

陈若曦说，她在大陆七年，唯一的收获"就是多认识了自己的同胞"。① 其实，这两千多个日月她并没有白白度过，她看到了祖国在受难、"四人帮"在肆虐，特别重要的是，由于她亲身体验了这一切，就使她更深切地了解了人民的心愿。尽管当时她自己并没有意识到这些，然而却实实在在地孕育了她极为重要的第二阶段的创作，并对她第三阶段及今后的创作，继续产生深刻的影响。这段独特的经历加上她自身的一些因素，将陈若曦铸造成在所有台湾作家中与众不同的"这一个"。

痛苦的结晶

1974 年，她到达香港一年后，为了排遣胸中郁积已久的块垒，在搁笔十二年后，她终于又开始了创作。第一篇《尹县长》的发表"如一道流星，划亮了天际"。② 接着《耿尔在北京》《晶晶的生日》《任秀兰》等好几个很有分量的中短篇又相继问世，在海外文坛上掀起了不小的波澜，毁誉不一，议论纷纷。这个阶段她陆续结集出版的有《尹县长》（1976）、《陈若曦自选集》（1976）、《老人》（1978）、《文革杂忆》（1978）及带自传性的长篇小说《归》（1978）。

这批作品的总的主题就是写"文革"时期中国人民的苦难，其中以写归国留学生与台湾同胞的不幸遭遇居多。作者将她在"文革"中的所见所闻、亲身感受一一融进作品中去了，故事和人物自心中流出，真实感人。有些故事几乎全部是纪实的，没有进行很多的艺术加工。这批作品虽然出现在国内"伤痕文学"之前，但究其性质，仍应属于"伤痕文学"一类，因为它们的思想基础同样是出于忧国忧民，出于对自己祖国和人民无限的爱。用陈若曦自己的话说："目标是把中国人的痛苦和辛酸告诉所有的中国人。"

事实已经证明，这个目标和后来三中全会的方针以及彻底否定

---

① 《尹县长》自序。

　② 谈锡永：《也谈陈若曦》。

"文革"的历史要求是完全一致的。但比较起来,它还具有自己独特的贡献:第一,它是前列者。《尹县长》的问世,要比国内"伤痕文学"的发轫之作《班主任》早四五年,那时"四人帮"尚未垮台,作者是在离开大陆,居于香港这一特殊境遇下写成的。作者政治上十分敏锐,充满正义感,敢讲真话,胆识过人,又有着比较好的艺术素养,因此作品一举成功。这篇率先揭露"四人帮"罪恶的力作,在文学史上应占有一席地位。第二,它独树一帜。沿用阎纲同志在《文学八年》里"救救文学"的说法,她提出了"救救归国留学生""救救台湾同胞"的问题,这是国内"伤痕文学"没有注意到,也没有条件与她比拟的。长篇小说《归》中,两对留学生夫妇回国后的失望心情,想再度申请出国,《耿尔在北京》中归国已十年的四十九岁的留学生耿尔,因为唯成分论作梗,使他的婚姻一再受挫,给人们心头上留下了沉重的阴影。这些问题的提出,对我们拨乱反正、改进归侨政策、台胞政策、引进人才大有裨益。

然而,它的缺陷也与贡献同步而来:由于作者个人经历和思想认识的局限,在一些作品里表现了对社会主义制度的怀疑与动摇,误把"文革"时期的变态当作常态,以致说了一些错话、偏激的话。这本来是可以理解和谅解的,也是不难解决的。但是问题的复杂性恰恰在于台湾国民党和某些别有用心的人利用了她作品里的这些缺陷大肆鼓噪,进行反共宣传。而海外某些左派人士则谴责她攻击共产党、诬蔑了社会主义祖国。粉碎"四人帮"以后,这种情况本应很快得到澄清,但是文艺战线由于"左"的思想干扰,致使我们在较长的一段时间里不能正确地对待她和她的作品。

难能可贵的是,陈若曦很清醒,也十分自爱自重,尽管台湾当局百般诱惑,她却没有上当,去台湾当什么"反共义士",默默地忍受着朋友们和同胞们对自己的误解,她仍然按照自己一贯所追求的理想来生活和写作。

第二阶段的作品与第一阶段比较,艺术风格上有了很大的变化,乍看起来,竟使人难以相信这是出自同一作家之手。那种强烈的主观情绪的激溢不见了，代之以冷静的客观的叙述；那种夸张的、着意雕琢的语言消失了，代之以凝练的、朴实无华的文字。但仔细追寻起来，还是可以找到两个阶段之间的联系。作者在第一阶段做了多种风格的尝试和探索以后，已逐渐趋向写实的风格，这就是在《最后夜戏》等作品中所表现的。到了第二阶段，这种写实的风格长足地发展了，这种变化又是与她搁笔十几年的经历与思想变化分不开的。在美国的四年，除了系统地进修英美文学之外，同时有可能自由地接触我国三十年代的优秀文艺作品。她十分尊敬鲁迅、巴金等老一辈作家，喜爱他们的作品。

与此同时，她还大量阅读了马列主义的著作，探求国家发展的道路。她信仰社会主义，认为中国走资本主义道路是行不通的。

回归祖国后，"文革"腥风血雨的年代，丑恶的现实与她理想的社会主义对不起头来，目睹许多惨绝人寰的悲剧，一直啃啮着她的心，为了排遣胸中的郁闷，所以才产生了一系列的震动海外文坛的"文革"小说。她说："年轻时最推崇写作技巧，现在但求言之有物，用朴实的文字叙述朴实的人物，为他们的遭遇和苦闷做些披露和抗议。"① 这个时期的作品，写得最好的是《尹县长》《耿尔在北京》和《晶晶的生日》，其中又以《尹县长》为最。它篇幅不长，人物不多，主要人物尹飞龙及红卫兵小张都刻画得十分准确、生动。尹飞龙虽然来自旧军队，但几十年来勤勤恳恳跟着党走，忠厚、善良、正派，直到临死也没有弄清"文革"与他有什么关系，高呼着"毛主席万岁"去受刑，无辜地成了一场政治游戏的牺牲品。作者对尹县长外形的一段描写，把这个人过去的军人出身、忠厚的性格、朴实的作风都大致表现出来了："这个人身材很高，虽然黑黑瘦瘦的，腰板挺得很硬，年轻时想必体态很威武的；看人时，目光凝注着对方；听人说话时，头微倾过来，唯恐听漏似的，脸上的表情却是温和又谦虚。五十岁不到的年纪，一身半旧的灰色中山装洗刷得很整洁，布鞋

---

① 《陈若曦自选集》后记。

布袜，真是中国由南到北典型的老干部模样。"

红卫兵小张的幼稚、狂妄、违法乱纪、伤害无辜，自己又遭受愚弄的命运，也被刻画得入木三分。作者用的是类似契诃夫式的淡淡的笔法，冷静的低调，可是读者感受到的却是几乎要爆炸的满腔悲愤。

由于她在大陆生活的时间毕竟短暂，底子不厚，她的"文革"小说后来写得越来越差了。《老人》集子中，除《老人》一篇较好以外，其他大都十分粗糙，有的只是记叙了某件事情，不注意人物塑造，不注意艺术审美对形象的要求，难怪有人认为这些作品简直不像是小说。看来，急于求成，忽视创作的艺术规律，其后果便会损害作家的艺术声誉。

希望的新起点

1979 年，陈若曦由加拿大移居美国。从这一年开始，她进入了创作的第三阶段，其显著标志是：写作题材由"文革"转为写海外华人知识分子的生活与命运。内容由政治转向婚姻爱情的故事。体裁上由短篇转向长篇。更主要的是，在这个阶段，作者在作品的思想与艺术两个方面均有新的突破。这个阶段出版的主要作品有短篇小说集《城里城外》（1981）、长篇《突围》（1983）与《远见》（1984），此外还有散文集《生活随笔》（1981）、《无聊才读书》（1983）等。

特别值得一说的是，国内在 1983 年相继出版了《突围》与《陈若曦小说选》（实际上 1984 年春天才与读者见面），这是她在国内出版的最早的两本书。今年春天又出版了《陈若曦中短篇小说选》。

《城里城外》集收有《杜百合》《城里城外》《客自故国来》《副总理的专机》《路口》《向着太平洋彼岸》等六个短篇，内容较杂，小说的场景，除《杜百合》一篇仍是安置在北京外，其余几篇均移至海外，而且仍属政治小说一类。统观这几篇小说，有这样几点特别值得注意：第一，作品反映了粉碎"四人帮"后大陆政治形势的变化，干部政策的落实，知识分子地位的提高，归国留学生被重用等等，但是有些政策又矫枉过正，许多地方仍然存在着"文革"遗迹，干部的特权、开后门等不正之风有待纠正。这些在《杜百合》《客自故国来》《城里城外》《副总理的专机》里表现较多。第二，写了海外华人知识分子对自己前途的抉择与彷徨苦闷的心情，这种抉择常常是受海峡两岸发生的政治事件的影响。主人公的政治情绪又与爱情上的抉择纠缠在一起，政治上的抉择直接影响了爱情上的抉择。最有意思的是，写在同一年，前后只相差几个月的两篇小说《路口》与《向着太平洋彼岸》，做了两种不同的抉择，鲜明反映了作者的政治心态。第三，抒发了海外华人对祖国、故土的无限思念之情。侨居海外的中国人，特别是台湾籍的中国人，他们既爱祖国大陆，又爱自己出生的故土台湾，可是客观上，海峡两岸不统一，这种分裂的状态，使他们倍感痛苦，无所适从。《向着太平洋彼岸》是这个集子中思想内容与艺术技巧最好也是最为感人的一篇。作品中所表现的那种即使死在海外，也要把墓碑朝向祖国和故土的痴恋之情，读来使人禁不住潸然泪下。总的说来，这本集子还是属于第二阶段向第三阶段转换时期的作品，因此兼有两个阶段的某些特点。

第三阶段的代表作是长篇小说《突围》和《远见》，当然，这个阶段还正在发展，有些问题不宜过早地下结论。但是，我们只要将它们与第二阶段的作品略加比较，就可以看出它们在描写广阔的社会生活画面、揭示社会问题的深刻程度及塑造血肉丰满的人物形象方面，均取得了新的成就。

《突围》写的是八十年代初期，美国旧金山湾区华人社会的种种怪现象：知识分子不务正业，忙于炒股票和经营房地产；三角恋爱、家庭分裂、现代婚姻造成爱情与婚姻分离的状况；华人精神空虚，迷信成风；个别大陆去的女孩子爱慕虚荣，追求生活美国化，结果境遇悲惨……作者希图通过她的小说，唤起海外华人正视自己的生活，突破自己构筑的一座座精神围墙，团结起来，为华人的利益而奋斗。

《远见》是陈若曦创作至今成就最高的一部小说。该书以写台湾来美的廖淑贞以做佣工换取绿卡（在美国的永久居住权）为主线，以写大陆来的应见湘在美从事学术研究为副线，并通过廖淑贞女儿吴双来美国读书，应见湘同事路晓云以婚姻换取绿卡等等，展示了美国与中国海峡两岸的广阔社会风貌，描绘了美国与台湾的多种生活画面，反映了一系列的社会问题。

有着大学毕业学历的中年妇女廖淑贞，放弃了安逸小康的家庭生活，漂洋过海去到美国，不惜去替人家当老妈子，忍受种种屈辱，为的是替在台湾当局某部门任职的丈夫争得一张绿卡。这深刻地反映了台湾官员普遍存在的不安全感，他们既对国民党当局失去信心，又害怕共产党的到来，特别是由大陆迁台的这批官员，他们非常想念家乡，可是又不敢明说；有家归不得，但又无法拥抱台湾这块土地。所以他们千方百计去到美国搞绿卡，有的还搞双重国籍。廖淑贞苦苦熬了将近两年，终于领到绿卡。她兴冲冲地飞回台湾，可是回去后发现她为之做了巨大牺牲的、无限信赖的丈夫原来早已背叛了她，另有外遇。廖淑贞与过去的同学、现为大学教授的林美智，在婚姻问题上均遭不幸，反映了台湾社会在逐步开放以后，社会风气败坏，道德沦丧，家庭离散的悲剧普遍发生。廖淑贞在悲愤之余，总结的教训是："我不能依附别人，首先应该独立生活。"小说写了她由父母顺从的女儿、体贴丈夫的贤妻良母到觉醒的不可侮的独立女性的过程，这一人物形象是丰满的、成功的。

吴道远是该书中着笔不多、塑造得极为成功的另一个人物形象。作者开始只是通过越洋电话、书信来往来虚写他：他给妻子廖淑贞写信，每次都是一页八行，绝不多写一行；打电话绝对不超过三分钟，古板守旧，极善于控制感情。直到全书末尾，才使读者看到他的庐山真面目：一个十足的假道学、伪君子，其实早已背叛了妻子，可是为了得到绿卡，他又宁可牺牲他极为珍视的儿子（与另一女人所生），虚假地维系与妻子的婚姻关系，这是一个极其自私的卑微的灵魂。作者采用伏笔的手法，直到最后才揭开谜底，出人意料，又在情理之中，最后一章实在是全书最精彩的章节。

应见湘是作者着意刻画的又一重要人物，他博学多才，有献身精神，但三十年来，经历坎坷，两度被打成右派、反革命，因此两次婚姻均遭离异，至今仍孑然一身，满脸霜痕。他的个人经历反映了祖国大陆三十年来政治运动给普通人所造成的灾难。如今他虽然是武汉大学派往美国的第一个访问学者，但他仍心有余悸，对共产党缺乏信任感。作者将他作为当代中国知识分子的理想人物来塑造，我却以为是不够理想的。作者说，她所塑造的应见湘是以林同济教授为模特儿的。对林教授我一无所知，不能妄加评论。就应见湘而言，他的遭遇自然是值得同情的。他正派、善良、忠于职守，自然也是值得尊敬的。但他胸襟狭窄，内心深处对共产党尚存有疑惧，对未来（具体地说，即回国后的遭遇吧）充满了悲观、凄凉的情绪。这一人物在某种程度上可能是真实的，但他绝不是中国优秀知识分子的代表。

至于小说中的次要人物路晓云、吴双，也都刻画得很生动成功，从她们的经历反映出大陆与台湾存在的社会问题（升学、就业困难，向往美国的富裕生活等等），她们为生活奋斗的方式令人心酸。

对陈若曦第三阶段的创作，我是赞赏和肯定的。她长期侨居海外，熟悉海外华人的情况，按这条路子写下去，可以发挥她善于描写知识分子的特长，题材大大地拓宽了，从海外华人知识分子的命运折射出海峡两岸知识分子的命运，可以描绘海峡两岸的风云际会，歌颂进步，针砭时弊，探索人生。这是充满希望的新的起点。台湾评论家叶石涛对她第三阶段的创作持否定态度，认为这是迈进了"彷徨"的阶段，"是可怕的文学天才的浪费"，希望作者"避开令人厌倦的政治问题，回到她文学的第一阶段，再度捕捉故乡悸动的心灵"。[1]对此我不能赞同。叶先生的这种愿望诚然可感，但是他忘记了这二十多年来，作者的生活与思想已经发生了多么巨大的变化，作者和时代一起大踏步地前进了，把她再拉回到创作的第一阶段是多么不切实际啊！

---

　　① 《从憧憬，幻灭到彷徨》。

陈若曦是一个道地的中国作家，她虽然入了外籍，但她时时以炎黄子孙自傲。她精通英语，但从来都坚持用中文写作，这是因为她写的作品是给中国人看的。她又是一位富有民族正义感与强烈爱国心的作家，虽然身居海外，但时刻牵挂于怀的是祖国的前途、人民的疾苦。她为人异常坦率、真诚，对于社会和人生的缺陷过于敏感。她胸无城府，心里想什么，自以为是真理，就不计后果地去说、去写、去行动。她的性格特征也许并不太适合写政治小说，但是她又很难改变她作为"政治动物"的本性。① 她特别关心海峡两岸人民的团结与统一，她是以创作为这个崇高目的做贡献的屈指可数的作家，因而有理由特别赢得人们的尊敬。我衷心地祝愿她在大洋彼岸生活安宁、幸福，创作之树常青！

---

① 《远见》自序。

这就是她
——评陈若曦的散文

  我爱读陈若曦的小说，但我更爱读她的散文，因为我觉得她的散文更能体现她的艺术个性，她的真情。我读她的散文时，好像触摸到了她的心跳，听到了她的呼吸，因而和她更加贴近，也更加理解她了。

  陈若曦因小说《尹县长》而一举成名，她的小说影响也比较大，但我认为她的散文也写得颇有特色，目前似乎还没有引起评论家们的足够重视。

  她的创作不是从小说，而是从散文开始的，她进初中时即开始投稿了，这是因为她家境贫寒，哥哥、姐姐小学毕业后，由于交不起学费，只好辍学去做工。她小学毕业后，以优异的成绩考取了台湾最好的中学——省立台北第一女子中学，父亲也为此感到高兴，同意她继续读中学，但是有个条件：学费得自己想办法交。她为了争得求学的权利，于是拼命用功，一面争取学校的奖学金，另一面努力写稿，赚点稿费来维持读书费用。她就是这样以充满奋斗的精神走上了最初的文学之路。开始写作时就是写散文、随笔一类的文章。1953 年，年仅十五岁的陈若曦，在台湾《中学生》杂志举办的征文比赛中，以《夏天暑假生活散记》一举夺得头奖，锋芒初露。这篇散文也可以说是她的处女作。

  1957 年，她考进台大外文系，成了她的工人家庭的第一只金凤凰。大学期间，她的文学创作与文学活动都非常活跃，在创作上兴趣集中在小说方面，不时也写一点儿散文，如《张爱玲一瞥》《唐娜》等。

1974年，她重返文坛以后，在主要创作小说的同时，也写下了数量可观的散文，已经结集出版的有《文革杂忆》（1978）、《生活随笔》（1981）、《无聊才读书》（1983），此外还有不少散篇。

《文革杂忆》是写他们夫妇在"文革"期间的所见所闻、亲身经历和感受，它为我们留下了一份归国留学生在"文革"中的境遇的真实记录。廿年后的今天，我们再来重温这一段历史，不禁感到可悲可笑，可怨可叹，荒唐的年代才会有那些荒唐的事！由于书里还真实记载了不少"文革"中发生的大事（当然不可能全都准确），所以它还具有一定的史料价值。

《生活随笔》与《无聊才读书》，由于是在不同地区（台湾与香港）出版的，前半部的篇章重复。全书内容十分广泛，有褒贬时政，呼吁海峡两岸"三通"；有亲朋聚首，回忆少年往事；有记述家庭生活趣事，探索人生真谛；有描绘山川景色，抒发对祖国的无限眷恋之情等等。这些文章的风格真实自然，诙谐幽默，感情真挚而深沉，有着较高的可读性和欣赏价值。

她画出了一个活泼泼的自我

你了解陈若曦吗？也许你会说：她曾满怀爱国热情，于"文革"初期偕丈夫回国定居，在经历了那一场大灾难后，又于1973年申请出国，远游加拿大了；也许你会说：她曾因写了小说《尹县长》而一举成名，成了当今国际文坛上颇有声望的华裔中年女作家……哦，这太现象化了。你若要知道她究竟是怎样一个人，我建议你先去看她的散文，然后再去看她的小说。我有这样的经验：先读了她的小说，我曾猜想她是一个神情严肃、沉默寡言的人，整天一副忧国忧民的样子。待我看了《无聊才读书》《文革杂忆》等散文集后，我才发现我完全判断错了，及至和她实际接触以后，进一步了解到她是一个爽朗乐观、充满风趣、充满活力的人。由此我便更加确信小说是"虚假"

的艺术，而散文才是"诚实"的艺术。郁达夫说："我们只消把现代作家的散文集一翻，则这作家的世系、性格、嗜好、思想、信仰，以及生活习惯等等，无不活泼泼地显现在我们的眼前。"① 正是这样，读完陈若曦的散文，陈若曦的家庭出身、生活经历、思想变化、兴趣爱好、个性特点、人生态度等等，无一不是活泼泼地显现在我们的眼前了。

我以为，不论她是写自己或写别人，写山川或写风物，叙事或是抒情，实际上都是有意、无意地在写自己，表明自己的思想、观点、性格、爱好等等。其中有些篇章是直接写她自己与家庭生活的，则可以看得更为分明些。如《骑骡记》《学琴记》《报童》《求田问舍》《我儿子的妈妈》（一）（二）等。作者以非常风趣、幽默的笔调，写了一些看来是个人和家庭的日常生活琐事，其实里面都蕴含着生活的哲理，显示了作者的人生态度。《我儿子的妈妈》别开生面，通过儿子的眼睛、嘴巴来写妈妈，充满了自我嘲讽和幽默感。写的都是生活小事，穿衣服、吃蔬菜、用闹钟、开汽车之类，妈妈和儿子的观点不一致，产生了矛盾，闹了许多笑话。妈妈思想似乎比较守旧，对新一代的心理与合理要求不太理解，但是她比较朴实，不图虚荣，重实际。这个妈妈的形象是重精神、轻物质；重事业、轻享受；重灵魂、轻衣着，生活简朴，全部身心扑在工作上，无心修饰自己，以致闹出了去学校讲课把衣服穿反了都不知道的笑话。我觉得妈妈这个形象之所以可爱，不仅因为她就是活生生的陈若曦，还因为在她身上体现了中国中年一代知识分子所共有的一些民族传统、文化心理和道德情操。《报童》饶有趣味地记叙了两个儿子在加拿大送报的故事。因为他们年纪小，又是"中国佬"，常遭到别的大孩子的欺侮，不是车胎给放了气，就是报纸被拿走了，最后连送报的单车都被偷了。送报的活计也很艰苦，不是日晒，就是雨淋，再加上这份窝囊气，儿子想打退堂鼓了，陈若曦夫妇则百般劝慰，给他们打气鼓劲，要他们善始善

---

　　① 郁达夫：《中国新文学大系散文二集·序》。

终地干下去，"不能让孩子轻易就承认失败，必须不折不挠，勇于迎接各种困难的挑战才对"。陈若曦夫妇的生活经历充满了奋斗精神，因此他们很注意从小培养孩子具有这种精神。其实，岂止他们，一个人要想在事业上做出一点儿成绩，不也都是需要这样一种百折不挠、勇于同困难搏斗的精神吗？

她的本性是"政治动物"①

陈若曦曾说她的本性是"政治动物"，这话不错。我们若拿她的创作来参照，的确也是以写政治事件、反映政治情绪见长；小说是这样，散文也是这样。她除了有一批政论性的散文外，在其他叙事、抒情的散文中也时有对当前政治形势的议论、评述，这确实是她创作的显著特色之一。但是有人在提及这一特色时，言语之间流露出一丝轻蔑之意。如何看待这一特色，我想提出自己的看法。

纵观古今中外的文学史，没有一个能在历史上留下痕迹的作家不是置身在时代的风雨之中的，他们与国家和人民的命运密切相关。一个只关心个人身边琐事、津津乐道个人悲欢的作家，人民是不需要的。

我们不妨考察一下，陈若曦热衷的政治究竟是些什么？我以为主要有三个方面的内容：一、反映"文革"，抨击"文革"。她以最早写揭露"文革"的小说震惊海内外文坛，同时她也以散文为武器，从她的亲身经历出发，对这场史无前例的民族灾难做了真实的记录和无情的揭露，这主要反映在散文集《文革杂忆》和其他一些散篇中。二、呼吁政治民主与艺术民主，对海峡两岸发生的重大政治事件表示意见，特别关心知识界、文艺界的状况，对海峡两岸均有赞扬，亦都有批评。这在散文集《生活随笔》与《无聊才读书》中有较集中的反映。三、呼吁台湾与大陆实行和平统一，结束海峡两岸人民长期分

---

① 陈若曦：《远见·自序》。

裂的痛苦状态，主张实行"三通"，首先让亲人团聚。为了这个目的，她不仅用笔，而且用口，用行动，到处奔走呼号。

从她的作品（其中包括散文）所表现的这些政治内容来看，结合她大半生的经历加以考察，我认为至少可以得出这样的结论：她不是一个只关心个人荣辱安危的平庸的作家，而是一个有着强烈的民族意识、赤诚的爱国心的作家；她所注视的始终是与中国人民命运攸关的大事，她不回避矛盾，敢于接触复杂、尖锐的社会问题，将反映现实的重大政治问题作为作品的题材，这样的作品，其思想境界比起那些尽写风花雪月、卿卿我我、无病呻吟的东西总要高得多吧。我十分欣赏她对待社会、对待人生、对待写作的火热的态度，并不等于我完全同意她作品中的政治观点。反过来说，对她的政治观点，我可能有赞同、有保留、有反对，但是我无法不被她满腔的爱国热忱所感动，不能不对她为沟通海峡两岸所做的努力表示敬意。

文艺不能从属于政治，做政治的传声筒，但是文艺永远也离不开政治，生活永远是创作的源泉。现在有那么一种思潮，以文艺创作远离政治、远离人民的现实生活、空谈艺术美感为高雅，对为新文学的成长、发展奋斗了一生的前驱作家也不屑一顾。不过我认为，比起那些脱离现实、整天躲在象牙塔里空谈艺术美的人，还是搏击在时代风雨中的作家，如陈若曦者，可爱得多。

她以真诚和爱心拨动了读者的心弦

一个作家最可贵的是什么？是真诚和爱。陈若曦的散文就处处表现了这种精神，她主要不是依靠技巧（虽然她的技巧也相当高明），而是依靠真诚和爱征服了无数读者的心。

陈若曦，这个有着独特经历、鲜明个性的作家，她的全部经历和全部作品的主旋律，可以说，就是一首对祖国的深情的恋歌。一个在台湾生、台湾长的人，在美国完成学业以后，一心向往社会主义祖国，要为祖国无私地奉献自己，连生孩子也要赶回祖国来生，要使下一代一生下来就生活在祖国温暖的怀抱里，这种感情是多么赤热、多么值得珍惜！请看她在《第一次分配》①中的一段记叙：

> 1967年初，一个大雪纷飞的日子，医生给我一张验明有孕的诊断书。出了医院，我一路踏雪回旅馆，脚底轻飘飘的，心里却热烘烘，喜得把满天的飞雪都看成天女散花的好兆头。直等着回国生孩子，这下可如愿以偿了。

接着她又写道：

> 我常以为我们这一代残缺不全，有的不生在统一的中国，有的虽生于大陆，却要辗转绕地球一周才得回归祖国，备尝流浪和追寻的滋味。好在这种颠沛流离的日子都可以在下一代得到补偿了。他们将在和平和建设中土生土长，成为新中国的新一代，有比这个更幸福的吗？

可惜这种神圣的感情在"文革"中被亵渎了，她的一颗赤子之心被伤害了。

在她的家庭成员中，她与母亲感情最为深厚，在长期的贫困生活中，她们一起忍受煎熬，相互了解，在一起时有着说不完的话，她们之间除了母女亲情之外，还有着友谊的信赖。可是当她在美国决定回归以后，得知在台湾的母亲患了胃癌，母亲和家人都希望她回去一趟，她也多么希望去看看母亲，可是出于政治上的考虑，她终于没有回台，而在1966年10月回到了祖国大陆。

事情偏偏这么凑巧，他们夫妇是1966年10月18日从上海入境的，丈夫段世尧为了表示纪念回归祖国，特地将这一天改为自己的生日，以示新生。事后才知道，她的母亲也就是在这一天去世的。母亲

---

① 陈若曦：《文革杂忆》。

死前，她不能回台去见上一面，亲自侍奉在母亲身边，这成了她一生最大的憾事。仅从这一件事来看，为了实现回归祖国这桩大业，她是如何克制以致牺牲了个人所宝贵的一切！

这些在《文革杂忆》及其他散篇中多处均有记述，真切而感人！更值得一说的是，她的这段曲折经历具有普遍意义，难道不应该引起我们思考些什么，从中总结出一些有益的东西吗？

陈若曦爱祖国爱人民爱故乡、爱母亲爱丈夫爱儿子，此外还特别爱朋友。《新汉小燕回归》《许芥昱的麻婆豆腐》《我为楚戈描山水》就是其中感人至深的篇章。这几个朋友，有的生前曾说死了骨灰也要运回故乡四川，可是却客死异国（许芥昱）；有的为回归经受许多磨难，仍不改变初衷（景新汉、傅小燕）；有的重病缠身，深受思念故乡和亲人之苦（楚戈）。尽管他们具体情况各不相同，但他们都和陈若曦一样，身上流着浓浓的中国人的血，胸膛里跳着一颗中国心，盼祖国富，盼祖国强，盼祖国统一，正是这种崇高的感情，使陈若曦与他们之间的友谊升华到一个新的境界。

陈若曦对朋友一往情深。在《许芥昱的麻婆豆腐》一文里，她原是用轻松愉快的笔调记叙她和许芥昱夫妇的交往，但在文章末尾，笔锋急转直下，一场暴风雨从天而降，把许芥昱夫妇连人带屋永远地卷走了，作者想到他生前的夙愿，无限伤感地写道："芥昱的骨灰洒在这海湾里，它会流回到四川吗？"在《新汉小燕回归》里，因为惦记朋友，在漫漫长夜里卧不成眠的作者形象跃然纸上。陈若曦对朋友的深情抒发得淋漓尽致的当推《我为楚戈描山水》。这篇散文我读了十几遍，几乎每读一遍都控制不住自己，作者对朋友那么真挚、那么深沉、那么浓烈的情谊，深深地打动了我的心，常常激动得潸然泪下。海峡两岸长期对峙，不战不和又不通，许多骨肉至亲天各一方，生死茫茫。这种人为的悲剧何时了结？台湾画家楚戈身患癌症，在死神威胁他的时候，"他耿耿于怀的是暌违卅多载的故土和亲人"，深深了解朋友的心的若曦，文章中几乎字字都注满了情，为了印证朋友的山水画，她去游黄山，面对险峻异常的天都峰，一想起朋友，就勇气倍增，知难而上。她怨造物主捉弄人，攀上鲫鱼背的竟不是为之朝思暮想的楚戈；为了朋友，她恨不能把黄山奇景尽收眼底；为了朋友，她又悔恨自己不曾学绘画，否则把苍松云海勾勒下来，带回台北，也可稍慰朋友思乡之苦。她祈祷上苍：让朋友早日踏上故土，她情愿陪他再走一趟鲫鱼背。她无奈海峡对峙的局面不知要持续多久，夜深人静时，虔诚地托夜风传语："三峡，你等等我朋友吧。"作者的思绪千回百转，触景生情，借景抒情，把朋友对故土亲人的思念，自己对朋友的无限深情、对祖国统一的殷切期望，这种种感情全都糅在一起，组成了一首摧肝断肠的动人乐章。联想到关于她如何热情好客的一些传说，因为她家住在美国的西海岸，大陆和台湾去美国的朋友，常常要在这里换机，所以她家的客人特别多，他们夫妇有时深更半夜要去机场接客人，还常常把家里的床铺让给客人睡，他们夫妇去打地铺，如此等等。这是一颗多么热忱美好的心啊！

她的散文风格是洒脱自然、真挚深沉、诙谐幽默

陈若曦的散文风格与她的小说相比，大不一样。前者洒脱后者凝重；前者诙谐，后者严肃。读了小说常常悲从中来（特别是"文革"小说），读她的散文却常常忍俊不禁，要笑出声来，虽然有时笑声中带着心酸、带着眼泪，但更多的是开怀的、爽朗的笑。我想所以这样，一方面与作品的体裁、题材有关，另一方面，也与作者写作时的心境不同、表现手法各异分不开。

1973 年作者离开大陆后，寄居在香港，倍感寂寞，无限思念大陆的许多朋友，在一种十分感伤的心情下，开始了《尹县长》等"文革"小说的创作，所以这些小说呈现出一种沉郁、凝重的风格。到写《文革杂忆》时，已是粉碎"四人帮"之后，作者也已摆脱了初到加拿大时的经济上的困境，心情已较为轻松平和些了，她是以回忆往事的方式来写的，加上散文本来就是一种很自由的文体，所以写得十分洒脱自然，或揭露抨击，或揶揄嘲讽，嬉笑怒骂，皆成文章，

某些地方使这一悲剧题材还带上了一些喜剧色彩。例如《第一次分配》记叙他们在"文革"中分配工作的情况。她爱人段世尧是流体力学博士，专搞气象和海洋方面的研究，可是干部局在极左路线支配下乱点鸳鸯谱，根本不考虑学用一致，竟分配他去搞水利，当段世尧表示异议时，干部局的同志竟说："水不就是流体吗？""水就是流体"，这简直成了一句名言，陈若曦仅仅抓住这一句话，就把干部局个别人的不珍惜人才、愚昧无知暴露无遗。

更值得称道的还是《无聊才读书》这本散文集（收有近三十篇散文，时间跨度是 1977—1983）和近期发表的一些散文，表现了明快、质朴、生动、诙谐的风貌。像《我儿子的妈妈》《酒和酒的往事》《无聊才读书》《门外汉听相声》《我为楚戈描山水》《吕正操的午宴》《新疆吃拜拜》等，均是她散文中的精品。作者诚恳地袒露自己的心灵，至情至性，她的文章写得很活，似乎都是兴之所至，笔之所归。其实不然，看似容易却艰辛。她精心地选取了一些有表现力的妙趣横生的细节，用形象的夸张的比喻，诙谐幽默的语言，表现的都是严肃的，甚至崇高的思想，造成一个引人入胜的境界，使读者乐而忘返。她的散文差不多每篇都有一定的思想意义（有大小高低之分），没有什么游戏之作或是无病呻吟的东西。如《骑骡记》，看来只是一篇游记，写作者初次骑骡上山人为的紧张心理，有趣极了，可是末尾她突然写道："刚下土坡时，我曾经发誓，要是这回不跌死，以后绝不再碰骡马。这时我可改变了主意。比起许多人来，我想还是骡子可靠得多。"最后两句由骡子引申出一种思想，表达了她对人情世态的无限感慨。再如《吕正操的午宴》，全篇全是用活泼、诙谐的笔调，记叙应邀参观钓鱼台国宾馆的情形，末段抒发感想，看到国宾馆到处散放着文物，俯拾皆是，作者不免忧心忡忡："我但愿钓鱼台增加一件设备——锁。"这种高尚的爱国情操，使作品的思想升华到一个新的高度。值得注意的是，这种思想的火花和感情的高潮，常常是在文章的结尾爆发，所以读陈若曦的散文一定不能忽略它的结尾。

散文的篇幅虽然短小，又缺乏完整的故事情节，但陈若曦却善于选择生动的细节来刻画人物，例如在《吕正操的午宴》里，她首先选择了吕正操在"文革"中的几件带有传奇性的事情，表现了这位老将巧妙地对抗"文革"，绝非等闲之辈。待见到吕老以后，写他"不愧武人出身，八十高龄仍然腰板挺直如松，步履尤其轻快。神色和蔼，谈吐也不带官腔，没有一些干部见面时'形势大好'的开场白"。最后又写了一个细节，作者向吕老打听午宴的标准，吕老笑笑，悄声回答："这个，和西方女人的年纪一样，说不得。"这就把这位老人的健朗、幽默、聪明、机智表现得十分充分。全篇对写吕老用笔并不多，但一个有胆有识、平易近人、足智多谋、和蔼可亲的革命老将的风貌跃然纸上。在《和曹禺、英若诚谈天》一文里，她写曹禺这位大戏剧家，年轻时演自己写的《日出》：上台后竟然忘了台词，急得七窍生烟，只好大喊"来人啊"蒙混过关。把曹禺的形象写得活灵活现。在上面这两篇文章里均写到英若诚，也给人留下了深刻的印象。

作者的语言造诣很深，精练、朴实、生动、流畅，且极富有表现力。写景，是一幅生动的图画；写情，感人肺腑，催人泪下；写人，神形兼备，活脱脱的，令人难忘。下面我们且看看她在《新疆吃拜拜》里写的一段文字吧：

> 火焰山的烈焰更加煽起游子的乡思。面对着自小向往的塞外风光，越发怀念起远在东南边陲的海岛。咫尺天涯，斯情斯景，不饮酒也自心醉了。

作为一个台湾作家，塞外风光，勾起了她的乡愁，台湾孤悬海外，长期与祖国隔绝……种种情思，涌上心来。这么一段短短的文字，里面蕴藏着十分丰富的内涵，需要读者仔细去思索、品尝。

我还特别喜欢她散文中那么多形象、生动的比喻，带有夸张的语言和笔法，使一些篇章处处洋溢着欢乐的气氛。像回忆学生时代生活的《啊！台大》《久违了，曼荷莲学院》，记叙家庭生活的《骑骡记》

《学琴记》《夏令营·野营》《报童》《我儿子的妈妈》等，都写得极为轻松愉快、幽默风趣。她儿子锻炼不是出于自愿，而是被家长所迫去学小提琴，满肚子怨气全发泄在弓上："不是磨刀霍霍，就是乱杀乱砍。再没有比空着肚子听他练琴更令人摧肝断肠；神经仿佛接受外科手术，根根被割裂开。"① 这种自我嘲讽造成了喜剧的效果。再看看《闲话酒和胆》的一段："眼看器官保不住了，实在难过，想想便把手按在上面，大有亲近一日是一日的意思。说来惭愧，胆的正确位置始终模糊不清，慌乱中还捧错了位置。有一天碰到葛浩文，立刻加以纠正。原来他三年前割了胆，俨然是老前辈了，据他说，认识很多无胆的人，多到可以组织个'无胆者俱乐部'了。"读到这段风趣的文字时，想象若曦捧错了胆的那副可笑的样子，我可真笑痛了肚皮。去年她率一台湾旅美作家团回来，在新疆朋友家里做客，一个下午接连吃了六家，主人殷勤好客，不断劝吃，他们只好一再"腾肠挪胃"，一直吃到主人满意为止，最后他们作家团"成了一群北京填鸭，举步维艰"。② 这样风趣逗笑的文字在她的散文中俯拾皆是，不胜枚举。我想，她真可以算是一位寓教于乐的高手，我又想，也只有心胸豁达、热爱生活、充满乐观精神的人，才能写出那许多幽默、风趣、带给人们愉悦的文字。

我很喜欢陈若曦的散文，觉得它们很有特色，读起来有吸引力，也达到了比较高的水平，但是我并不认为它们已经登峰造极完美无缺了。首先，她的散文数量还不太多，还没有产生足以传世的名篇（虽然我认为像《我为楚戈描山水》可以算是名篇，但尚未引起评论界的重视）；其次，在质量上，有的篇章内容及表现手法都过于平实，有待提高。目前若曦正醉心于长篇（每年一部）。与此同时，我希望她不要忘了写散文，多一些再多一些。

---

① 陈若曦：《无聊才读书》。

② 陈若曦：《新疆吃拜拜》。

谈吃穿与陈若曦风度

　　从若曦的散文《我儿子的妈妈》看，她不善烹调，又要讲究什么维生素，常把莴苣叶炒成又黄又黑的"软状物体"，逼着儿子吃，弄得儿子眼泪汪汪的。但她的近作长篇《远见》，女主人公廖淑贞，从台湾来到美国，在一位有钱的医生家里帮工，廖淑贞颇能干，常会做出花样翻新的各种精美菜肴。由此看来，若曦又有点儿美食家的味道。事实究竟如何呢？笔者没有机会亲睹她如何掌厨，去年有幸陪她旅行五十天，倒多少窥见了一些她对于吃——这人生第一要素的点点滴滴。

　　她是外宾，国家按例优待，我们伙食标准比她低得多，自然要分开吃。她寂寞无奈地接受安排，只好一个人单独吃饭。这种时候，她常常不知点什么菜好，有时竟弄得吃不饱肚子。一旦有机会，有可能，她就主动来和我们合在一起吃，这时她就显得特别高兴，有说有笑，吃得又多又香。她吃东西从不挑食，有时，为了赶路，或是车上没有餐车，就啃个冷面包，或是在路边小铺里喝碗鸡蛋汤，她也都很乐意，从没有怨言。

　　她特别喜欢吃蔬菜、水果。有一次，宴会以后，她抓起桌上剩下的两只苹果，对我说："旅行途中得吃点水果，淑敏，你也要吃一点儿。"顺手又在桌上拿了一只塞给我。我看有那么多名作家在场，觉得挺不好意思，她却若无其事。她又特别喜欢吃黑木耳和海参，买了不少带回旧金山，可是她又说，她不会发海参。

　　她写过好几篇谈酒的散文，我知道她喜欢喝酒，此次见她喝酒果然有点儿雅量。每次宴会上，至少有三种饮料，她从来不要汽水、橘子水，大概嫌糖分太多。她饮的多是白酒，主人要求和她干杯，她十分爽气，马上站起来，一饮而尽，面不改色，有时脸色微微有些泛红。

最难忘的还是那次在泰山空中她与我的对酌。清早，为了赶下山去看岱庙，决定不在山上吃早饭了。我们随检车工人进了缆车，若曦拿出头天晚上喝剩下的泰安特曲，和一只冷馒头，掰了一半给我，就着馒头，和我一递一口地喝将起来。我虽然自小爱喝酒，但在海拔一千多米的空中索道上，脚下白云缭绕，与我喜欢的"对象"（看官别误解，若曦是我的文学研究对象）如此共饮，这还是头一遭。同车的男同胞，见我们如此情状，个个为之咋舌。若曦却旁若无人，自顾一边饮酒，一边赏景。

说起若曦的穿来，也挺有意思。旅行时，她带了一只大皮箱，每到一个地方住下后，她就把所有的衣服全抖落出来，摊了一床。你只要稍瞄两眼，就知道她好衣服也没有几件。她看看我的穿着，对我说："去年看到你时，你穿得好土，今年洋气多了。""我是为了这次旅行，临时赶做了几件衣服。我一向穿着马虎，家里人都喊我'老土'。"我如实自我介绍。

几十天观察下来，她虽然"洋水"喝过不少，如今又成了"洋人"，但她身上"洋味"不多。她穿衣服十分随便，款式、颜色、衣料质地没有什么讲究，只是将她带的几件衣服轮流换着穿，但却很整洁。她告诉我，有几件衣服是人家穿过不要了的，她拿了来穿。

返美前，为了减轻负担，她准备把大部分衣服都送掉。果然在长春时，她把一件较时髦的衬衫送给了陪我们上长白山的女作家李玲修。她一会儿说要把裤子送给我，一会儿又把羊毛衫让我穿，我都婉谢了。旅行结束快要分手时，她把身上穿的漂亮的睡衣脱下来，洗得干干净净，叠得整整齐齐，用塑料袋装好，郑重地送给我。我想，虽然我没有穿睡衣的习惯，但这睡衣上带着她的体温，有她的一份真情，我不能不收下，而且要永永远远地珍藏起来。

若曦自幼家里很穷，没有钱交学费，从初中开始就全是靠奖学金、写稿和做工来维持读书的费用，哪里有钱再来做衣服呢？她常常穿高年级同学剩下的衣服。几十年后的今天，她的境况大不相同了，她成了名作家，虽不富有，但做几件漂亮衣服的钱还是不在话下的，但她一如过去，不愿在修饰外表上下功夫。有时工作着了迷，衣服穿反了去上班都不知道。

她从不化妆，不施脂粉，梳一个再简单不过的西式童花头，整齐的刘海儿在额前总是开了一个小岔。我没见她穿过高跟鞋，夏天常是一双白色坡底凉鞋。她最喜欢穿的是布鞋，说这是世界上最舒服的鞋子，她回来之前，已托南京的好朋友，为她、她的丈夫、儿子买了好多双布鞋，她爬山也是穿着布鞋爬的。

她非常重实际，不喜欢客套，更不喜欢繁文缛节。每到一地，领导出来会见、宴请，在主人来说，是表示对她的尊重与欢迎。在她看来，搞多了，既浪费时间，又浪费钱财，不如多留点时间给她，好多看一些地方，多游览一些名胜古迹。

她精力充沛，动作麻利，办事如疾风、奔马，快刀斩乱麻，绝不拖泥带水。

北京车站的一幕：

"你回去吧，别等车开了，你站着挺累，我们要像鸭子似的伸长脖子和你找话说，也挺累。"若曦在车厢里，对窗外的中国友谊出版公司总编辑霍宝珍说，霍是天不亮特地赶来为她送行的。

我想，她们可能是老朋友了，所以若曦话说得这样直截了当。后来听说，她们也才是第二次见面。

一个多月后，在济南车站。

我们已经进入车厢，山东省作协的领导和一些著名作家又特地赶来为她送行。若曦认为已经会见过了，何必再多此一举。还没有等他们上车，就赶快冲下车去，和他们简单握别，就坚请他们回府了。

我觉得若曦太生硬了，简直有点失礼。在她看来，这是实事求是，主客两便。

谈吃穿与陈若曦风度

51

一切都是缘于爱　汤淑敏 选集

　　她见多识广，思维敏捷，直来直去，有啥说啥。每到一个地方参观以后，她总是坦诚地说出自己的看法，积极地、热心地提出改进工作的建议，有时对一些落后的现象表示不满，甚至义愤。她认为回国来就是回到了自己的家，不是来做客的，这里的一草一木都和自己血肉相连、息息相关。这里，有人在湖里洗澡，而且用肥皂，她建议要绝对禁止，否则影响鱼虾的生长；那里，看到满地是塑料袋、罐头盒，她说，环境保护是个大问题，塑料袋不解决，将来会变成塑料的世界。又比如，她对中国民航意见很多，票价贵，服务又差，但她又宁愿多花钱，不乘别国的国际航班，仍然要乘中国民航，因为她认为，乘自家的飞机也是爱国啊！她文如其人。对生活积极地投入，对人对事惊人地坦诚，这些也一一反映在创作上。近几年来，她日夜梦萦魂绕的是祖国的统一大业，几乎每年不辞劳苦地在大洋上飞来飞去，奔波于大陆与台湾之间，这一方面为她的创作吸取源泉，另一方面也为沟通海峡两岸尽一份心力。她近期的作品里，写了不少由于大陆与台湾长期隔绝，造成了中国人的许多悲剧。她的新作长篇《远见》的男女主人公，一个来自大陆，一个来自台湾，相遇在美国，他们由友谊又进一步相互产生了爱慕之情，但为道德规范所约束，又都强行克制自己。小说结尾没有表明，但是可以想象，廖淑贞发现在台的丈夫背叛她以后，一定会再回美国，再去寻找应见湘的。新作长篇《二胡》中的胡景汉，在大陆的结发妻子与台湾的情人之间矛盾的结果，决定冒着风险回大陆去与妻子团聚。这些情节的构思，都是令人回味、意义深长的。

　　她利用小说作为手段，来宣泄自己的情感，表达她对社会、人生的理想，她在放弃"文革"题材，转向写爱情、婚姻故事以后，仍然"本性难移"（陈若曦语），她密切注视着海峡两岸的形势，热切地对大陆与台湾的各种社会问题发表意见，并把这些意见糅进小说中去。和在生活中一样，她的批评意见很多，这是由于她太爱大陆和台湾的缘故，可是在客观效果上，并不能为所有的人所理解，还常常产生误解，弄得四处不讨好，但她并不灰心。爱看若曦小说、十分理解若曦的吕老（吕正操），一次，带开玩笑地对她说："国民党说你亲共，共产党说你反共，你究竟是哪一派啊?"没等若曦回答，吕老接着又说："我知道了，你是希望大陆与台湾和平统一，那时你既不左，也不右，更不独，做一个单纯的中国人，谢天谢地!"这几句话是若曦在一篇文章里写的，吕老居然背得出，若曦由衷地笑了。

　　我和若曦漫步在长春的斯大林大街上，我们一起去挤公共汽车，一起去逛百货商店，一起在人民广场与乘凉的老人搭讪。她是那样的普通，上身穿一件别人不要了的黄蓝格子衬衫，下身一条浅蓝色的长裤，脚上一双白凉鞋，谁也没有对她投来异样的眼光。晚上，我们一起去逛小市场，买零食吃，讲故事，说笑话，她是那样的随和。廿年前，她怀着一颗滚烫的心回来了，积极参加劳动，自觉地要求吃苦，一心追求的就是能得到中国人民的认同，被接纳为十亿中国人民中的一分子，可是后来她又伤心地走了。如今，她又回来了，高高兴兴地回来了，虽然她已入了外国籍，可是，谁又能否认她是一个真正的中国人，而且是一个杰出的中国人?!

陈若曦与衣食住行

——旅行杂记

在编辑朋友的关怀下，我写过谈陈若曦吃穿的文章。我以为，这不过是个急就篇。料不到，多方面的信息反馈，还颇多赞美之词，说我"把陈若曦写活了"，我禁不住有点喜滋滋的。承蒙《人物》来约稿，我就想继续谈谈人生的另外两大要素——住、行与陈若曦的关系。为了行文方便，我取了现在的题目，实际上有一半文不对题。

我还有个小小的请求，陈若曦这个名字写起来笔画太多，太费事，我想用她的英文名字 Lucy 来代替，这不是赶时髦，而是想偷懒。亲爱的读者：你们能谅解吗？至于她为什么取名 Lucy，这里面还有个小故事呢，下面我会慢慢对你讲的。

美丽的梦

旅游业在咱们国家正越办越兴旺，但旅游对于我来说，还是个过于奢侈的词儿，时间、经济都不允许，偶尔到什么地方开个会，顺便在那个城市或市郊转上一圈，便算旅游过了。去年春天，接到 Lucy 来信，说她应中国友谊出版公司及南京河海大学邀请，将回国旅行，先到南京，然后去东北、山东。我呢，先后两家出版社来约写 Lucy 传，正在为难之际，接 Lucy 此信，忽发奇想：何不趁此陪她去旅游呢？写不写得成传是另一回事，但作为一个研究人员，要研究作家作品，总该知人论文。这几年鬼使神差，我不知怎么迷上了 Lucy。可是她常年住在美国，咱也不能随便到美国去找她，只有等她回来。可她每次回国，日程都排得满满的。像前年（1985）春天，我特地赶到上海去看她，她在百忙中从早到晚陪了我一整天，这已很够意思了，可是要了解一个人、研究一个人，这怎么够呢？这就是研究海外作家的难处了。我想，若趁此机会陪她去旅游，既不影响她的既定计划，又可以实现我的计划，还可顺便去游览一番，岂不是一举三得的美事！

我先写信向 Lucy 征求意见。回信很快就来了："收到来信，你的计划令我受宠若惊，简直是吓一跳！我以为我很不够资格，但是我为你的热情深受感动！我的想法如下：你先别抱着非写本评传不可的心意，只是先加深认识，今生交个好朋友。——人生难得几回游，竭诚欢迎你来做伴！"

可是，光我们两相情愿还是不行的，更主要的还得邀请她的单位批准。怎样去申请？陪她旅行，经济上是一笔相当可观的支出，又从何处着落？单位里可怜的一点科研经费，平时连书都买不起，哪能做这样奢侈的旅行！为这件事我度过了许多不眠之夜，苦苦地想办法。

我的命运不错，天助我，人也助我。领导批准，部门赞助，许多同志支持，终于成行。虽然为了这近两个月的旅行，我写信、打报告、找领导、写材料、盖图章、打电话、跑单位、"敲关节"等等，也花了两个月的时间。

我平生第一次真正去旅游了，像出征的战士，肩负使命，庄严神圣。

故国重游

为迎接 Lucy 夫妇，我和"华水"（即华东水利学院，今已改名河海大学，但我与 Lucy 都习惯称它原来的名字，它即是 Lucy 夫妇"文革"中回国后所在的单位）的丁部长、毛老师（Lucy 夫妇的好朋友）特地来到上海，安排住在南京路上的华侨饭店。

晚7时，在虹桥机场，终于等到了 Lucy 夫妇。Lucy 一出站只见她穿了一条浅绿色的长裤，一件蓝色宽条短袖衬衫，系了根腰带，脚上一双黑皮鞋。她神色兴奋，椭圆的脸上，一双大眼睛闪闪发光。她向我们点头微笑，露出一排雪白整齐的牙齿，面颊上有一对不太明显的酒窝。最与众不同的是她那个发式，海外叫"清汤挂面"式，我则称它为西式童花头，后面稍长，两旁露出半截耳根，前面是一排整齐的刘海，有意无意地总是开了那么一点小岔。这种头发梳起来极为方便，她常常一边梳头一边说："我没有几根毛。"虽然她个头不高，只有一米五多一点，但她只要往你面前一站，就显得非常精干，朴素、清爽极了。在她旁边的自然是段世尧先生了。他的个子比较高，一米七以上，皮肤黑里透红，看上去很健康。他穿一件紫红格子衬衫，紧身的西式长裤，一看衣着就知是从国外来的客人。他一看到我就笑着说："这肯定是汤淑敏了。"Lucy 好像才发现我似的："你怎么也来了？我就怕浪费你的时间，不是写信叫你千万别来接的嘛！"我喜欢她这快人快语，笑不作答。

到华侨饭店后，大家就东西南北地扯开了。老段今天显得特别激动，他说这是他离开大陆十三年后第一次回国；Lucy 则表现得很老练、很熟悉的样子，因为从粉碎"四人帮"后，1982 年她第一次回国算起，这次已是第四次了。

二十年前，他们夫妇采取了一项重大决策，就是在美国结束学业后，不再回台湾，而是投奔祖国大陆，这差不多改变了 Lucy 一生的道路。她在《速说四十六年》里说："只因回了一趟中国，从此与政治难分难舍。"

人世间的事就是这么巧。当年他们一腔热血，不顾风险、满怀希望、万里迢迢投奔祖国时，就是从上海入境的，而且也正是安排住在这个华侨饭店，不过那时叫爱国大厦。他们到达上海的第一个晚上，就急于去逛街，观看上海的夜景。在台湾土生土长的、当时二十八岁的 Lucy，还是第一次踏上祖国大陆的土地，她是多么兴奋，又是多么急切地想看看祖国究竟是个什么样儿呀！

二十年后的今天，他们夫妇又双双地回来了，恰好又是一个夜晚。说了一会儿话，老段就沉不住气了，他又急于上街去看上海的夜景。丁、毛二位陪他去了，我留在房间陪 Lucy 给她的好友打电话。

我默默地看着 Lucy，他们夫妇这二十多年的曲折经历，像一幕幕电影在我脑海里闪过：

Lucy 出身于木匠世家，她度过了一个贫困、艰辛的童年，又以充满奋斗的精神，靠半工半读结束了中学与大学的学业。由于成绩优异，美国四所大学皆同意给她提供全部奖学金（包括食宿）。她用自己第一部小说集的稿费，购得一张船票，于 1962 年到美国留学。在蒙荷立克女子学院读了一年后，转学到约翰·霍普金斯大学。就在入学的第一天，她遇到了段世尧。他们的相遇成了她一生重大转折的契机。

段世尧出生在福建省福州市，1949 年他十四岁时随父母迁台，1957 年毕业于台湾大学土木系。他毕业那年正是 Lucy 进校，他俩错过了在台湾大学认识的机会。不料六年后，他俩在美国的霍普金斯大学相遇了。

认识的那天，段世尧即给 Lucy 介绍，他和一些志同道合的朋友住在"人民公社"，大家在一起"吃大锅饭"，并邀 Lucy 也去吃，还坦然相告，他毕业后不打算回台湾，而要去祖国大陆。段世尧不仅以他正直、朴实的人品，而且又以如此新奇、激进的思想吸引了 Lucy。Lucy 很快成为他们集体中的一员。他们一起搞读书会，读马列、毛泽东的书，开展批评，向往祖国大陆。

别人思想"左"倾可以只放在嘴上，他们却是不仅说了，而且真心实意地去做。Lucy 拿到了英美文学硕士学位，老段在取得流体力学博士学位后，又当了一年半的博士后。他们谢绝了学校的热情挽留，也不听朋友的劝阻，忍着和台湾亲人永远失去联系的可能（Lucy 已得知母亲患了胃癌，急得直哭，但她不敢回去看一看，怕回台湾后就出不来了），变卖了全部家当，Lucy 还送掉了所有的文学书籍，毅然决然地申请回大陆。当时中美两国尚处在严重对峙的状态，他们不

陈若曦与衣食住行

得不绕道法国，向我驻法使馆提出申请。他们在巴黎等了一个多月，终于获得批准。他们从上海入境那天是 1966 年 10 月 18 日，段世尧的生日是 10 月 16 日，为了纪念这个重大的日子，老段特地把自己的生日改成 10 月 18 日，同时还把自己的名字改叫"新生"，后来上级没有批准，这个名字才没有用成。Lucy 在自传体小说《归》里，将男主角取名新生，这不是偶然的。女主角叫辛梅，正是她的原名"秀美"的谐音。书中的许多情节，实际上是他们回国前后那段经历的真实写照。

时光整整流去了二十年。二十年，这在人类历史的长河中只是短暂的一瞬，可是对于 Lucy 夫妇来说，又是多么漫长啊！

他们在"文革"中度过了艰难的七年，后来带着一颗破碎的心和两个在大陆出生的儿子重又去海外谋生。辗转香港、加拿大数年后，1979 年才又在美国定居。在我去"华水"调查时，一位领导干部对我说："Lucy 夫妇是一对正直的知识分子，他们重又离开大陆是我们对不起人家。"

如今，他们又高高兴兴地回来了，面对着又熟悉又陌生的祖国，他们又如何能不感慨万端！他们的"归、去、来"，不正是这二十年中国社会变动的生动写照吗？

如果说，二十年前是老段把 Lucy 领到了中国，那么今天呢？

Lucy 不无夸耀地对我说："他现在对大陆的了解远不及我了，这次是我把他动员回来的。他在美国工作不容易，十分辛苦，积攒了三年的假期才能回来这一趟。"

目睹眼前的情景，回顾他们所走过的曲折道路，我心里在默祷着：Lucy、老段朋友，二十年后故国重游，愿你们随着岁月的流逝，忘掉过去的那些不快吧，在祖国度过一个美好、快乐的假日！

住

　　因为日程安排得很紧，我们在上海只停留了一天。

Lucy 一进入给他们夫妇安排的房间就嚷开了："今天晚上睡觉成问题了，我和老段不仅不能同床，而且不能同房。"我们几个人面面相觑，不知怎么回事。接着又听 Lucy 说："自离开大陆后，我一直患有严重的失眠症，已经十三年了。"原来是这样，我们心中释然了。在国外谋生不易，加上她长期从事写作，艰苦的脑力劳动，并非可以高枕无忧的社会环境，她患有失眠症就是很自然的了。

当晚她和老段各服了安眠药入睡。

在上海只住了一个晚上，每间房费一百八十八元，我不免忧上心来。Lucy 对我说："若不是我失眠严重，以后到东北、山东时，你可以和我合住一间。"（段世尧和我们在南京、黄山活动一周后，一到北京就要和我们分道扬镳，因为他是台湾同学会邀请的客人。）我并不希望这样，因为彼此的年纪都比较大了（我比她大两岁），生活习惯不一样，分开来住，休息得好些，有利于这次旅行。

路上，我们住的自然都是高级宾馆，承友谊出版公司小张和各地作协同志的细心体贴，在可能的情况下，均给我安排差些的住房或在我的房间里增加床位，以降低收费标准。有时我的房间没有卫生设备，Lucy 总不忘对我说："到我房间来洗头洗澡，我这里还有洗发精。"

但是有两次例外，我和 Lucy 同住在一个房间里了。

一次是在长春。我们住在离车站很近的春谊宾馆。吉林省作协的孙里同志得知我的经费是单独结算，我希望尽可能节省开支，他就为我重新调换了一间较便宜的房间。给 Lucy 安排的是一个套间，外边一小间也有一张床，与里间有扇门可以隔开。

Lucy 于是对我说："你不用再订房间了，你可以住在我的外间，中间房门可以关上，这样不会影响我睡觉的。"这次，我看她的外间确实可住，就接受了她的好意。我知道她长期为失眠所苦，晚上尽量轻手轻脚，唯恐动作重了，影响她入睡。谁知她反倒怕影响我睡觉（其实我睡眠蛮好，一般情况下是不失眠的），夜里连卫生间也不去用（去卫生间要经过我住的外间），而是放了一个小痰盂在房间里。

陈若曦与衣食住行

在长春的两夜，我睡得挺好，可是 Lucy 完全没有入睡。她说并非因我的缘故，而是她房间窗户的对面，有一家无线电修理铺，喇叭正对着她房间的窗户，深夜还在大放音乐，搅得她苦不堪言。

另一次是在泰山极顶。

午饭后，我们开始登泰山，天黑时，到达泰山极顶，夜宿岱顶宾馆。山上的宾馆，房间少，条件又差，我们两人被安排在一间。

房间内谈不上什么卫生设备，连热水都没有。Lucy 没有任何勉强或不悦，和我一起跑到外面上公共厕所，在自来水龙头下，用冷水擦擦脸和脚，高高兴兴地钻进了带点潮湿的、冰冷的被窝。

大概由于白天登山的劳累和兴奋，我们都很快进入了梦乡。我一觉醒来已是 4 点多钟，听到 Lucy 轻微的鼾声，知她确是睡着了，心里很高兴。一会儿，她也醒了。头晚和男同胞约好早晨 6 时起床看日出，时间还早，我们就又拉家常了。

她家三代木工，父亲一辈子不知给人家盖了多少房子，可是自己却没有个住房。1945 年日本鬼子投降时，一个日本人见她父亲老实，临走时就把房子给了他家。父亲没文化，也不知道应该办个手续，结果国民党当局不予承认，只给他们暂住权。

读书时代，Lucy 一直和姊妹合住在一个只有三个"榻榻米"大的房间里。房间没有门，只用个布帘子挡着，冬天，北风直往房间里灌，冻得她无法在家做功课。她一直求爸爸做个门，可不知为什么，爸爸始终没有做。姊妹几人合用一张小书桌，自然极为不便。大学时代，她写小说时，就跑到植物园图书馆去，在那里写一整天，中午跑到外边吃碗阳春面。

六十年代在中国，头两年在北京住招待所，在一间十几平方米的房间里生孩子、喂奶，像万国旗一样的尿布挂满了房间。分配到南京"华水"后，给了他们一套两小间住房，一家四口，还有个老奶奶（阿姨），谈不上宽敞，可在当时已是很照顾的了。后来她听说是特地赶走了一户人家，才把房子腾出来给他们的，为此她很不安，一直想打听原来住的是什么人，想去表示道歉。

从她写的一些散文中，我还得知，他们重去海外后，首先遇到的困难就是住房。他们初到加拿大时，不得不向朋友借了一笔钱买房子。为了还债，她白天在银行上班，晚上写作，弄得神经衰弱，最后不得不辞职。七十年代末，加拿大经济萧条，为了谋生，又不得不举家迁移到美国。加拿大的房子急于要卖，在美国又急于要买，这一卖一买，经济上又损失了不少，为此，夫妻还吵了一架。

我也对她说了，在住房问题上我经历的许多人生悲喜剧，这些是将来退休后写回忆录的生动材料。我还告诉她，因为生活、写作习惯的截然不同，我与爱人无法合用一个房间，我不得不和儿子挤在一个几平方米的小房间里，经常进行"拉锯战"。我幻想着，哪一天，这几个平方米的小天地能完完全全属于我。

行

Lucy 自小爱旅游，读了《徐霞客游记》，她浮想联翩，对祖国的山川无限向往，立志有朝一日要游遍祖国的名山大川。

六十年代，她和段世尧计划在回归祖国前，先把美国的风景名胜和有名的公园都玩个遍。

有一次，他们为了去访问摩门教的发祥地——西部犹他州的盐湖城，Lucy 特地先去学会了驾驶汽车，再又教会了老段。在经过一个星期的长途跋涉后，即将到达盐湖城时，由于疲劳过度，打起了瞌睡，又超速行驶，造成汽车翻车事故，"小乌龟"四脚朝天。Lucy 从眩晕中醒过来后，摇开车窗，爬了出来，又把老段拽了出来，她庆幸地说："谢天谢地，我们还活着！"这次事故的结果是，他们夫妇被警察训斥了一顿，罚了款，还花了一大笔汽车修理费。最后从盐湖城返回巴尔铁摩时，Lucy 的肚子疼得像拧成了一个球，他们没有回家：把车子直接开到医院——Lucy 流产了。

尽管 Lucy 的旅游史上有过这样"不幸"的记录，但是她仍然不改初衷，丝毫也没有影响她对旅游的兴趣。

在巴黎申请回国、等待批准的日子里，他们夫妇又去了联邦德国、奥地利、瑞士等地，既看望朋友，又游览了名城。有一次，在巴黎参观埃菲尔铁塔时，钱包被小偷偷走了，里面还有寄存行李的单据。他们去警察局报案，语言又不通，搞得很狼狈，纠缠了一天，差点行李取不出来。

1966 年回国后，他们先在北京住了两年招待所，后在南京工作五年，说来简直叫人无法相信，他们竟然连中山陵、雨花台都没有去过。

这几年 Lucy 接连回国，做了不少补偿，她几乎跑遍了整个中国，连边远的新疆、内蒙古、西藏也都留下了她的足印。

这次我们先游了黄山，然后到北京，先上东北，再下山东。我们到了沈阳、长春、延吉、哈尔滨、齐齐哈尔、海拉尔、满洲里、济南、泰安、烟台、威海、青岛等许多名城。在祖国的北大门满洲里，我们看到了与苏联仅隔两条枕木的庄严的国门；我们登上了海拔两千多米的长白山顶，看到了神秘、美丽的大天池；我们访问了草原上的牧民，与他们一起共吃手抓羊肉；我们到了丹顶鹤的家乡——扎龙自然保护区，远眺美丽的仙鹤在扎龙湖上展翅飞翔；我们徜徉在青岛迷人的海边，在月色朦胧的夜晚，流连忘返；我们……我觉得这次旅行内容真够丰富的，使我大开眼界，增长见识。我觉得日程也安排得挺紧，每天三个单元时间都安排上了，白天参观游览，晚上看戏、看电影（Lucy 还是个大戏迷）。每天早晨起床后、早饭前，还安排了我对她的采访录音。中午别人小憩，Lucy 都利用来看书、写信、写讲演稿。出我意料，回到北京，在吕正操家做客时，吕老问她："东北之行怎么样？"她竟回答："安排得不太好，看的东西不太多，时间浪费太多，有七天时间花在路上。"啊！难道能不眠不休地玩吗？走路、坐车能不花时间吗？她大概看出了我的惊愕表情，又说："如第一站先乘飞机到哈尔滨，至少可省掉三天时间。"我信服了。每到一个地方，她除了要求多跑多看外，不太喜欢惊动很多人，也不太欢迎向导解说。登黄山、泰山、崂山时，她不肯让人家用车子送，或一开始就乘缆车，而是穿上一双布鞋，把裤腿卷得高高的，用自己的腿一步步去爬。爬黄山时，中午登上了天都峰，跨过了鲫鱼背，Lucy还是一派英雄气概。待到下午下山时，她就举步维艰，狼狈不堪了，一步一拐，活像一只老母鸭（唉，我也比她好不了多少）。晚上只好请按摩医生，"大团结"飞掉了好几张。

第二天早晨，她才肯老老实实乘缆车上北海。后来爬泰山时，她稍为聪明些了，爬到中天门，然后再乘一段缆车到南天门，晚上才好再去"拱猪捉羊"（扑克牌的一种玩法）。

近两个月的时间，我每天和她朝夕相处，不知她什么时间看的材料、查的地图。每到一处，她对当地的地理形势、历史背景、风土人情以及游览路线等等，都了然于心，主人提出一个方案，她如觉不妥，就立即提出另一个方案。参观、游览的时候，我都和她在一起，并不觉得她对什么特别经心。她告诉我，旅行期间，她每天的日记只有三行。她还告诉我，她的记忆力已大有减退。可是，没有多久，记叙这次旅行的散文《延边四日》《台湾人看草原》相继发表了，我惊讶地发现，原来她对所见所闻的人、事、景是观察得如此细致，许多事情，甚至连数目字，她都记得那么清楚。曹禺先生说得对："地方、风情、人物，只要她见过，用心观察过，在她笔下便是一幅朴实、真切、生动的图画。"① 复杂纷纭的现实生活，经过她那魔幻工厂似的头脑加工，奉献给读者的便是一幅幅美丽的图画。1982年，她第一次游黄山后，写下了情深意切的《我为楚戈描山水》；1985年游新疆后，写下了诙谐风趣的《新疆吃拜拜》。今年她在西南几所大学讲学以后，又去了西藏。前不久，她给我寄来了长达三万字的散文《西藏行踪》，这里我随便摘抄两段：

李白有诗云：蜀道之难难于上青天。他若能看到今天的西藏公路，一定惊叹：此路只应天上有！

────────────

① 《天然生出的花枝》，刊于《收获》1985年5期。

……为了在世界屋脊上筑路，解放军克服了旷古少遇的风沙、雪崩、冰川、泥石流、缺水、缺菜、缺氧等困难，历时四年才完成，三千多人民子弟兵为此捐躯，他们以汗水和血肉，帮助藏族同胞结束了千年封闭的历史，并揭开了雪域现代化的第一页。

…………

中国政府治理西藏有失误之处，譬如"十年浩劫"期间对宗教的压抑。然而三十多年来，中央政府对藏拨款已超过一百六十亿人民币，加上内地的人力支援，成绩还是有目共睹的。……

在国内外一小撮人为"西藏独立"汪汪叫的时候，她以自己亲身经历及大量史料，发出了一个海外华人知识分子的正直声音。

她牵挂着知识分子的衣食住行

Lucy凭着自己的艰苦奋斗和聪明才智，加上美国经济比较富裕，她已为自己争得了较好的生活条件和工作条件，听说她在旧金山伯克利有一幢相当不错的洋房，许多大陆、台湾去美国的作家、诗人、画家，都曾在她家里打过尖、息过脚。她也拥有自己的小汽车，并常常自己开车去机场，迎接来自海峡两岸的中国客人。但她并没有就此"安居乐业"起来，她念念不忘的是中国知识分子的使命和责任，梦萦魂绕的是台湾与大陆的和平统一。她为中国大量人才外流感到痛心，为许多留学生学成不归大声疾呼。她也吁请中国领导要尽力改善知识分子的工作、生活条件。去年9月3日胡启立同志在中南海会见了她。那天早晨我和她通了个电话："Lucy，你今天可以见到胡启立同志，你代我们知识分子讲讲话呀！"

"我正是要谈这个问题，你有什么意见和材料，快给说说。"

话筒里传来了她清晰、明快的声音。

"知识分子待遇太低了，知识分子政策没有真正落实。现在样样涨价，唯独知识与知识分子降价了。过去一级教授相当于部长级工资，每月三百三十元。现在物价涨了好多，部长级工资未变，一级教授却降到每月两百五十元。其实，现在全国一级教授也剩下没有几个了。新提的教授、副教授待遇之低就更不用说了。这是一。"

"唔，很好，很好。"

"第二，不少教师的住房仍很困难，一些老教授的看病、用车问题仍未解决。就在一个多月前，我因为某件工作需要，跑了××重点大学几十个教师的家庭，看了以后心里很难过。至今，还有教师一家三代同堂的，用一个布帘子在房间里隔开，洗衣机没处放，就放在缝纫机上，要洗衣服时，女同志就一个人把洗衣机扛了下来，这个女同志快成举重运动员了……"

"噢，你得简单点，到时不可能讲这么详细的。你就说说你的主要观点。"

"好，好。老教授看病、用车事，据我所知，像陈白尘、程千帆这样全国知名的教授，看病、用车都很困难，其他人就更不用说了。第三，职称评定工作，僧多粥少，比例限额过死，又不尽合理，评审手续过于烦琐。评职称带来许多新的矛盾，知识分子所能得到的实际利益并不多，但是弄得人际关系非常紧张，伤了许多知识分子的心。北大一位名教授说：'评职称是知识分子的灾难。'……"

"是的，是的，在南京时，我听'华水'许多老师谈评职称的事，意见很多。"

后来 Lucy 告诉我，她向胡启立提出，希望改善知识分子待遇。胡启立同志表示，她谈的一些意见很重要，一定转达给有关部门。

Lucy 还告诉我，会见时在座的中国作协党组书记唐达成称赞她说："你今天讲得精彩极了！"

编辑限定的字数已快到了，所以我得赶快收住，把本文开头说的 Lucy 这个名字的来历讲讲清楚。

若曦这个名字，按理说译作 Rosie 更贴切些，但是曾任美国新闻处长的她的朋友麦加锡对她说："Rosie 这个名字太陈旧了，美国有个

电视剧 *I Love Lucy*，家喻户晓，女主角 Lucy 红得发紫。你就叫 Lucy 吧。"看来，Lucy 确实是个好名字，如今，陈若曦不也是红得发紫吗？

Lucy 自非完人，我们也不必对她苛求。我认为她在对待衣食住行方面，确有许多可笑、可爱、可取之处，所以我也要说："I Love Lucy。"

《失恋者》 从小说到电影

　　看了电影《失恋者》，我有一种说不出的亲切感。1986 年夏天，若曦夫妇应邀回国访问，我们特地去上海将他们接回南京。8 月 3 日午饭后，我陪若曦去北影厂女导演秦志钰家中。秦志钰详细地叙述了《耿尔在北京》这篇小说如何引起她创作的冲动，以及她编导的立意和设想，最后把已改编好的"本子"给了若曦。

　　第二天一早，我与若曦夫妇一行即去游黄山了。8 月 7 日，在从黄山返回南京的途中，我问若曦对"本子"的印象如何，她说好像单薄了些，想请人帮助修改。我即说，何不请张弦呢？他改编电影在全国堪称一流，最近这几天他正在南京家中。我这个建议若曦听进去了，回宁当晚便驱车直奔张弦家中，这就是若曦所说的"深夜托'孤'"。张弦是个热心人，他果然一夜未睡，看好"本子"，准备好意见，第二天一早在若曦动身去北京前把意见对她说了。此后便有了张弦应邀北上，与秦志钰通力合作的故事。

成功的尝试

　　1973 年若曦重又离开大陆后，以最早写成一批反映"文革"的小说，而在海外文坛重新崛起，《尹县长》《耿尔在北京》则是她的"文革"小说中最为优秀的两篇。

　　如何把文学作品搬上银幕，中外文艺家历来有许多分歧意见与不同的做法。张弦与秦志钰要把一部不足三万字的中篇小说转化成电影，自然是有许多困难的。他们没有拘泥于原著，而是把所能找到的陈若曦的全部作品都读了，从她的其他作品中寻找细节，或从中得到某种启发和联想，幻化成新的情节。比如，耿尔在五七干校做煤油炉的情节来自陈的另一短篇《值夜》，撕照片的情节来自陈的《文革杂忆》中的《照片》，如此等等。这确是个好办法，不仅丰富了电影的情节，而且有利于从总体上把握陈的作品的特点和风格。可以断言，《失恋者》的改编是成功的，它保留了原著的故事情节、人物关系、主题思想及风格韵味，但所有这些又比原著大大地丰富了；它确实是属于陈若曦的，但又鲜明地表现出编导者的独特创造。

耿尔就是陈若曦

陈若曦在《耿尔这个人》里说，耿尔的爱情悲剧故事源于北京科学院某一留美归来的科研人员，在写作过程中，又经常想起在台湾老家的朋友唐君，以致不知不觉给主角起了一个类似唐君的名字。作者感慨于他们二者个人的命运皆受到政治的干扰，而忍不住要将他们的故事诉诸笔端。这些对我们理解耿尔这个人物很有好处。

耿尔这个人物所以具有较高的典型意义，不仅在于他经历了两次有花无果的恋爱悲剧，我以为更重要的是，在他的身上表现了许多海外归来知识分子的共同心态。陈若曦在写耿尔时，有意无意地融进了自己的许多经历和感受，她写"文革"中的知识分子，不是隔岸观火，而是身经炼狱。她虽然没有经历耿尔那样的爱情悲剧，但是她与耿尔的背景大致相同，都是美国归来的留学生，"文革"中政治上受歧视，业务才能无从发挥。耿尔性格中最主要的特征，用他自己的话说，即是"想彻底改变自己"，处处想和祖国人民认同。他脱下西装，换上中山装。恋人小晴说："干吗要骑外国车？"他就赶快把英国"Riling"车去换成"永久"车。他在国外苦守了许多年，不肯结婚，拒绝了热情似火的美国姑娘，只是为了回到祖国，找一个"中华女儿"。一旦他遇到了小晴这样纯朴的女工，觉得这简直是"天意"，

"将来要生两个孩子，一个学工，一个学农"，这样就可以彻底变成高贵的工人血统了。陈若曦呢，在美国结婚后，一直坚持等到回国后才要孩子。1967年在北京时，医生验明她怀孕了，她"喜得把满天的飞雪都看成天女散花的好兆头"。她说："我常以为我们这一代残缺不全……他们将在和平建设中土生土长，成为新中国的新一代，有比这个更幸福的吗？"她在"青龙山里挖过煤，淮河岸边挑过土，在苏北开荒建农场，同大家吃一样，穿一样，一心一意只想与国内的人认同"，此其一。其二，她勤勤恳恳教学，工作量是别人的几倍，可是假期里，想请两周假到外地看朋友，军宣队都不批准，原因就是她是台湾人，又是从美国留学回来的，信不过。她痛苦地在心里大声喊"你—们—应—该—相—信—我"！这与耿尔的遭遇如出一辙："文革"开始后，小晴问耿尔在国外的事情到底还有没有向组织上交代清楚？他痛苦而又委屈地说："小晴，你一定，一定要相信我，我是清白的。"最后小晴决定和他"吹"了，还是因为信不过。其三，若曦夫妇初到北京，住华侨大厦，民政局发给他们甲种餐券，但他们看到同一餐厅吃饭的工人，伙食比他们差得多，他们就坚持要求降到最低一等，吃丙种伙食。以为这样就和工人认同了。对照电影增加的一场耿尔与小晴吃西餐的戏：

> 耿尔拿起一盘奶油沙拉："吃点沙拉吧！"
> 小晴："一股奶油味，我享不了这福。"
> 耿尔把沙拉盘放到一边："好吧，算了，不要了。"
> 小晴站起把盘子拿到中间："那多可惜呀，这么贵的东西。"
> 又玩笑似的："资产阶级！"
> 耿尔端起沙拉盘大吃起来，差点噎住，然后一摊盘子："无产阶级了吧？"

如此相似的经历与心态，我们不必再举例对照了，这些已足够说明，陈若曦写耿尔，实际上就是写她自己。她和丈夫在完成学业、拿到学位以后，怀着对祖国无限眷恋的深情，兴冲冲归来，可是，在"四人帮"称霸的时代，他们像耿尔一样，专业根本派不上用场，这是知识分子的最大痛苦，因此心中充满了失落感、幻灭感。从这个意义上说，陈若曦也是一个"失恋者"。

编导对陈若曦与耿尔的心态是非常理解的，他们紧紧抓住归国知识分子对祖国怀有深情的爱，而在"文革"中得不到理解这一基本点，又从多方面设计了许多新的情节，使耿尔憨直、纯朴、热情、但政治上还比较幼稚的性格特征更加鲜明了。耿尔做学术演讲，与吴教授、小晴谈世界名画、对小金细心体贴（如十分喜爱小金与前夫所生的女儿、经济上资助她）等等，都使这个人物形象较之原著更加丰满，更加可敬可爱了。

红花尚需绿叶扶

《失恋者》的三个主要人物耿尔、小晴、小金的编导演均比较成功。小晴保留了原著中那个比较纯朴、要强，但也比较幼稚的形象。小金的性格，电影较之小说则有了较大的变化，原作者是从与小晴的对比中来完成小金的性格塑造的，前者"纯"，后者"俗"；前者较"先进"，后者较"落后"。电影中的小金与小晴一样，也是比较纯朴的，只是她经历过生活的风雨，心头有着创伤，她考虑问题要比小晴实际一些，但并不俗气。她对耿尔有时还不能忘怀于小晴，表现得非常善良、明理。她从认识了耿尔，认为是找到了知音，重新燃起对生活的热情。耿尔也非常喜欢她，她可能比小晴更能体贴、照顾耿尔，他们本来可以成为很幸福的一对。可是，由于组织上不批准，小金最后无可奈何地嫁给了一个她并不爱的老干部，耿尔也仍是孑然一身。小金这个形象较之小晴，更为丰满一些，她的不幸命运，也更值得人们同情。电影中的小金比小说中的可爱得多，她和耿尔有情人不能终成眷属，更使观众深深为之惋惜，从而使作品的主题得到了深化。

红花虽好，尚需绿叶扶持。遗憾的是《失恋者》的次要人物几乎没有一个成功的。特别是羊肉馆的服务员老鲁，在原著中这个人物是非常生动的，但在电影中就逊色得多了。几次吃涮羊肉，表现了耿尔各不相同的境遇，可是"戏"也没有做足。新增添的画家吴教授夫妇，游离于剧情之外，可有可无。小张夫妇是次要人物中较为重要的角色，也显得没有特色。倒是在小晴家里的两场戏比较生动，晴父的性格比较鲜明。

《失恋者》在运用电影特有的艺术手段方面，有得有失，瑕瑜互见。如几次采用耿尔去邮局寄信、小金在广西农村生活的画面，镜头闪回交替，配以画外音，说明他们通信的内容，推动了剧情的发展，简洁又生动。但是，还有三次闪回奶奶给小耿尔讲故事的细节，却是不成功的。《老井》中有旺泉三次倒尿盆的细节，生动地表现了主人公思想性格的变化，耐人寻味。可是，奶奶三次给小耿尔讲故事，说明了什么呢？含义不清。一次与一次之间，也看不出层次变化。

影片十分注意表现北京的民情风俗与地方特色，像小晴，特别是她父亲的语言，具有"老北京"的语言特点和韵味，也很切合人物身份。再如耿尔买孙悟空面具，吃糖葫芦，到小晴家做客时包饺子、唱京戏、玩鸟等等，都为影片增添了情趣。

不该遗忘的悲剧

——读《尹县长》

陈若曦早在中学时代即开始了业余写作,在台湾大学外文系读书时,更因和白先勇、李欧梵、欧阳子等人创办《现代文学》杂志而活跃异常,个人的创作业绩也颇可观,形成了她创作生命中的第一个高潮。但自从1962年到美国留学后,1966年又与丈夫悄悄投奔大陆,从此她在台湾文坛上销声匿迹了。1974年11月香港《明报月刊》突然刊出了她的短篇小说《尹县长》,啊!陈若曦又回来了,而且是以与过去如此不同的风貌回到文坛上来了,这令许多老朋友又惊又喜。但问题不仅于此,小说因其重大的政治内容和强烈的艺术感染力震惊了海外文坛,引起各种势力的热切关注,赞美与诋毁同时并举,好意的劝告与恶意的骚扰一起袭来,报刊上评论文章之多,简直成了一股风潮。更有小岛上的某些人士,竟高兴得利令智昏,想借此大做文章,诱惑作者去当什么"反共义士"。《尹县长》及其以后反映"文革"的几个短篇,在七十年代的海外文坛掀起了如此波澜,实属不寻常,有人称之为"陈若曦旋风"。

《尹县长》到底是怎样一篇小说呢?小说通过从北京到陕西出差的干部——"我"的所见所闻,用回忆的方式,按时间顺序的方法,叙述了"文革"初期发生在陕南兴安县的一个悲剧。

悲剧的主人公叫尹飞龙,他原是国民党上校,在解放战争中率领部下起义,使陕南三个县得以和平解放。解放后,他一心跟着共产党走,勤勤恳恳为人民服务,认认真真改造思想,但是政治地位却日趋下降，县长早已不当（群众仍习惯地称他"尹县长"），"文革"初期只是一个无足轻重的县委委员，但是他也没有能够逃脱厄运，终于被红卫兵以"军阀、恶霸、反革命"的罪名枪毙掉了，临刑前，他还在高呼"共产党万岁！毛主席万岁"！

作者为什么会写出这样一个悲剧呢？我们先来探讨一下作者创作时的思想基础。作者原是抱着极大的爱国热忱，对于社会主义的无限向往回来的，可是回来以后，正碰上"文革"中最混乱的时期，作者的理想幻灭了，她怀着十分痛苦与悲愤的心情重又离开大陆。当她在香港生活了一年以后，思想渐渐冷静下来，在大陆"文革"中经历的往事又都一幕幕浮上心头，经过一番沉淀，她终于开始了"文革"小说的创作。作者当时的心情，她在短篇小说集（亦名《尹县长》）自序中的一段话可见底蕴：

> 原想不谈往事，只将就着打发余生，然而住在以人为墙的香港，却倍感寂寞，特别怀念起大陆上的朋友来。……每想起他们，就像想起老家台湾的亲友，无限地亲切。就为抒发这情怀，我又试着拿起笔来。

作者在国内生活七年，主要是在南京（五年）和北京（两年），可是她的第一篇"文革"小说《尹县长》却是写的陕西的事，这又是为什么？尹县长的故事有人物原型吗？我在 1985 年 4 月趁她回国时去上海访问了她，她对这个问题是这样回答的："这是个真实的故事，发生在陕南某县，那位县长姓雷，原是国民党起义人员，'文革'中被杀害了，临死前还高呼'毛主席万岁'。这件事给我留下的印象很深，所以我就首先写他。故事是一位新加坡华侨讲给我听的，我没有到过陕南，但到过陕西、山西，有朋友在那里。"

正因为作者亲身经历了"文革"，她以忠实于生活的严肃态度，用真实的故事做核心，运用现实主义的创作方法，再进行加工提炼，升华为艺术，终于写出了震惊文坛的《尹县长》。

《尹县长》的出现在陈若曦的创作道路上具有里程碑的意义。早年的陈若曦是现代派的一员干将，所以至今仍有人把她划为现代派小说的代表人物。但是，只要稍为仔细地考察一下，就会发现，她在尝试了几篇并不成功的现代派小说以后，很快就转向写实主义，主要反映生活在社会底层人们的痛苦和不幸，当然这种转变不是一下子完成的，在基本写实的《最后夜戏》《辛庄》《灰眼黑猫》等小说中，仍有许多现代派的手法，但到《尹县长》出现，人们惊奇地发现，陈若曦像是完全换了一个人，从她的作品中连一点现代派的影子也找不到了。《尹县长》以它巨大的思想内容与丰富生动的细节，真实地再现了"文革"初期的生活。

"文革"中，人的尊严横遭践踏，人的生命被当作儿戏，许多正直、善良的干部、群众遭残酷迫害，所以说，尹县长的故事虽是个别的，但是它所揭示的问题却是具有普遍意义的。

下面我们再从几个人物做一些具体剖析：尹县长正面出场只有两次：第一次是"我"随小张到达兴安当天，住在尹老头家里，晚上尹县长来串门，作者在这里除了交代人物关系（尹县长与尹老头是本家，尹县长是小张的表叔，小张和尹老头又是亲戚）以外，着重描绘了尹县长的外形和神态："这个人身材很高，虽然黑黑瘦瘦的，腰板却挺得很硬，年轻时想必体态很威武的；看人时，目光凝注着对方；听人说话时，头微倾过来，唯恐听漏似的，脸上的表情既温和又谦虚。五十岁不到的年纪，一身半旧的灰色中山装洗刷得很整洁，布鞋布袜，真是中国由南到北典型的老干部模样。"

第二次是几天以后，兴安县"文革"之火已经烧起来了，尹县长带着满脑子的困惑，来向北京来的干部——"我"请教问题来了。

他提出了"究竟为什么要搞这文化革命"，又问"这文化革命跟我有什么大关系"，他的困惑实际上也是所有老百姓的困惑。

除此，作者是通过"我"和尹老头的谈心，由尹老头说出尹县长过去的经历和解放后的一贯积极表现。再就是一年半以后，通过小张的弟弟，叙述了尹县长在 1967 年初被小张为首的造反派枪毙的情况。

通过以上几段的描写和交代，尹县长这个人物形象就十分完整而清晰了。一个虽然是旧军人出身，但是个对党对人民有功的干部，竟不明不白地被杀害了，带着对"文化大革命"的困惑，也带着对党和毛主席的一片忠心，临死前还在高呼共产党万岁，毛主席万岁，这实在是对"四人帮"的血泪控诉！

小张这个人物也写得活灵活现，相当成功。作者通过小张的活动写出了红卫兵造反的共同命运：开始响应号召造反，狂妄不可一世，唯我独左，唯我独革；一旦掌权，更是无法无天，大搞特权，践踏法制，许多惨无人道的事都是经他们的手干出来的；后来内部分化，争权夺利，大搞武斗，最后落得十分悲惨的下场。她写出了红卫兵既是极左路线的执行者，又是极左路线的受害者。这个形象使人感到不满足的是，小张作为红卫兵的共性还写得比较生动，但作为红卫兵小张的个性，却缺少内心世界的挖掘，若把他换成红卫兵小李、小王也无不可。

尹老头在小说里则是一个不可缺少的配角，在小说的结构上，他是一个总枢纽，前半部重场戏大部分是在他家里演出。尹县长、小张、"我"以及一些居委会干部、群众的活动，大多在他家里展开，通过他的口，我们才得知尹县长的过去与现在，了解到尹县长是一个多么正直、善良的好干部。在思想意义上，这个老人代表了人民群众的正义和良知，不肯屈服于政治压力，宁可自己受苦挨批，也不肯随便诬陷好人，他虽然没有多少文化，但是非邪正在他心里是很清楚的，他诚实、执着、厚道，与小张的浮夸、投机、狂妄形成了鲜明的对照。时隔一年半以后，尹县长被杀了，尹老头也死了，书中虽然没有交代他是怎么死的，但是挨批挨斗，心情抑郁，肯定是促使这个善良老人早死的原因。被害的如此，害人的呢？曾几何时，那个高喊"革命"口号、"大义灭亲"的造反派头头小张，已销声匿迹，落荒而逃。这是一场什么革命？这又是谁之罪？

这是一出呼天抢地的悲剧，但是作者却以异常冷静、含蓄的低调来处理的。整篇小说的风格可用"冷峻"二字来概括，这主要表现在：（一）"我"在整个小说中只起说书人的作用，他既不是像三毛小说中完全是作者自己，又和整个故事中发生的事件没有关系。这个"我"好像仅仅是这段历史的看客，与整个事件无关的局外人，他不动感情，不动声色，纯粹客观地在叙述故事，从他的谈话，看不出他对"文革"的鲜明态度。在张小弟向他详细地叙述了尹县长被害的情况以后，作者也没有抒写她的感慨和悲愤，而是给读者留下了广阔的想象空间。当然，"我"也不是完全没有态度的，偶尔也露出一两句："算了，那些罪名我完全知道，牵强附会到极点！他究竟是'起义'的，又何至于死罪？"（二）采用侧写的办法，便于掩藏作者感情的激烈表现。如前所述，尹县长在小说中只出场两次，而且是不太重要的两次。他的光荣历史、对党对人民的忠心，以及后来被残酷杀害，都是采取由"我"听别人叙述的办法，侧面地来表现的。（三）讽刺的运用。作者一向是很善于运用讽刺手法的。在《尹县长》中用得并不多，但偶尔出现，则收到奇兵突袭、致敌于死命的效果。现举两处为例：对一个年事已高、善良无辜的尹老头也要办学习班，白天黑夜地轮番作战，这本是很残酷的事。那个地区干部临走时说了一句"你们早些休息吧，我们明天再谈"。作者在这里突然插上一段："到底是山区人家，富有人情味——我想着也颇为感动——办学习班也想到让人早休息。"明明是把人搞得不得安生，连客人也受累不得休息，偏偏还要说什么"富有人情味"，这就把那些整人的人是何等嘴脸揭露无遗。最有分量的讽刺是全篇末尾一句，"我"在听说尹县长被枪毙了，尹老又去世了，"也不问尹老是怎么死的，脑子里只是反复地涌上一句平日诵熟的毛泽东的话：死人的事是经常发生的"。表面看来，似乎是说这不值得大惊小怪，但稍再一想，那实际是说，这样的悲剧，或者比这更惨得多的悲剧还多着哩。作者没有对"文革"进行正面批判，只是偶尔冷冷地讽刺几句，但实际上却起到加深批判的作用。（四）运用象征手法，营造悲剧气氛。全篇写自然景色的变换，都用来隐喻当时的政治环境和个人的痛苦心情。作者写风、写雨、写山川、写太阳……其中以写风云联想到政治上的风云，我们再来看几个例子：

"我"和小张刚到兴安时，这里"是一片浓绿，乍疑置身在江南"。但时间才过了不几天，气候已经有了很大变化，"那天，自日头没入山峰后，便刮起了风。入黑以后，更是呼呼作吼，一阵紧似一阵"。正是这时候，"只见一个人影随着呼啸的山风闪进来……竟是尹县长"。这"呼啸的山风"显然是比喻县城的政治风云突变，"文化革命"的烈火已经点燃，而且已经烧到尹县长的头上来了。

一个多星期以后，形势急转直下，尹老头又被办了学习班，尹飞龙的命运已经危在旦夕，"我"的心情沉重如铅，但作者没有直接去写，而是写了山城的夜色：

> 才九点钟，但行人稀少，多数铺子已打烊了，很多住家也熄了灯。这时山风吹来，倍感夜凉如水；镰刀似的月亮挂在山巅，耸入云霄的群峰，在朦胧的月色里，显得阴森森的，宛如窥视着的猛兽，伺机要围扑过来。

作者以情观景，当时的政治形势是危机四伏，人民群众生活在恐怖之中，以致"我"看"山峰"也如同"猛兽"一般了。

再有一处是，一年半后，"我"在北京东单公园偶遇张小弟，得知尹县长已被枪决。

> 正说着，一阵风刮来，泥沙纸屑都卷起，在空中翻腾，太阳早不知被驱赶到何方去了，满天昏昏惨惨，一片黄蒙蒙。我眯紧眼，头顺着风势躲，脸皮被风沙刷得麻痒痒的。那黄土高原长大的少年却毫不在乎；风刮得疾时，他还兴奋地张开两臂，想捕捉一把似的。

这里的风明显是象征着那股邪恶的政治势力，比较成熟的"我"

不该遗忘的悲剧

和不知世事的少年，显然又是两种不同的态度。无疑，作者对自然景色的描写，为全篇奠定了阴冷、灰色的基调，加重了作品的悲剧气氛。

最后，再谈谈作品的语言。作者早期的作品，特别是模仿现代派写的几篇小说，如《钦之舅舅》《巴里的旅程》，语言雕琢的痕迹比较明显，使用艳丽、奇峭、夸张的词句比较多。到了《尹县长》，可以明显地看到，作者的语言变化很大，全篇使用的都是明白晓畅、朴实无华的语言。这也是作者的创作已经比较成熟的重要标志之一。《尹县长》无疑是一篇杰作，如果硬要挑剔的话，我以为，作为一个短篇，可以写得更精练一些，作者的倾向性可以更隐蔽一些，因为作者有时还耐不住，还要跑出来说几句，这多少有些影响全篇风格的统一。

《尹县长》出现在"四人帮"尚未垮台的 1974 年，它比国内"伤痕文学"的发轫之作《班主任》还要早三年，可以说，它是开了"伤痕文学"的先声。它和国内的"伤痕文学"一样，是作者忧国忧民、爱国爱民的缕缕心曲，是亲身经历了那一场民族大灾难以后的痛苦果实。尽管由于"四人帮"的封锁和极左思潮的干扰，《尹县长》在很长一段时间里被当作反共作品，不得在国内发表，但是人们还是在暗下悄悄地流传着，扩散着。直至在 1985 年第 5 期《收获》上发表以后，更是受到普遍的称赞。如今，《尹县长》已经被翻译成英、日、德、法、瑞典、挪威、丹麦、荷兰等数国文字，在世界许多国家广为流传，影响深远。它虽非鸿篇巨著，但它将以它在思想与艺术上的独特贡献，而在中国当代文学史上占有一席地位。陈若曦也因为《尹县长》的一举成功而奠定了她在当今文坛上的地位。

《尹县长》像一声春雷，敲响了"四人帮"必然灭亡的丧钟，它告诉处在酷寒折磨下的人们，冬天来临，难道春天还会远吗？

如今，悲剧虽然已经过去，但是，历史的教训我们是不应该忘记的！

写于 1987 年

论陈若曦、琼瑶、三毛与中国文化

陈若曦、琼瑶、三毛都是饮誉台港及东南亚的著名华人女作家。

近几年来，在祖国大陆一度掀起了"琼瑶热""三毛热"。值得人们深思的是，海峡两岸隔绝了三十多年之后，文化上的血缘关系与感情上的沟通，使得她们的作品，仿佛一夜之间就在大陆的许多青少年中引起强烈的反响，同时也在一部分中老年读者的心里激起感情的涟漪，引起他们的注目和思考。

陈若曦，这个曾在祖国大陆经历过七年"文革"生活磨炼的作家，命运有些不同。在粉碎"四人帮"之后的一段时间里，由于极左思潮的干扰没有消除，她的作品的出版受到了限制。1985 年春，当时的党中央负责人，邀请她回国访问，会见并肯定了她的作品的真实性。自此以后，全国几十家报刊、出版社竞相发表她的作品，这固然可以看出，政治力量的干预在我们这个古老国家所产生的作用，但也不尽然。你只要细心观察一下，就可以知道，许多读者之所以赞赏陈若曦，主要还是来自她作品本身的价值与魅力。

我之所以要把这三位作家放在一起论述，因为她们是同时代人，年龄相仿，她们之间有的曾经是同学，有的至今仍是密友。几十年来，她们所走过的生活道路与创作道路很不相同，作品的题材、风格、内涵又大相径庭，陈若曦是所谓纯文学作家，琼瑶、三毛是所谓通俗文学作家，几乎毫无相同之处。然而，当你在追溯她们的文学渊源时，就会发现，她们都无一例外地深受中国文化的影响。

中国文化是一个无比丰富的多元的复合体，每个作家由于本身经历遭遇、生活环境、文化素养、个性气质的不同，因而在接受这种影响时，必然有各自不同的选择与独特表现。陈若曦的主要特点表现在对现实生活的积极介入，她的小说是社会小说；琼瑶主要表现为对纯真爱情的梦幻追求，属言情小说；三毛的作品则是对理想境界的执着探寻，可称之为哲理小说。

要在一篇论文里穷尽她们与中国文化的全部联系是不可能的，我将就她们作品的主要内核与特征，分别论述她们与中国文化的血缘联系。本文不涉及她们文学成就高低的相互比较，请读者细察之。

陈若曦：深层的民族忧患意识

对自己的国家与民族有一种强烈的责任感和使命感，即所谓"天下兴亡，匹夫有责"。这是中国知识分子自古以来的优良传统。战国时代的著名爱国诗人屈原，"忧愁幽思而作《离骚》"[①]，唱出了"岂余身之惮殃兮，恐皇舆之败绩"，"长太息以掩涕兮，哀民生之多艰"，最后愤而投身汨罗江。知识分子这种忧国忧民的情怀与带有悲剧性的命运，在中国几千年的历史上延绵不绝，直至现代。1919年，爆发了五四运动，以知识分子为首的革命群众，高举反帝反封建的大旗，给中华民族的政治、经济、文化造成了深远的影响。1976年4月5日，北京天安门广场爆发的群众运动，敲响了埋葬"四人帮"的丧钟，知识分子又一次充当了拯救国家于危亡的先锋。自然，为此知识分子也付出了沉重的代价。

作为炎黄子孙的陈若曦、琼瑶、三毛，对于生于斯、长于斯的祖国故土，怀有一种无限眷恋、无法忘怀的深情，不论她们后来生活发生了什么样的变化，或是已经远离故土，或是已经加入了别国国籍，但是她们都无法改变她们的黄皮肤、黑眼睛、黑头发，她们的血管里流着的是中国人的血。

---

　　① 《史记·屈原贾生列传》。

琼瑶从小经历了战争离乱的痛苦，仅仅才是十四岁的年纪，在课本上读到日本帝国主义侵略中国的历史，这给中国人民带来了深重灾难，就到图书馆搜集了几十万字的资料，想写一本大部头小说。三毛离乡背井，长期在欧洲、美洲、非洲流浪，她喜欢打扮成印第安人，有些人说她更像吉卜赛女郎，她也真的做了西班牙的媳妇。当她在丹娜丽芙岛上与荷西过着安逸的小日子时，表姐夫的突然到来，使她的心理一下子失去了平衡，她说："一个长久失乡的人突然听到乡音，心里的震动是不能形容的。"表姐夫约请他们夫妇到中国船上度过一个周末以后，她"虽然面上很平静地微笑着，心里却是热湿湿的，好似一场蒙蒙春雨洒在干燥的非洲荒原上一般，怀乡的泪，在心里漫漫地流了个满山遍野，竟是舒畅得很"。① 在《亲不亲，故乡人》里，她更是直截了当地表白自己的情怀："爱之深，忧之切，我以上所写的事情在每一个民族里都可能发生，并不只是中国人，可是我流的不是其他民族的血液，我所最关心的仍是自己的同胞和国家。……请不要忘了，我们只有一个共同的名字——中国人。"

　　与她们两人相比，陈若曦用她的行动与作品表明了，她是民族忧患意识最为强烈的一个。

　　经历了大陆"文革"七年动乱的生活，她身经炼狱，耳闻目睹了太多的人间悲剧，"中国向何处去？"这是当时中国人民与陈若曦共同都在思考的问题。停笔了十二年，当她一旦有可能再从事创作时，她那种深深植根于中国文化传统的忧患意识，便在作品中十分强烈地表现出来了。她的创作热情就像决了堤的江水，一发而不可收地写下了《尹县长》《耿尔在北京》《晶晶的生日》《归》等一系列"文革"小说，没有大智大勇，没有对中国命运与前途的深切责任感，是难以承受这批"文革"小说发表后所带来的困扰的。随着时间的推移，笼罩在这批作品上的"反共"雾纱渐渐褪去，其真正价值越来越清晰地显示出来了。1984 年 2 月，她在香港大会堂发表演

---

　　① 《饺子大王》。

说时说：“当年我写《尹县长》，其目标是把中国人的痛苦和辛酸告诉所有的中国人。”①

1979 年，祖国大陆出现了伤痕文学以后，她认为自己历史使命已经完成，更深刻地反映“文革”是大陆作家责无旁贷的事，他们会比自己写得更好，于是她便转向写海外华人的生活。近期的创作，题材转换了，转向过去她很少涉足的恋爱、婚姻、家庭领域。从这些表面现象来看，似乎陈若曦变了，其实这是极大的误解。我们只要稍为细心阅读一下她近期的长篇小说和散文，就会发现，陈若曦还是原来那个陈若曦。她作为一个“政治动物”，“本性”多么“难移”②。

八十年代的陈若曦从加拿大移居到美国，今年她也由加拿大籍变成了美国的少数民族。但是，她人定居在美国，魂魄仍萦绕在祖国大陆和台湾。语言的隔阂，使她无法进入美国的文学圈。她为自己确定的创作原则是：用华文写作，写海外的中国人，为中国人而写。诚如她自己所说，她就像季候鸟一样，经常在太平洋上空飞来飞去，并乐此不疲，目的是为了回到自己的母国排遣寂寞和乡愁，又可吸取创作的养料。

综观她这一时期的创作，其本质特征仍然和前一阶段一样，她对现实生活采取的是一种积极介入的态度，上至国家的方针大计，海峡两岸的团结统一，民主与开放，下至社会道德风尚，知识分子待遇，空气污染，汽车司机、空中小姐的服务态度等等，她都要发表意见。对海峡两岸她都不留情面，直截了当地提出批评，她认为她这样做是因为“爱之深，责之才切”。她巧妙地把她对社会的理想，一一融入她所编造的那些爱情、婚姻故事中去。她的爱情故事没有琼瑶写得那么纯美，但却是从生活中来的，真实而严峻。接连发表的系列长篇小说《突围》《远见》《二胡》《纸婚》及众多的散文，其最大的主题

---

① 《远见·你争、我争、大家争看陈若曦》，香港博益出版公司 1984 年版。

　② 《远见》自序：“人是政治动物，我相信，这是本性难移。”

是呼吁海峡两岸实行"三通"，她在作品中，尽情诉说了由于国家的分裂给人民群众带来的巨大精神创痛，表达了人民群众渴望祖国早日统一的真诚愿望。她用实际行动与自己的创作，带头扮演"和平使者"的角色，发挥了沟通海峡两岸的桥梁作用。她说："做个中国知识分子，更是任重道远，往往意味着一场灾难。我们民族悠久的历史，在知识分子身上套了重担。他们不但要承先启后，继往开来，也要'先天下之忧而忧，后天下之乐而乐'。'文以载道'的传统，更赋予作家以强烈的历史和使命感。海外作家身受祖国长期分裂之苦，这份感受特别深沉。"①

曾经认为自己"生为中国人，死为中国鬼"的陈若曦，面对长期海外生活的严峻现实，她的家国观念也渐渐有所改变。她在1987年4月所写的《迎接太平洋世纪》一文中，鲜明地提出海外华人要改变"旅居"心态，变"叶落归根"为"落地生根"，主张海外华人积极参政以至联合同为少数民族的亚裔共同奋斗，来谋取海外华人的合法权益。海外华人也只有自己先站稳脚跟，才能更好地回报故土。她自觉地、心甘情愿地背负起历史的十字架。

她说："我真希望借我的小说，能够唤醒海外华人的注意，正视自己的生活，团结起来，在海外形成一股强大的影响力，甚而从政，就像犹太人一样，建立起他们的威信，则我们中国人方会有希望！"②对于国家前途与民族命运具有一种深层的忧患意识，并积极做出自己的奉献，这是陈若曦及其作品的最大特色，也是其最可宝贵的性格。

琼瑶：理想的爱的天国

爱情自古以来就是文学艺术家们吟唱不绝、常唱常新的主题，在

---

① 《美国华文作家苦乐谈》。

② 《远见·你争、我争、大家争看陈若曦》，香港博益出版公司1984年版。

源远流长的中国古典文学领域里，从《诗经》中的《关雎》到不朽的世界名著《红楼梦》，谱写了多少美好的爱情之歌，那些为追求纯洁爱情与美好生活的悲欢离合的故事，从一个侧面反映了人们的价值观、伦理观与审美意识的深刻变化，同时也是社会发展与人类对于美的追求的投影。

琼瑶涉足爱情题材的写作二十多年，辛勤耕耘，成绩斐然，成为当代最受青年读者欢迎的言情小说家之一。琼瑶的小说之所以受到许多大陆青年的喜爱，甚至使一部分人如痴如醉，这有着多方面的因素。我想要探讨的是，她在爱情中所表现的价值观、道德观与审美意识，以及表现爱情的某些艺术手法，实际上同中国文化，特别是同中国文学中爱情主题的悠久传统，有着密切的血缘联系，这也是她的作品能够引起东方文化圈的中国以及东南亚众多读者共鸣的重要原因。

琼瑶小说中的男女主人公，不仅有一个典雅优美的名字，姣好、动人的外貌，更主要的是，他们都有一颗美丽而善良的心。他们真诚、执着地相爱，追求心灵的契合与自主的爱情；他们蔑视世俗社会强加在人们身上的种种具有封建色彩的精神枷锁，诸如贫富悬殊、门第观念等等，重视并追求人自身所具备的美质，如外貌、才能、品德等。有趣的是，这本属老而又老的主题，何以依然能打动八十年代读者的心呢？我想，在现代社会，无论是台湾或大陆，因袭的封建意识，物质生活与精神生活的二律背反现象，使得对婚姻爱情的理想追求这一传统主题，依然富有新的生命力。中国文化中较富有民主意识和人情味的价值观、伦理观，对处于物质与心灵纠葛中的现代读者，也依然具有吸引力。琼瑶的爱情作品，可谓应运而生。她写的是现代生活、现代故事，追求理想的爱的天国，同中国传统文学所追求的境界却一脉相通。

通过作品中的人物，她着力歌颂的是人性中那些美好的东西：善良、诚实、正直，对人富于同情心、怜爱心，在别人困难的时候，乐于舍己助人等等。她鞭挞人性中丑恶的东西：邪恶、自私、说谎、贪婪、欺骗、强暴、狠毒等等。在她那些三角或四角关系的爱情纠葛中，作品主人公不是不择手段地去争夺，以达到一己的目的，而是极其善良地为自己所爱的人着想，成全别人，以至去帮助情敌。像《在水一方》中的朱诗尧，《月朦胧，鸟朦胧》中的刘灵珊，他们的所作所为，都是感人至深的。如果主人公一时为错误观念所支配，做出了错事，酿成爱情悲剧，良心上就深受谴责。如《烟雨蒙蒙》中的章衣萍，《失火的天堂》中的展牧原。对于邪恶势力则必加惩罚，使恶有恶报。像《失火的天堂》中的鲁森尧，《烟雨蒙蒙》中的雪姨，《心有千千结》中耿若尘的两对兄嫂。应该说在她的作品中，写人性中真善美的东西占绝大多数，写假恶丑的是很少一部分。

这种对爱情题材的处理，及其表现出来的价值观、道德观及审美取向，同我国古典戏剧、小说中悲切动人的爱情故事，显然有着一脉相承的关系。如果进一步追寻，这种对理想的爱的天国的追求，在五四以来的现代作家中也有所表现，沈从文的《边城》即为明显的例证。因此，我们可以断言，琼瑶的爱情故事所蕴含的道德观念与审美意识，充满中国文化的魂魄，与西方文化大异其趣。

在这一点上，深受西方文化影响的陈若曦与三毛，她们的道德观与审美观，同样是倾向于传统型的。三毛说："戴上戒指，心里有承诺，今生今世，好也好，坏也好，生也好，死也好，爱就来了，这是条最方便的路。"[1] 陈若曦《二胡》中的柯绮华，放弃了与等了三十多年的丈夫团聚的机会，有意成全丈夫与第三者的结合，她的道德观念与琼瑶小说中的朱诗尧、刘灵珊如出一辙。琼瑶小说的另一重大特点是将现实理想化。不少人批评她描写的爱情脱离社会现实，过于虚幻缥缈，故事编得过于奇巧，使人难以置信。这一点作者自己心中并非完全不清楚，《心有千千结》中的女主人公江雨薇说，该小说中发生的那许多奇迹，"简直像《天方夜谭》里的故事一样"。从读者来说，也并非就把她的小说当成是现实，有的抱怨它太虚假不真实，但

---

① 《我的写作生活》，见《梦里花落知多少》，中国友谊出版公司1986年版。

又常常仍情不自禁为她的故事所吸引、所陶醉。当然，在她大量的爱情故事里，存在着似曾相识、大量雷同的弊端，读多了也会腻味的。

琼瑶为什么如此专注地描写近乎梦幻式的爱情呢？这同她的人生遭际与经验有密切的关系。作者年轻时就经历了爱情上的挫折和婚姻上的失败，其中的酸甜苦辣，令她终身难忘。她说："我常想，我这一生已经把人家几辈子都过去了。我的生活、爱情及婚姻上遭遇了这么多，我才会有这么多可写。人有一种潜意识的发泄心理，有人用写日记来发泄，我却发泄在写作上。"作者深深感到人生太不完美，现实婚姻有太多的缺憾，于是她竭力编织了一个理想的爱的天国，把自己的梦幻和追求都编进去了，借以慰藉心灵深处的创伤。

读者也明明知道这种爱情是虚幻的，但是能在这个爱的天国里暂时得到憩息、快乐，这也是对现实人生的一种补偿。有人说她写的爱情有如海市蜃楼，确实不无道理。然而，海市蜃楼毕竟也是人间不易见到的一种美丽的幻景啊！中国古典戏剧名著《牡丹亭》里，女主人公杜丽娘死而复生的故事，也属于海市蜃楼式的幻境，然而却强烈地表现出古代女子对爱的执着追求。汤显祖在《题辞》中说："如丽娘者，乃可谓有情之人耳。情不知所起，一往而深。生者可以死，死可以生。"这种近乎荒诞的故事与艺术构思，突出了"情"的巨大力量，也正是古人对"有情人终成眷属"的理想追求之艺术体现。这里，我无意将《牡丹亭》同琼瑶的爱情小说相提并论，而只想说明琼瑶式的理想的爱的天国，从人生追求与艺术构思、手法上看，确实同中国传统文学中对爱情的追求，有着更多的联系。换句话说，在爱情的超现实追求上，琼瑶属东方型的，而非西方型的。

充分地吸收中国古典文学的养料，使得琼瑶小说的风格委婉、典雅。如大量运用诗词来抒情写景，使其作品具有东方式的美感。她差不多在每一部小说里，都引用一首古典或现代诗词，或略加译改，使之符合一定的音律、节奏，在书中反复咏叹，形成一种意境，既描绘了人物，又深化了主题，使书中充满诗情画意，激发人们的联想，增强了艺术的魅力。这也是琼瑶小说的艺术渊源主要来自中国传统文化的一个突出例证。

三毛：生之奥秘的探寻

人是世界上最复杂的动物。傅雷说："了解人是一门最高深的艺术，便是最伟大的哲人、诗人、宗教家、小说家、政治家、医生、律师，都只能掌握一些原则，不能说对某些具体的实例——个人——有彻底的了解。人真是矛盾百出，复杂万分，神秘到极点的动物。"①这是积累了他深刻的人生体验的说法。

每一位作家都是一位思想家，分析一个作家的思想较之分析一般的人更要困难一些，而三毛又是这三个作家中经历最为奇特、思想最为复杂的一个。为了更好地认识这样一位作家，我们还是要试做一些分析，尽管她本人是反对将人分析得太清楚的②。

三毛像是一个神秘、虚幻的人物，又像是一片飘动的云，人们为她的色彩、光芒所眩惑，却看不清，猜不透；然而她又是一个极真极纯的真实的存在，通过那一篇篇极为坦诚的内心独白，使我们能够较为清晰地触摸到：当她飞过天空时，留下的"翅膀的痕迹"③。

她不承认自己是一个作家，说她只是一个"非小说的文字工作者"。她的全部作品，就是她生活的一部分及其发生在她周围的人与事的真实记录。三毛的作品全部采用第一人称，作品里有个永恒的主人公，即她自己——三毛——Echo。与陈若曦、琼瑶不同，她不是着意去描绘动荡的社会生活，而是执着地向自己内心深处去探求。

许多评论家在论述三毛时，往往突出她经历的传奇色彩，或是强

_____

① 《傅雷家书》。

② 三毛说过："我是采取自然主义的方式，很少对自己做比较明确的分析，因为人哪，分析得太清楚就没有什么意思了。"见《两极对话——沈君山和三毛》。

③ 三毛说："'天空没有翅膀的痕迹，而我已飞过。'这句话对于那个叫作三毛的人来说，是一个最好的解释。"见《两极对话——沈君山和三毛》。

调她作品中的异国风光，这无疑是对的，但也是很不够的。当我们把她那十几本自传作品反复琢磨以后，就会发现，尽管她也受了不少西方文化的影响，但更主要的还是中国文化在主宰着她的灵魂。她作品的核心，是她用自己的生命实践，不停地在探求生之奥秘：人为什么活着？人应该怎样活着？她在追求一种所谓人生的理想境界。

她的理想境界是什么？她似乎也没有说得很清楚。她说："我们要如何度过自己的一生，固执不变当然是可贵，而有时向生活中另找乐趣，亦是不可缺少的努力和目标；如何才叫作健康的生活，在我就是不断地融合自己到我所能达到的境界中去。我的心中有一个不变的信仰，它是什么，我不很清楚，但我不会放弃这在冥冥中引导我的力量，直到有一天我离开尘世，回返永恒的地方。"[1] 如果我们再看看她喜欢什么，憎恨什么，向往什么，又回避什么，也就大致可以看清楚从《雨季不再来》到《撒哈拉的故事》，标志着她人生境界的一次重大飞跃，她在总结这种变化时所写的《当三毛还是在二毛的时候》，是一篇了解她人生理想的重要文章。

她说，《雨季不再来》里的那个少女，"的确跌倒过、迷失过、苦痛过"，一如每一个"少年的维特"。而十年后的她，经过数不尽的旅程与流浪，沙漠中的烈日、风沙，把她这朵"温室的花朵"，已改变成了"铜红色的一个外表不很精致，而面上已有风尘痕迹的三毛"。更主要的是，那个充满了青春烦恼、迷惘、躁动的少女，已经变得"平静、安详、淡泊"，心境"已如渺渺清空，浩浩大海"。她肯定"雨季是不会再在三毛的生命里再来了"。

荷西的死，精神上的再一次重创，使她这种淡泊、宁静的生活态度更向前发展了，此后作品的风格也更趋于冷静、平淡，带有悲凉味道。

她一生痴狂地爱读书，尤其喜欢在深夜读《红楼梦》。她喜欢写

---

[1] 《当三毛还是在二毛的时候》，见《雨季不再来》，中国友谊出版公司 1985 年版。

作，主张"游于艺"。

她喜欢与大自然做伴，喜欢蓝天、大海，喜欢黄昏时独自一人去散步。

她喜欢穿凉鞋，特别是白色的，喜欢心灵与肉体都与世无争。

她热爱生命，热爱生活。她喜欢撒哈拉威人无忧无虑的性格。

她喜欢适度的孤单，甚至有时故意避开她最爱的父母及丈夫荷西。她不吃油腻的东西，不吃得过饱。她信守的生活原则是：淡泊、宁静。她不喜欢具有现代文明标志的电话、电视，她喜欢鲜活鲜亮的人，在外流浪时，常常帮助孤苦无助的人；回台定居后，又把一份心血交给了莘莘学子。

她解释她为什么信神："因为我一天到晚看到神迹……我觉得只要用点心，看天地的一切，看动物、母亲，都是神迹，我不能说，没法回答，我相信，因为我看到了。"①

以上列举的这些也许不能包容三毛的全部，但是她主要的人生理想和价值观念，大体上都在里面了。

这种精神境界与人生追求，明显是与中国的儒、释、道，特别是老庄思想密切相关。中国老庄思想的特点是超功利，超社会，超生死。也就是超脱人世间一切的欲望、利害、痛苦与欢乐，一切顺其自然，使心灵彻底释放，而与大自然融为一体。三毛说：我的人生也不刻意，一切顺其自然。说宿命，太悲观了，说是大自然的定律比较好。《老子》里有一句话：'万物作焉而不辞。'天地万物都循作自然运作而不推辞。我是个自然主义者，一切发生的事都是合乎自然的定律的。顺其自然，没有意外。过去我随缘，但现在比较入世，喜欢广结善缘。"② 一个人不刻意追求什么，心灵就能平静而充实，精神上

----

① 《我的写作生活》，见《梦里花落知多少》，中国友谊出版公司1986年版。

② 《衣带渐宽终不悔》，见《送你一匹马》，中国友谊出版公司1985年版。

摆脱了一切羁绊，就能获得"绝对的自由"，这样就能得到超越一般声色之乐的真正的快乐，这也就是"天地与我并生，万物与我为一"① 的最高境界。

三毛同中国传统文化中的儒家思想也有关联，儒家注重道德修养，所谓"义以为上"，把道德看作是最有价值的。重义轻利，甚至舍生取义，这种思想历来对中国知识分子影响很深。三毛也不例外，她很注意道德的自我完善，虽然她主张"游于艺"，其实她写作是极严肃极真诚的。她热爱教师工作，不仅言教，更注意身教。

儒家思想的另一个特点是，肯定人的价值，宣称"天地之性人为贵"。又崇尚"仁"，"仁者爱人"。这是中国古代人道主义的开端。三毛流浪了很多国家，不太爱看景，而爱看人。她的作品都是写的人性和维护人性的斗争。

至于三毛同佛家思想的关系，我们从她的言行与追求的精神境界中，也能看到一些明显的印记。中国的佛教自印度传入后，与在中国占正统地位的儒家乃至道家思想相互吸收，相互融合。佛教追求的最高境界称为"涅槃"，即消除人世间的一切烦恼；超脱生死，从而得到解脱。三毛曾明白无误地说："我亦受到《弘一法师的传记》很深的启示和向往。"② 弘一法师是中国近代著名的艺术大师，又是德行很高的一代高僧。三毛的人生观里，出世思想很重，渗有佛学思想的影响是可以肯定的。

三毛之所以会吸收儒、释、道思想的养料，而融入自己的机体之中，这又是与她独特的个性与生活经历分不开的。

她生性聪慧，过于敏感，家庭中父母的过于关爱，养成她十分任性、执着的性格。她还很小的时候，就已开始探索生命是什么的大问题："一个聪明敏感的孩子，在对生命的探索和生活的价值上，往往

---

① 《庄子·齐物论》。

② 《当三毛还是在二毛的时候》，见《雨季不再来》，中国友谊出版公司 1985 年版。

因为过分执着，拼命探求，而得不着答案，于是一份不能轻视的哀伤，可能会占去他日后许许多多的年代，甚而永远不能超脱。"① 她学生时代给人的印象就是："一个令人费解的、拔俗的、谈吐超现实的、奇怪的女孩，像一个谜。"② 她命运多蹇，情感上一再受创，这也是造成她出走流浪的直接原因。才是初二的孩子，因数学成绩不好，受到了数学老师极为粗暴的侮辱性惩罚，使她幼小的心灵受到严重的创伤，造成她休学七年，在家过着封闭式的生活。爱情、婚姻上一再受挫，使她本来带有悲剧性的性格更加向前发展了。初恋的失败，第二个恋人死在她的怀里，迫使她一再流浪。在撒哈拉大沙漠里，她终于与自己喜欢的荷西结合了，度过了她一生中最欢乐、最灿烂的六年时光。谁能想到，竟会在她父母万里迢迢赶去看望他们的时候，在团圆欢乐的日子里，荷西又在业余潜水中丧生。她经历了人生的大悲大喜，使她比较易于接受老庄与道家、佛家思想的影响。再加上十多年的流浪生活，沙漠的广阔无垠，撒哈拉威人的豁达开朗，都给她以深刻的启示与影响。

当然，三毛之所以成为今天的三毛，除了中国传统文化的影响之外，还明显地受到西方文化的影响，如基督教（她是基督教徒），但这已不是本文所要论述的范围了。

① 《当三毛还是在二毛的时候》，见《雨季不再来》，中国友谊出版公司 1985 年版。

② 见《雨季不再来》第 200 页。

真善美的激情颂歌

——评介陈若曦的《纸婚》

《纸婚》演绎的是一出跨国青年之间的凄美动人的爱情悲剧。其实这部小说所包蕴的含量，还不仅仅限于男女之间的恋情，还有友情、亲情等更宽泛的内容，它是人类美好情感的激情颂歌。

乍一看《纸婚》这书名，马上就会联想到它的内容，我以为无非是写男女双方，为某种利益所驱动，搞假结婚。在美国现实生活中，这种事情已见怪不怪。实现"双赢"的双方，不管出于何种目的，恐怕总算不得是高尚的行为吧。

可是，读了陈若曦的《纸婚》以后，出我意料，她另辟蹊径，写出了一个非常动人、凄婉的情感故事：

上海大龄女知青尤怡平，在新疆插队十年后，赶上改革开放，来到美国深造。她在一家餐馆打工，经理对她进行性骚扰，她奋力反击。经理为了报复，遂向当局告密她非法打工，因此，她遭到移民局限时递解出境。

在这危难时刻，美国青年项·墨非向她伸出了援助之手，和她办理了假结婚。他们协议三个月后，怡平拿到了绿卡，即和项·墨非办理离婚，搬出项的家。

就在这"和平共处"的三个月中，怡平渐渐发现项是一个心地非常善良、和蔼可亲的人，感情逐渐起了变化，项也逐步认识到怡平是一个善良、有才华的好姑娘。项是一个同性恋者，在他被传染上艾滋病、生命垂危的时候，怡平不顾一切地、全心全意地照顾他。结果，项逝世以后，留下遗嘱："我谨把房子、汽车、现金和债务遗留给我挚爱的妻子怡平·尤·墨菲……"原本有名无实的纸婚，最后，不仅在法律上，更重要的是在他们内心的情感上，成了真正相互爱恋的一对。

作品的两个主人公——项和怡平刻画得非常成功。

项出生在一个中产阶级家庭，自小父母离异，由祖父母抚养长大，在六七十年代，读书时受美国嬉皮运动的洗礼，参与过一些狂热行动。大学毕业后，为逃避越南战争征兵，曾随印度教派去印度流浪。经历过一些生活风雨，可能更懂得应怎样生活。他曾有过一次短暂的婚姻，但他很快发现自己是一个同性恋者。他迷上了同性的金发碧眼的修·米尔斯。修比他年轻，长得一双媚眼，流波顾盼时，柔情百生。修用情不专，性伴侣混乱，就是由于他的祸害，使项染上了艾滋病，在项患病后，修却离开了他。

项正派善良，乐于助人，他对尤怡平假以援手，完全是出于人道主义的同情心，并没有丝毫为自己谋利的成分。在移民局约谈的时候，他扮演了一个潇洒自如、对妻子恩爱有加的丈夫角色，骗得了信任。怡平问他为何能在移民官面前那么坦然自若，项答以："我做好事怎么会紧张？""我在帮助一个好姑娘，不为自己谋利，对得起良心，又何惧之有？"在美国那种极为势利的社会里，当时的行情，中国人每办一件纸婚，得付一万至两万五千元的酬金，而怡平办成这桩纸婚，只花了几百元的结婚费用。

在他们以后共同相处的三个月里，彼此以诚相待，信守承诺，项还给了怡平许多真诚朋友的关怀和帮助。

在他身染艾滋病以后，许多人对于这种病不了解，心怀恐惧而疏远他时，热恋的情人修·米尔斯不见了踪影，他最亲的妈妈从外地赶来看他，也只能停留一两天，唯有这个有名无实的妻子怡平，和另一个真正的朋友朱连·高德始终不嫌不弃，尽心尽意地伺候在他的身边，使他真正享受到了一个妻子对丈夫的真挚的爱意。他把生命的最后一个愿望托付给了怡平，即他希望有尊严地离去，到了他一旦昏迷的时候，他不希望像植物人那样延长生命，而要求怡平以妻子的身份，向医院提出拔除维持其生存的所有针管。怡平答应了他。作者没有过多地花费笔墨去表述项对怡平的内心情感，却在书的末尾出现了令人意外的一笔：律师约见怡平，拿出了项留下的遗嘱，他把所有财产和债务留给了"我挚爱的妻子怡平·尤·墨菲"①。作者看似这轻轻的、实际却是极为浓重的一笔，起到了"有形传无形，无声胜有声"的强烈效果。

全书，作者是用日记体，以怡平作为第一人称来写的，这种写法，可能更便于怡平抒发胸臆，表现她内心的情感世界，因而怡平这个形象较之项则更细微、更丰满。

怡平属于大陆"文革"中下乡插队的一代知青，十年时光，在边疆大漠中消磨了她的青春年华，同时也磨炼了她的生存意志，后来她经历了未婚夫情变的挫折，在修完电视大学后，来到美国深造，结果又发生了如本文开头所说的要被递解出境的尴尬局面，为了求得在美国安身立命，不得已，采取了这种不名誉的纸婚方式。

作品一开头，就叙写了刚刚举行的一场像演戏一样的纸婚典礼。

男主人公项，"扮演了一个英俊潇洒又幸福快乐的新郎"，因为毕竟事情的压力不在他身上。作为这场纸婚的新娘——怡平就没有那么轻松了。她在回答牧师关于婚姻的誓词时，她的"声音小如蚊嘤"，紧张得惊慌失措。新婚的夜晚，新郎彻夜不归，她是在恐惧、孤独和凄凉中挨过每一个时辰的。她"只是感到一阵阵阴冷。这阴冷，仿佛发自内心，通过血脉循环而遍布四肢……"她在日记中写道："我当然害怕，一向孤独惯了，但还不曾这样一个人在寒夜里空守着一栋陌生的房子，这不啻一种刑罚，我成了被隔离的犯人。"结婚，这件人生最神圣最美好的事情，对于怡平却成了极为寂寞而痛苦的事。

但是，随着时光的推移，怡平的感觉逐渐起了变化。开始她自卑

---

　　　① 着重号为笔者所加。

感很重，三十五岁的年纪，婚姻、事业一事无成。与项合住在一所房子里，处处小心翼翼，不要妨碍了项；每天做饭，要摸清项的口味，讨他喜欢；以墨非太太的身份出现在邻居面前，邻居总投来怪异的目光；在电话里接受项的亲属的盘问，心里有说不出的尴尬……但是，一个屋檐下的共同生活，每天朝夕相处（虽然项经常夜晚不归，特别是周末），怡平渐渐发现项是一个很和善、易于相处的人。他热情直爽，又温和谦恭，而且外貌也长得很不错，比修毫不逊色，且更稳重成熟。项对她的真诚关心和帮助（如帮她卖画，介绍她为人家画壁画等），使她认为项是一个好人，一个值得信赖的朋友。

三个月过去了，按照约定，怡平应该搬出项的家，并办理离婚。但是，一是怡平绿卡尚未拿到手，二是她又能搬到何处去？第三，也是最重要的一条，她对项这个家已日久生情，她写道："回忆过去三个月，竟是我来美国后最自由愉快的日子。这个家，从一草一木到一桌一椅，哪样不是由生变熟，亲手照拂过呢？离弃它，无异砍去自己生活里最美好的部分，怎么下得了手。"至于说到这个屋子的主人，她更是有一种说不清的情怀——她渐渐喜欢上项这个人了。项与修经常闹矛盾，项为此苦恼，怡平却从中看到了希望，她有信心把项拉回到"正道"上来。

项病了，肠子便血，医生嘱其住院。怡平以眷属身份为项办了住院手续。疾病拉近了项与怡平的距离，项开始重新评价和怡平的这场婚姻，并认为他和怡平真可以称为"幸福的一对"，怡平则更是公开在病友们面前表示："我也很高兴自己结了婚——从那以后，我生活快乐而且顺遂如意。"她对项的感情急速发展，在她内心深处，有如一座火山，随时可以爆发。

然而世事难料，人生无常。项一直闹的肠胃病，经医生检查，确诊为艾滋病，项的病情急转直下，他的生命不会长久了。在经过退烧、输血等处理后，医生让项回家休息。在这一段项又回家的短暂日子里，怡平尽量为他营造一个温馨、恬静的家的氛围，为他精心安排食谱，悉心用中药调理，幻想项还能恢复健康。项自知身患绝症，虽然他表面镇定，但仍难掩饰其内心的恐惧和忧伤，特别是他深恋的情人离他而去，这种打击更是雪上加霜。这时怡平的表姐也劝她赶快搬出，骂她死脑筋："明知要沉的船，你还留恋什么？"当时在全世界，艾滋病才发现不久，人们对它了解很少，大家都避之如瘟疫，怡平心里自然也害怕，但她更多想到的是，在自己危难的时候，项如何帮助了她，现在项遭了难，她如何能撒手不管？她在日记上写下了："在我惶惶然如丧家之犬的时刻，他伸出了援手。如今他罹重病，见弃于父亲，不敢禀告母亲，邻居疏远，朋友渐稀，我若弃之不顾，今生今世将永远不能原谅自己。"有恩必报，中国人的传统道德在怡平身上表露无遗。

项第三次住院后，项和怡平都预料到项再也不可能回到他们共同生活过的那个小家了，项的生命已进入倒计时，怡平悲痛欲绝，表面上又强作镇定，她当着月亮起誓：如果人寿可以交换的话，她愿意少活十年以换得项多活一年。项则无限信赖无限感激地向怡平托付后事。怡平最后彻夜不眠地为项雕塑了头像，作为永恒的纪念。

全书末尾，当律师向怡平宣布项的遗嘱，项要把全部遗产留给她时，她又企图向律师解释她和项的纸婚真相①，这轻轻的一笔又把怡平这个无比纯洁无比高尚无比美丽的灵魂推向了更高的境界。

从纸婚开始，项和怡平演绎出来的这一段生死恋情，读来令人荡气回肠，其感人至深，可以和欧洲的罗密欧与朱丽叶，中国的梁山伯与祝英台的恋情相媲美。

在全书的次要角色中，还有一个奇妙的人物朱连。他的年龄比项大，四十开外，尚未成婚。他和项一样，为逃避越南战争，装病回国。后去巴黎学习表演，在剧团当导演兼演员。作者在写这个人物时，处处是和修相对比来刻画的。只是修这个人物写得比较单薄，只有个影子。修外表柔美妖媚，看到他就觉恶心，为人虚伪，大家都讨厌他。朱连其貌不扬，滑稽幽默，有时表演小丑，但他心地善良，待

---

　　　① 着重号为笔者所加。

人极其真诚，因此大家都喜欢他。在对待项的态度上，修更是用情不专，混在公共澡堂那种淫乱的地方，以致染上艾滋病，又传染给项。项病了，修又抛弃了他。当然他也没有好下场。朱连与修完全不同，他与项情同手足，无话不说，心心相印。在项患绝症后，他把自己的鲜血捐了500毫升给项，又不顾疲劳开了两天的车，去墨西哥边境为项买药。尽管演出活动繁忙，但他仍常去医院与怡平替换悉心照顾项。

在书的结尾，项去世后朱连竟开煤气自杀了，这惊人的举动，揭示出朱连的庐山真面目，原来朱连也是一位同性恋者，他一直苦苦地单恋着项，项走了，朱连为他殉情而死！这种人间真情真是惊天地，泣鬼神！我认为，项作为天生的同性恋倾向，无可指责。他的错误在于选择错了，如果他当初选择的不是修，而是朱连，也就不会发生那样的悲剧了。

全书人物众多，次要人物有几十个，除个别人物，其余几乎个个都写得栩栩如生，人物面目清晰，各具个性，绝不混同。故事情节起伏跌宕，主次分明，婀娜多姿。这是一出强烈的情感悲剧，我们在阅读时也分明感受到作者那一腔炽热的激情，但作者在表现时，却是用异常平静的低调来处理的。比如，怡平知道项的生命肯定要结束了，她心中悲痛是可以想象的，作者没有写她呼天抢地的悲伤，而说，她正因为喜欢旧金山湾区和项共同生活过的这块地方，而目前必须离开它，"人死了，一切不可能照常，我甚至写不下日记"。全书笼罩在凄美的氛围中，淡淡的哀愁，哀而不伤。

全书的结尾——"附记"一段，只有短短的几行字，但千万不能忽视，它实在是全书的精华，因为它把书中的三个主要人物：项、怡平和朱连的精神都升华了。

今天人类已经进入了二十一世纪，我国经济进入了高速发展的时期，但人们的精神面貌与道德水平的进步却相对滞后，面对我国当前青年婚恋观的林林总总，此刻来向大家推荐《纸婚》这样一部好书，我觉得特别有现实意义。

真善美的激情颂歌

海外撷英

爱人吧，伸出你援助的手
——读《温柔的夜》

　　世界上最复杂的事物是什么？是人。人之所以被称作万物之灵，是因为人有思维，但也正因为思维是一个隐蔽而复杂的世界，人与人之间的了解和理解就显得特别困难。台湾女作家三毛的《温柔的夜》，正是写了一个人与人之间由不了解——误解——理解的故事。

　　这篇小说（三毛的作品有人称为散文，有人称为小说，我以为称它为自传体小说或纪实小说似更妥帖些）叙述的故事很平常，作者遇到了一个受困的人，那人向她求援，她起初不允，后来终于伸出了援助之手。这种事几乎每个人在生活中都可能遇到，在小说的写作技巧方面，似乎也没有什么特别之处，只是从头至尾平铺直叙地记叙了这么一件小事。然而，当我们读完这篇小说以后，却感到有一种震撼人心的力量，令人思索回味很久很久。

　　这是为什么呢？这是因为作者遇到的事情虽然寻常，但是它在作者心中激起的思想浪花却不寻常。作者异常坦诚地打开了自己的心灵之窗，让我们看到了，在对待一个陌生的受困人向她求援时，她内心的斗争和挣扎。作者与受困人两个心灵碰撞的结果，诚实、善良、同情、理解、乐于助人等等人类美好的品质，终于占了上风，人与人的心相通了，作者的灵魂也随之得到了净化。可以说，作者是通过这样一个小故事，表现了人性美、人情美这样一个大主题。

　　《温柔的夜》在三毛的作品中不算是最好的，但却是很有代表性的一篇。三毛在谈到自己的创作时，常说："我写的就是我。"① 确实如此，她的作品可以说是她的自传文学，是她生活中确曾发生的事情的记录。她不习惯用第三人称写作，全部用第一人称，她偏执地认为用"他"来写就不够真实了。《温柔的夜》也正是具备了这些特点。

三毛在谈到自己的写作风格时，认为印度诗哲泰戈尔的一句诗是对她作品的最好解释，这就是："天空没有翅膀的痕迹，而我已飞过。"② 用中国古代诗话中的一句话来解释，就叫"羚羊挂角，无迹可求"。③ 我以为这是作者在写作时追求一种极其自然真实的境界，一切符合于生活的本来面貌，不一味追求技巧，不装腔作势，不留斧凿痕迹，实际上这是写作的很高的境界。

《温柔的夜》最主要的特点，是作者非常真切、细腻地写了自己情感世界的变化：

> 大加那利岛港口，一个宁静的夜晚，她正准备渡海到丹娜丽芙去，突然对面跑来一个穿水红色衬衫的陌生人，疲倦的眼神，皱巴巴的衣服，屈辱的声音，为的是向作者讨两百块钱买张船票好渡过海去。作者不认识他，不相信他，决定不予理睬。但是，奇怪的是这个陌生人却一直盯着她、纠缠她，在作者已经两次甩掉他以后，这个陌生人又第三次出现在她面前，她又惊又气，但看到陌生人那种悲苦、恍惚的样子，又觉得这个人并不邪恶，心里逐渐有些动摇。但听说陌生人要的是两百块钱，而一张船票是五百块钱，又断定他是在说谎，所以仍决定不帮助他。后来听到这个陌生人诉说自己是从挪威来度假的，结果被一个坏女人所骗……她的思想又进一步动摇，眼看同情心就要占上风了，但内心深处自私的一面又使她抛出了一句近乎残酷的话："你的困难

---

① 三毛：《梦里花落知多少》。
② 三毛：《梦里花落知多少》。

③ 严羽：《沧浪诗话》。

跟我有什么相干呢?"这句话击得那个可怜人几乎绝望了,他不再来纠缠,只是失神地瘫在椅子上。最后人道主义的良知终于战胜了她的自私心理,她终于把五百元送到了那个处于困境中的人的手里。

作者将自己的思想斗争过程写得真实可信,跌宕有致,层次分明,特别是她不断审视自己的灵魂:"而我,却在这区区的数目上坚持自己美名'原则'的东西,不肯对一个可怜人伸出援手。……我的良知会平安吗?我今后的日子能无愧地过下去吗?"这种"爱人、助人"与"冷漠、自私"两种灵魂在作者身上的搏斗,具有极大的感染力量。

问题并没有到此为止,小说的结尾部分更是将这种内心的冲突推向了高潮。她虽然把五百元送到了陌生人的手里,但是她并没有完全相信他,她仍然怀疑他可能只是为了骗钱。可是待她上船以后,看到那个陌生人拿了钱,果然去买了一张船票,在船启动的最后一刻,急急慌慌地赶上了渡船。事实证明,那个陌生人是诚实的,他并没有说谎。这个事实使作者的心灵受到了更强烈的冲撞:"上天饶恕我,这个人竟是真的只要一张船票,我的脸,因为羞愧的缘故,竟热得发烫起来。"她为自己曾加于这个可怜人许多莫须有的难堪而悔恨不已,正是在这种自谴自责的悔恨中,作者的灵魂得到了净化。

读到这里,使我很自然地联想起,鲁迅在《一件小事》里,通过人力车夫对待一个被碰倒的老妇人的态度,与自己对比,自我审视,自我解剖,从而觉得那个人力车夫的形象愈来愈大,对自己"变成一种威压,甚而至于要榨出皮袍下面藏着的小来"。我又想起,巴金一贯倡导作家写作一定要讲真话,"把心交给读者",他不仅这样说,而且身体力行。三毛的作品比起这些文学前辈的著作,虽然还有很大的距离,但是真诚地袒露自己的心灵,经常严于解剖自己,充满了对被侮辱与被损害者的同情与爱这些方面,却有许多共通之处。这也正是三毛作品中最可宝贵的地方。

爱人吧,伸出你援助的手

高晓声曾把创作比同摆渡，"目的都是把人渡到前面的彼岸去"。①联系起《温柔的夜》的故事情节，我觉得这篇小说也含有这样的哲理意义：对自己只有九牛一毛的小损，就可以把陷于苦难之中的人渡到幸福的彼岸去，我们为什么不去做？作家应该做，读者也应该做。

三毛用她那清新自然、朴实易懂的语言，弹奏了一首净化灵魂的抒情小夜曲，在宁静的夜空中回响；她心中的情感又像山涧的流水自然泻出，遇到了岩石、草丛，激起了一簇簇小的浪花，使人眼睛一亮，心中更为明净。人生活在这个世界上，原是很寂寞的，需要理解，需要同情，需要安慰。人在一生中，常会遇到灾难，需要信任，需要扶持，需要帮助。

"失却了理解和信任，一切便都不存在。"②

爱人吧，伸出你友谊的手。

---

① 高晓声：《七九集》。

② 《让世界充满爱》歌词。

用生命书写的
—— 张拓芜和他的散文

台湾文坛上有这样一位传奇式的人物，他在一次猝然病倒后，九死一生。当他从死亡的边缘挣扎回到人间时，却从此残废了。他凭着一只健康的右手和一个十分清晰的头脑开始写作，第一本自传体作品《代马输卒手记》出版，一炮走红，从此他一发而不可收地写下了《代马输卒续记》《代马输卒余记》《代马输卒补记》《代马输卒外记》，统称"代马五书"。这些告一段落后，他又写了《左残闲话》《坎坷岁月》《坐对一山愁》《桃花源》，加上早年在香港出版的诗集《五月狩》，共计已有十本书了。他的《代马输卒手记》1977年获台湾文复会期刊联谊会主办的第二届金笔散文类首奖。同年，他的作品入选《中国十大散文家选集》（台湾源成出版社出版）。他成了台湾文坛著名的散文家。

他真的活了，不仅肉体活了，而且由于他的作品的存在，他在精神上获得了新生。这人是谁呢？他就叫张拓芜。

（一）

张拓芜在台湾被称为乡土派的散文家，这大概不仅因为他写了乡土，而且因为他的写作手法、文章风格，都散发出浓郁的乡土气息。可是，谁知道，他还是一个货真价实的现代派诗人呢？年轻时，他最迷恋的是诗歌。他在文学上的最初起步是从诗歌开始的，而且他是五十年代初期纪弦所组织的"现代诗"诗社的最早成员之一，曾得到这位前辈作家的亲自指点和鼓励。

他自 1952 年 3 月即在《新生报》发表诗作，其后《野风》《半月文艺》《中副》及《战友报》(《青年日报》的前身) 上都发表过他的作品，他的诗歌还曾多次得奖。

1962 年，香港五月出版社出版了他的第一部著作，即诗集《五月狩》，署名沈甸 (因他的母亲姓沈)，内收诗歌五十首，分为三辑。可惜这本诗集当时未在台湾发行，现在亦已绝版。

有文说：《五月狩》"在当时而言是一本非常有分量的诗集"。① 《七十年代诗选》则对他的诗有如下的评语："谈到艺术作品的独创性，不受一点他人的影响，不拾他人牙慧，完全是个人生命的产物，这一点沈甸是充分把握着，且为诗坛许多朋友所喜爱。"

司马中原对他早期的诗有很高的评价："他尝试着用精练的语言，活化的意象，撕裂他的胸膛，把他融合着血泪的心摊陈在稿笺上。他早期的诗，充满着他灵魂深处奇奥的呐喊，在那种声音里，亮着他生命的火焰。"②

郑愁予说："他是制造意象、解合语言的能手。"并引了拓芜的两句散文诗为例：

"问路于诸神默默的夜，我们向青空投石……"
"生锈之后，敲敲打打也不过是些散屑的沉默。"③

杏林子则说："他写的诗我和三毛都看不懂，可见是少了一点儿什么。"④

---

① 《文讯》26 期，1986 年 10 月出版。
② 《代马输卒手记》序。
③ 《坐对一山愁》序。
④ 《坎坷岁月》序。

笔者至今尚未读过他的诗歌，不敢妄加评述，但据以上材料，可以肯定这样几点：

1. 他从写诗起步，写了十多年（1952—1969），出了诗集，有许多首诗入选各种诗选、文学大系等等，又曾多次得奖，他在诗歌创作方面的成绩和贡献是不能抹杀的；

2. 他的诗属朦胧派，他的散文却被称为乡土派；

3. 对他的诗有不同的评价；

4. 他写了十多年诗，仍是寂寞的，转向写散文后，一炮打响，一发而不可收。

他生活上走过的道路是：农民—学徒—大兵—退伍军人—伤残人。

他文学上走过的道路是：现代派诗人—乡土派散文家。

笔者认为，研究他的作品，必须了解他所处的时代，他所经历的带有普遍意义的以及他所独有的生活；研究他的散文，应和他早期的诗歌联系起来，它们是如何转化、融汇，而达到和谐、统一的。这不仅有助于加深对这位作家的研究，或许还会对我们更好地认识现代派与乡土派有所裨益。

笔者限于主客观条件，目前还做不到，本文只能就他的散文谈散文，说一点非说不可的感受。

（二）

张拓芜的代表作——《代马输卒手记》一书在台湾很畅销，十一年已出二十七版（每版两千册），它和陈若曦的《尹县长》、三毛的《撒哈拉的故事》等一起，被列为台湾三十年来的三十本畅销书之一。

"代马五书"的书名很怪，"代马输卒"又是什么意思呢？原来，四十年代张拓芜在国民党部队当兵时，因部队拉炮缺马，长官就选了六十名二十多岁年轻力壮的小伙子，代替马匹充当运输工具，张拓芜也"荣幸"入选。这种兵胸前有一块白布，上面用墨笔写着"代马输卒"四个大字，这有如古代罪犯脸上刺的青似的，是一种"特殊身份"的标志，走到哪里都被人侮称为"吃料的""四条腿的"。

张拓芜在国民党部队里当了二十九年兵，开过十一次小差，换过二十多个单位，最后也只捞了个兵头、官尾——准尉，算是半个官。他长期生活在军队的底层，步骑炮工辎，几乎各个兵种都干过。他经历了抗日战争末期、国共内战时期以及退守台湾时期，大半辈子的军旅生活，成了他取之不尽、用之不竭的创作源泉。

他的"代马五书"是对他过去几十年戎马生涯与童年故乡的回忆，也可以说是他自传的片段。读了以后，五味杂陈。最重要的一点是，他写得非常真实。正如他自己所说："不掺一滴水"，是"石板上掼乌龟——硬碰硬"。他是一个铁铮铮的硬汉子，至情至性的人，容不得丝毫矫揉造作。为了给时代作证，也为了给自己以及曾与自己同生死的弟兄们留下一份真实的记录，他扒开自己的胸膛，把自己的心肺，连皮带骨一起晾了出来，光彩的也好，不太光彩的也好，甚至是自己的隐私，也都毫不掩饰地写了出来。这使我们看到了国民党老兵的真实形象，张拓芜和他的那些弟兄们，都是有血有肉、有生有死、有爱有憎、有痛苦有欢乐的活生生的人，是一群活的灵魂！

自古以来，史学家们、文学家们都是为将军们、英雄们立传，却很少见到有人撰写名不见经传的士兵。有时写些无名小卒，也不过是为了衬托英雄。可是每当战争打响，无论是胜利一方，或是失败一方，都意味着无数士兵的生命走向毁灭。生前是卑微的一群，死后无声无息，甚至连姓名也没留下来。张拓芜却带着很深的感情，为这些无名小卒画像。撇开他对战争性质的偏见不说，我们因之看到了战争的真实情景。

《盐城战役之后》一文，写的是国共内战时期，国民党四十九军攻占盐城以后，在城内看不到交通壕，在城外看不到护城河，原来是被双方阵亡士兵的尸体填平了。后来一共挖出新四军战士尸体七百多具，国民党四十九军战士尸体三千多具。尸血，掺和着天上落下的雨雪，又成了幸存者饮用的水，战争的残酷、激烈，由此可见一斑！死者双方虽然是为不同的理想和使命而献出了年轻的生命，然而他们皆是中华民族的后裔，如果不是战争，他们在母亲面前可能还是个孩子；如果不是战争，他们也要结婚生子，也可以过一个正常人的生活；无论是哪一方战士的死亡，带给母亲心灵的创伤都是同样深重，难以愈合！往者已矣，来着可追。但愿中国人打中国人的悲剧永远结束，愿那些无辜的年轻的灵魂安息，愿如今活着的年轻人幸福成长！

（三）

除了"老兵话旧"，"细说故乡"是他"代马五书"的另一重要组成部分。

张拓芜有着惊人的记忆力和对事物敏锐、透彻的观察力。少小离家，几十年的烽火尘烟，丝毫没有冲淡他对故乡的依恋，他以纯真的童心、游子的赤诚，写下了那一篇篇记叙故乡山水、物产、民情、童年生活情趣的散文，字字句句都寄寓了他对故乡的深情和对亲人的不尽思念。这一部分文字细密，感情也十分细腻，读起来有如品茗，开始时似乎很淡，待沏到第二遍时，才愈觉香味沁人心脾。试看《纺车》："半夜里，呜呀呜呀的纺车声总是讨厌地把我从酣梦中摇醒，睁眼看看，蚊帐外一灯如豆，母亲总是佝偻着身子坐在枣木凳上，左手牵着棉花条，右手摇着纺车柄，呜呀呜呀地摇着、响着……"母亲终年与纺车为伴，可是一生"从未穿过一件像样的衣服，临终时还是那套洗得发了白、磨得发了光的安安蓝褂裤，姑姑看了心酸，入殓时脱下那件奶奶送给她的团花缎子夹袄，放进棺材，陪了葬"。

平实的文字，朴实的感情。可是，一个终生辛劳、刻苦律己、专为他人奉献的母亲形象，随着那呜呀呜呀的纺车声，使人读后再也无法忘记。

"细说故乡"这一部分的另一重要意义是，我们从这里寻到了作者的"根"。他原是来自皖南山区的一农家子弟，他的文化根须是与安徽泾县的土地紧紧相连的。那里美丽的山水、富饶的物产、淳朴的民情，不仅滋养了他的身体，也哺育了他最初的灵魂。正如羊令野在为《代马输卒续记》所作序中说的："读拓芜的作品，就可以想见一个泾县人的模式，是一种诚朴的、知足的、勤奋的中国农村子弟。"

四年小学、两年私塾，外加祖父每天规定的几十行大小楷，给了他最初的文化素养。每天去上学，在石板路上滚铁环，一路叮叮当当。

到学校，其乐无穷：逃学钓小鱼、粪堆里煨红薯、爬树摘桑葚，盖世无双的美味佳肴；如此等等，这就是当年泾县农村儿童的生活情趣。独特的"婚礼"，像"挖锥子会"那样带有原始氏族气味的民俗……都一一构成泾县人独特的生命情调。张拓芜作品中那浓郁的乡土气息，盖源出于此。

"老兵话旧"与"细说故乡"体现了作者统一的风格：真实、质朴。语言上，看似浅近的大白话，实际上是经过作者千锤百炼的，准确、流畅、形象、生动，作者在语言上的功力已炉火纯青。但是这两部分又有些不同，相对而言，"老兵话旧"洒脱、诙谐，是酸楚的、含泪的笑；"细说故乡"细致、绵密，是刻骨铭心的悲苦与绵绵不绝的思念；前者豪放，后者婉约；如果可以这样比喻：前者是写意画，后者则是工笔画。

（四）

《左残闲话》《坎坷岁月》《坐对一山愁》《桃花源》，这几部书与"代马五书"一脉相承，仍然是作者的自传作品，不同的是，它们以记叙近阶段的生活为主。其实，在内容上，这几本书与"代马五书"互有交叉，像《代马输卒补记》里的《小人物南游》《病里春秋》，《代马输卒外记》里的《从杜鹃窝到垃圾巷》《艰辛的鸽子笼》等，是记叙当前生活境况的，而上述几本书里，也有一些篇章仍是属于"老兵话旧"与"细说故乡"的范畴。自然这些都无关紧要，反正它们都是张拓芜逝去生活的印痕。重要的是，这些并非仅仅属于他个人的悲欢，他曾经经历的坎坷岁月和正在经历的艰难困顿，多少折射地反映了我们所处的时代，使我们更好地认识我们多难的祖国。

拓芜的一生，是苦难的一生，受尽了命运的播弄，他自幼在家与表妹莲子指腹为婚，可是由于战争离乱，拓芜一去四十余年，音讯杳无，生离有如死别。前两年，他突然接到莲子托海外友人辗转带去的一双亲手缝制的布鞋，禁不住涕泪滂沱，捧着一双千言万语的鞋，仔细地读。凡是热血的中国人，谁读了他的《读鞋》和洛夫有感于他的不幸遭遇而写的诗歌《寄鞋》，能不感慨唏嘘，一洒同情之泪！

> 鞋子也许嫌小一些，
> 我是以心裁量，以童年
> 以五更的梦裁量，
> 合不合脚是另一回事，
> 请千万别弃之
> 若敝履
> 四十多年的思念
> 四十多年的孤寂
> 全都缝在鞋底
>
> ——洛夫《寄鞋》

岁月无情，当年分别时，他们还只是十二岁的少年，如今都已是花甲之人了。还是洛夫说得好："但情之为物，却是生生世世难以熄灭。"

去年暮春，拓芜终于跨过海峡，回到他梦萦魂绕的故乡，与亲人，与莲子表妹团聚了，可是仅仅只有十天，又不得不黯然分手。在中国，像这样的人间悲剧又何止万千！

《坐对一山愁》《啃噬四十八年的苦果》等，都是写乡愁、乡恋的绝好篇章，读来令人摧肝断肠。

他来信说，他正在写一本书，名曰《回家》，是记叙他去年回乡之行的，由于太酸太苦，竟不能顺利下笔。我希望它早日问世，淡化政治意识，为"探亲文学"再绘异彩。

拓芜的作品里，还有一个重要内容，就是他所以能从死亡线上挣扎过来，并能在文学上取得今天的成就，固然主要是靠他的坚强的意志与苦斗不息的精神，除此之外，还因为，在他的周围有一群情深意笃、给予他许多关爱与温馨的朋友，这里有故旧，也有新朋，还有一些是素昧平生甚至未谋一面的朋友，他们用多种方式，将温暖和爱投向这位孤苦的作家。笔者以为，缺少了这一些，拓芜也是活不下去的，正因为人世间还存在着许多美好的真情，才使他的晚年越活越有劲！

我作为大陆的台港文学爱好者，也遥向海峡对岸，向这位生活的强者、真正的作家，致以深深的祝福！

她为什么选择死?
——三毛自杀之谜

生老病死，乃自然规律，不可抗拒。有生必有死，也可以说，人从诞生的那一天起，就开始一步步走向死亡。生，无可选择；死却往往可以主动抉择。一个人自觉地选择死，必然凝聚着他毕生的信念，包括他的伦理观、道德观、价值观等等。从死反过来观照生，也许可以更清楚地认识一个人的生命内涵与价值。基于这样的认识，我也试着对三毛自杀之谜做些探索。

1991 年初，三毛死讯传出后，在整个华人世界引起极大震动，如果形容它有如发生了一场七级地震，恐怕不为过分。新闻媒介对三毛之死报道之迅速、篇幅之多、规格之高，均是空前的。三毛生前有种种迹象会自杀，但也有种种迹象说明她不会自杀，她死后没有留下片言只语。三毛之死成了一个谜。

三毛是自杀吗?

虽然法医及检察官断定三毛是"自缢身亡"，但三毛的母亲却认为三毛是"自然冥归"。她认为三毛的死因至今仍是一团谜，因为在所谓的自缢现场，三毛是端坐在马桶盖上，双手合抱做祈祷状，头微垂而脸容一片安详，吊颈的丝袜如同项链一般松松地挂在脖子上，颈子上既无勒痕，也没有气绝的挣扎痕迹。她说连医生、检察官都觉得奇怪，没有看过这样毫无病理因素的死亡。检察官在没有更科学的结论的情况下，只好在证书上写下"自杀"两个大字。

据台湾《中国时报》记者简佘晏1991年1月5日报道：1月4日上午7时零1分，医院女清洁工郑高琇前往打扫病房时，发现三毛已在厕所上吊身亡。

荣民总医院报案后，法医刘象缙、检察官罗荣干前往相验。法医于上午10时15分至其病房，身穿白底红花睡衣的三毛已被安放在病床上，法医发现死者脖子有深而明显的尼龙袜吊痕，痕迹由颈前向上直到两耳旁，舌头外伸，眼睛微张。法医推测死亡时间约为凌晨2时。

另一记者高源流报道中还有一个细节，称检察官在验三毛遗体时，发现血液已沉于四肢，呈灰黑色，颈部勒痕相当深。

这两条报道时间较早，有若干具体细节，比较可信，而这些细节都是"自缢死亡"的迹象。

荣民总医院是三毛经常就医的医院，医院对这位名作家的医护是极为重视的。三毛死后，检察官巡视了周围环境和现场种种迹象，病房丝毫不乱，所以，首先应该排除他杀。

有没有可能是什么突发疾病呢？三毛所患的病为子宫内膜肥厚，系一般性的妇女病，3日上午已做了小手术，原医院安排5日即出院的。3日晚11时前，三毛还曾大声与母亲通电话，夜11时护理人员交接班时，还到她房间查看，这距离她死亡时间仅隔3小时。根据法医验尸结果，并无心脏病或脑溢血突发迹象，显然，"因病死亡"也不能成立。

三毛母亲所说，吊颈的丝袜如同项链般松松挂在脖子上，颈上既无勒痕，也没有气绝挣扎痕迹。这与许多报道现场所见遗体情况不符。我认为，这是因为她母亲年事已高，身体羸弱，突然获悉爱女死亡噩耗，差一点昏厥过去。在这种情势下，医院可能在让其父母查看三毛遗体前稍做处理，如使三毛的眼睛闭合，遗体已安放在床上，丝袜自然是松松挂在脖子上，致使三毛母亲产生错觉。

我认为，还有一个更大的可能是：三毛的家庭是一个基督家庭，在基督教的教义里，如果自杀，就是对上帝犯了罪，决定人的生死大权掌握在上帝的手里，一个人若自杀，就是侵犯了上帝的这种特权。作为一个虔诚的基督教徒，三毛的母亲可能在心理上就不愿意承认三毛是自杀的，但又提不出更确切的说法，只好就说是"自然冥归"，这样以求得心理上的慰安。与此同时，她也说了许多三毛早有自杀的念头，以及住院前后的一些反常言行，这些恰恰为三毛确系自杀提供了佐证。

在没有发现新的材料之前，我以为，认定三毛是"自缢身亡"是比较实事求是的。

关于自杀原因的种种猜测

舆论界对三毛的死因做了种种猜测，沸沸扬扬，有的看法确是知人论世，有的传说恰如天方夜谭，众说纷纭，莫衷一是。

荷西未死。最荒唐的莫过于这种说法。说三毛之所以自杀，是因为荷西并未死，而是因为两个人感情不和而分离。这种流言在三毛生前就有过，只是在三毛死后由"一根羽毛"变成"一只大雁"了，说什么"荷西将从美国回到西班牙"，甚至说"荷西这个人根本不存在"。这些流言的散布，以讹传讹，给三毛的亲人和好友造成了极大的困扰。

据当年曾在文化学院受教于三毛（当年三毛任教时用原名陈平）的姜孟蓉说，她曾利用暑假时间陪三毛去西班牙为荷西上坟，在三毛与荷西生前居住的小楼中住了两个月，不仅亲眼得见三毛为荷西清理墓地的情景，而且熟悉了三毛的左邻右舍那些曾在三毛笔下出现的人物。她希望世人不要再误解三毛。

三毛在西班牙的好友张南施说，她是比三毛更早在加纳利群岛定居的，在这个岛上，他们两家同是中国人，自然成了无话不谈的好友。她表示，三毛与荷西婚后的生活情形，她比谁都清楚。荷西的死所带给三毛的打击，她感同身受。三毛在返回西班牙处理房子时，还将所有的中文书都留给了她。她还特别提到，三毛在其作品中所记叙的西班牙见闻，至少在加纳利岛上发生的事，都肯定是真实的。她对于台北的谣传，斥之为无稽之谈。

三毛的突然弃世，对三毛父母打击已经够沉重的了，想不到，居然在这种时候，这些无耻谰言竟又沸沸扬扬地散播开来，气得三毛的父亲要公布写着三毛"孀居"身份的西班牙护照，及曾报道荷西死讯的西班牙报纸。

关于荷西的流言，其险恶用心在于：否定三毛的作品，进而否定三毛这个人。三毛与荷西的美好爱情故事无疑是三毛作品中极为动人的重要篇章，如果这些全是三毛编造出来的，三毛作品中的其他部分自然也不可信，因为三毛作品的特点是纪实的，她强调她的作品都是真实的。

自古以来，人言可畏，谣言是一只无形的杀手，它能致人于死命。三毛生前就曾对好友夏婕说过："说什么我都可以不介意，唯有对一位已经不在人世的人如此中伤，我难以忍受，很痛苦。"如今三毛已经死了，还不让死者的灵魂安息，何其残忍！不群起而斥之，行吗？

她得了绝症吗？1990年12月20日台湾《中央日报》副刊主编梅新对三毛进行了两小时专访，这也是三毛生前接受的最后一次访问。当时她告诉梅新，她"来日无多"，因她"得了绝症"，并称"过两天就要住院"。她还表示要出售南京东路四段的寓所，为的是"替父亲还债"。

"三毛之父"张乐平的夫人冯雏音说，新年除夕夜三毛还打电话给她，问候她的"爸爸"。三毛在电话中说，她在荣总的检查报告发现乳腺等三个腺体有毛病，而且十分严重，有可能是癌症。当时，冯雏音曾要她到大陆寻访名医治疗，三毛表示要等3日开完刀休养一阵子之后再说。

据冯雏音猜测，三毛是发现自己患了癌症，难以接受这个事实，才会结束自己生命的。

1991 年 1 月 1 日凌晨两点，三毛给大陆作家贾平凹的信里说："吃了止痛药才写这封信的，后天将住院开刀去了，一时里没法出远门，没法工作起码一年，有不大好的病。"

三毛的健康状况一直不佳，肝、肾功能都不好，肌腱炎的毛病发作起来，使她肩臂疼痛异常，整条右臂抬不起来，有时疼得大颗的汗珠往下掉。据说荷西死后三日，三毛身体来了一次大出血，自此停经。1984 年曾因患子宫癌去美国治疗半年。去年又跌断四根肋骨，造成肺水肿。她对自己的身体爱惜也很不够，吃得很少，睡得也很少。烟抽得很厉害，酒也不禁忌，这些都很伤害她的身体。

前两年，有一次台湾作家张拓芜与三毛通电话，发现三毛情绪很低落，问她是不是因为病使她心烦，三毛说"病是死不了人，可是太恼人"。

从以上种种来分析，三毛原先并没有认为自己染上了什么致命的病。此次住院前，她有可能怀疑自己是患了癌症，因为三毛的母亲患的是子宫内膜癌，她又查出了子宫内膜肥厚的问题。

三毛于 2 日晚住进荣总。3 日上午，医生为她做了小手术。根据手术判断，三毛患的并非癌症，而是一般性的妇女病，这点主治医师、荣总妇科主任赵灌中（他亦是三毛的好朋友）已向她解释清楚，说明手术后服用药物，内分泌会慢慢改善，月事也会正常，叫她不用担心。为了缓解她不稳定的情绪，院方还通知精神科医师在 4 日进行会诊，安排于 5 日出院。

根据三毛的医学知识水平，她会懂得，即使患的是子宫内膜癌，手术做得早，也不至于造成生命危险。最足以说明问题的是，她不是死在怀疑自己得了癌症的手术前，而是死在怀疑已经排除的手术后，这就说明她不是为怀疑自己得了绝症而死的。

为情所困？传说有一天，三毛在某大楼电梯内巧遇一名自小一起长大、也曾山盟海誓的男友。这位男士虽然事业有成，家庭美满，但对三毛仍念念不忘。那次偶遇后，两人一度想重续前缘。但三毛和他都挣扎在他已有家室的问题上，彼此相当痛苦。三毛为此写了一首歌词，名叫《说时依旧》：

> 重逢无意中
>
> 相对心如麻
>
> 对面问安好
>
> 不提回头路
>
> 提起当年事
>
> 泪眼笑荒唐
>
> 我是真的真的真的爱过你
>
> 说时依旧泪如倾
>
> 星星白发又少年
>
> 这句话请你放在心底
>
> 不要告诉任何人你往哪里去
>
> 不要不要跟我来
>
> 家中孩儿等着你等爸爸回家把饭开

　　三毛一生写了不少歌词，这最后一首，和以前的一样，也是以她的感情生活为其创作的契机。三毛死后，据演唱这首歌的林慧萍回忆说，当时她进录音室，由于情绪紧张，效果不理想，这使她很懊恼。三毛知道后，特地到录音室来看望她，并将创作《说时依旧》时的心情详细诉说一遍。当时三毛显得很平静，慢慢道出遇到初恋情人，彼此间似乎恍若隔世，之后对方要求三毛留下电话号码，但三毛因对方已有家室而加以拒绝。林慧萍听得泪流满面，抓住那种心痛的感觉，再进录音室，果然大获成功。

　　去年11月22日深夜，新加坡丽的呼声的张美香通过长途电话对三毛进行了专访。张要三毛谈谈《说时依旧》这首歌。

　　三毛说，这是她1985年去新加坡参加国际华文文艺营，在一次开会的时候写的，用了不到六分钟。她说："我深深感觉到，在我们人的身上有一个看不见的东西，它掌握了我们的命运，就是时间。每个人在我们生命的某一个地点的时候，会发生一些事情，过五年十年再回头看，我们的身份方向都不一样了。《说时依旧》最重要就是两个字：时间。"

三毛的初恋对她的一生有重要的影响，《说时依旧》很显然是为与她初恋的情人舒凡重逢而写的。

三毛死后，舒凡表示，他是在大一下开始和三毛交往，一年后三毛就去了国外，严格地说，只有短短的一年时间。

多年来，他们各自婚嫁，没有联络，即使一度两人的住家只有一巷之隔，也始终形同陌路。他说："有朋友笑我，说三毛的《说时依旧》是为我写的，但后来我们并没有重逢，只是多年前在巷口碰到她和一些艺文界人士而已！"不过，舒凡也无法肯定那次的偶遇，是否真带给三毛如此强烈的悸动。

根据三毛的性格特点，和她对初恋的特别在意，一次偶然的相遇，完全可能在一个瞬间在三毛的内心深处激起情感的波澜，但是她也是十分理智的，她清楚地知道那刻骨铭心的初恋早已逝去，如今已物是人非，所以她虽然一边唱着"我是真的真的真的爱过你，说时依旧泪如倾"，同时也清醒地表示"不要不要跟我来，家中孩儿等着你等爸爸回家把饭开"。

三毛毕竟已磨炼得比较成熟，不会老在这件事情上纠缠，更不会为这件事去寻短见。1990年底，她在给她苏州的表哥周瑞欣的信中还说："生命中枝枝节节的纠缠已不重复。"

是作品无法突破吗？三毛一生写了二十三部作品，其中十五本散文、四本翻译、三本有声书、一个剧本，共五百多万字。

对于她的文学成就，一直是颇有争议的。在中庸之道非常盛行的中国，对于这样一个在形式上不拘一格、在内容上充满传奇色彩的作家，不能取得一致的评价是丝毫也不奇怪的。但是谁也不能否定她的存在和她的作品的巨大影响，从这次她的死所引起的巨大震动也可略见一斑。

七十年代中期，她的第一个集子《撒哈拉的故事》问世，在台湾文坛引起轰动，从那时以来，她的作品一直畅销不衰。八十年代以后，她的作品进入大陆，又在大陆掀起了"三毛热"，她的读者数以亿计，许多青年人更是把她当成着偶像崇拜。其实喜欢读她的作品的，也不光是青年人，也有不少中年人和老年人。

从她的最后一本散文《闹学记》问世以来，她确实有两年多没有写东西了，后来因摔跤跌伤，被香港导演严浩邀请写了电影剧本《滚滚红尘》。电影《滚滚红尘》一举夺得八项金马奖，三毛的最佳编剧奖虽然最后被否决，那是另有原因的（下一节再谈）。电影《滚滚红尘》的问世，倒是再一次显示了三毛在创作上还有着巨大的潜力，并非是什么江郎才尽。

三毛去年11月在香港答记者问时，说她在创作上在寻求突破，希望写一些与以往不同的题材。这两年她连续来大陆访问旅行，足迹遍及十几个省市，连边远的四川、甘肃、新疆、西藏都去过了。大陆的山川风物、民情风俗等等，为她的创作打开了一个全新的天地，她曾激动地对表哥一家说："我要写六本有关大陆的书。"她已打算为她家写《陈氏家传》，为"三毛之父"张乐平写传，她还有许许多多的写作计划。

去年11月22日，她在长途电话里答新加坡记者问时说："中年对我而言是人生的巅峰状态，这时候我们的组织能力强，分析观察事情时，可以看成半透明的。于是中年对我是人生的窗帘，第一次为我很畅快地拉开，也是再度起跑，我非常喜欢。我认为是壮年期来了，我觉得还可以跑15到16年，就开始做其他比较放松一点的事情，不要太富挑战性。"

从这些情况来看，她哪里是因为作品无法突破，心情苦闷，以致走上绝路。根据她的才华和创作潜能，我很同意一位作家的看法，她的最好的作品还没有问世呢。

"一部电影逼死了一位作家。"东南亚一些国家的报纸上赫然登着这样一个标题，是耸人听闻？抑或确有些道理？

《滚滚红尘》是三毛一生中第一个也是最后一个剧本。据她自己说，1984 年，她曾帮助一位法国导演编一部有关越南难民船的故事。后来又曾和美国百老汇的舞台剧导演史丹利合作一部歌舞剧。前者没有投入拍摄，后者也鲜为人知。三毛为写《滚滚红尘》投入了巨大的心血、全部的情感。

三毛本来是要去土耳其旅行的，不料，一次与严浩、林青霞聚会，多喝了几杯，带着醉意，凌晨回家上楼时，一不小心，从四楼跌滑到三楼，摔断了四根肋骨，断骨还插入肺中，这样只好留在家中养伤，也因此，无法再推托严浩的约稿，只好强忍痛楚，一字一句写下了《滚滚红尘》。她形容自己写这个剧本是"痛彻心扉的开始，一路写来疼痛难休，脱稿后只能到大陆流浪放逐，一年半载都不能再做别的事"。她还说过：

> "整整的三个月，我没有踏出家门口一步。一日两顿的饭，是我家里人给我送来的，他们给我送饭来的时候也不敢打扰我，把饭菜放在门口，敲敲门，我把门打开，把饭菜拿进屋子，就立刻把门关上，话也不多说一句的。编写这个剧本的那段时期，简直是禁闭式的生活。""严浩每天都跟我讨论剧情，至少八小时。他走了以后，我再埋头写，写了又改，改了又写，也不知道多少遍了。"

三毛一共写了六百场，电影《滚滚红尘》实际上严浩只拍出了她所要表现的一部分。

我们再从两件事情来看她对这个剧本的投入程度：

首先，她不但先写了非常详细的人物介绍，而且重要场景她都画了图，非常清楚地交代人物相关位置及道具陈设模样，与一般剧本只有人物对白及动作大异其趣，她还替自己的剧本风格命名为"小说剧本"。

其次，三毛每写好一场戏，就把严浩、林青霞、秦汉请到家中，开始说戏。她的说戏方式是要完全呈现她的创作气氛，她会把家中布置完全改变，播放相关的音乐唱片，穿上适当的衣服，佩戴相应的装饰品，梳起香蕉头，然后自己演起剧中人，在玩耍中诉说戏剧情感，演得活灵活现，以致有好几次林青霞都说："我不演了，让你演算了！"

三毛说，她一生中最爱的就是电影。又说该剧中的三个主要角色，都有她的影子，是她性格的一部分，她是借角色来偷渡自己的灵魂的，化作好几个角色来诉说自己的心声。所以，从某种意义上说，这部电影也可以算作她的自传。对于这样一个影片，三毛自然是寄予厚望的。

果然，《滚滚红尘》获第二十七届金马奖十二项提名，三毛获最佳原作剧本奖提名。去年11月上旬，她又和林青霞、秦汉专程去香港为此片做公关宣传。

事出意外，12月15日金马奖揭晓时，《滚滚红尘》获八项大奖，三毛的最佳编剧奖却被排除在外。在颁奖现场，她就哭了，在当晚的庆功宴上，也不见三毛的踪影。在惜别会上，得奖同事兴高采烈要拍合照，三毛一度相当踌躇，说："你们都得了奖吧……"话未说完，她被大家拉进去拍照，但是，眉宇之间显得相当落寞。问题还不仅于此，更严重的是，香港某些人说《滚滚红尘》中的男女主角是"以汪伪中宣部副部长胡兰成和女作家张爱玲的恋情为模特儿"，"为汉奸树碑立传"。

三毛对此是否定的，但她又说，胡张的恋情曾给她带来某种程度的创作灵感。

她在接受《台北周刊》访问时说，该片取材自蒋碧薇、徐悲鸿、张道藩的故事。这个访问稿被蒋徐所生之子徐伯阳看到，徐十分生气，说："他们都去世几十年了，还要被人诽谤中伤，是无天理！"徐已委托律师，控告《台北周刊》和三毛诽谤，诉讼已在进行。

一波未平，一波又起。

台湾"立法委员"许之远抨击《滚滚红尘》"刻意歌颂中共，肆意攻击政府，丑化国军，切合中共统战要求"，甚至在台北"立法院"两次发生质询风波。

更有甚者,还就此联系到 1989 年 4 月三毛回故乡浙江舟山定海祭祖,说她"受到中共统战部门的隆重与热情接待"。显然,这已不仅仅是什么"影片意识不良、歪曲历史、美化汉奸"的问题了!

三毛之所以在金马奖评审团最后投票时遭否决,显然与这些舆论压力是有关的。

我认为《滚滚红尘》在思想倾向上存在着美化汉奸、爱情至上的问题,这也反映了编导在人生观方面存在某些不健康的因素。限于篇幅,这里不拟详加论述。

对一个"只认土地,不问旗帜"(三毛语)的作家,无端地扣上这些吓人的政治帽子,这完全出乎三毛意料之外,也出乎广大的观众和读者的意料之外。

对于个性非常要强的三毛来说,这许多荒唐的政治压力,对三毛那颗异常敏感的心,必然造成了极大的困惑。这肯定是三毛死前心情不愉快的一个重要因素。

但是不是可以说,因此造成了三毛走上绝路呢?我看还不至于,夏婕说得好:"名利对三毛来说,早已不是喜悦和赖以生存的支柱。"对未获金马奖,三毛会伤心一时,但绝不会把它看得比生命还重要。

她为什么选择死?

一个人自觉地选择死,必然与他的人生观紧紧相连。

三毛的一生都在探索生与死的问题,最后用一条丝袜画了句号。

在她还很小的时候,就开始探索生命是什么的大问题,她曾说过:"一个聪明敏感的孩子,在对生命的探索和生活的价值上,往往因为过分执着,拼命探求,而得不着答案,于是一份不能轻视的哀伤,可能会占去他日后许许多多的年代,甚而永远不能超脱。"(《当三毛还是二毛的时候》)

她从小就是一个比较特殊的孩子,对什么事情都特别认真、执着，小脑袋里有许许多多奇怪的问题，比如问"苹果挂在树上是不是很痛苦"？

文化学院法文系教授胡品清，与三毛的关系亦师亦友，她对早期三毛的观察相当深刻："一个令人费解的、拔俗的、谈吐超现实的、奇怪的女孩，像一个谜。"她又在《断片三则》中描写三毛"喜欢追求幻影，创造悲剧美，等到幻影变为真实的时候，便开始逃避"。从三毛早期所写的《惑》《月河》《秋恋》来看，确实是这样的。

她出生于基督家庭，信奉基督教，后来又信佛教，佛教的轮回观念对她影响很深。

她一生最爱读的书是《红楼梦》，从幼年就开始读了，一生读过无数遍，她曾多次说起《好了歌》，也常以《红楼梦》中人物的悲剧命运自喻。无疑，《红楼梦》对她世界观、人生观的形成影响颇巨。此次在三毛的陪葬物中就有《红楼梦》这本书。

她生性聪慧，敏感，感情上过于早熟。她什么都追求完美，而命运又过于坎坷，一生追求爱情，而一次比一次更沉重的打击，使得她人生观里消极的因素更加发展了，终于不能自拔。

我常想，如果不是初二的时候，数学老师那么粗暴地对待她，如果不是休学七年在家，而是和别的孩子一样快乐地在校念书，她的成长会健康、顺利得多。

在生活中，初恋往往是失败的。三毛初恋的失败是性格悲剧，反映了她那时还很幼稚，后来她自己也说，如果当时她嫁给了初恋情人，婚姻是不会幸福的。

第二次在准备结婚的前夕，她的德国恋人突然心脏病发作，死在她的怀里。这虽然是难以预料的偶发事件，但对三毛的打击过于沉重，迫使她再次离家去流浪。

三毛多次说过，流浪并不是很浪漫的事，她的流浪是被迫的，她在流浪期间的生活一直是不愉快的。

1973 年，她在撒哈拉沙漠与荷西结婚。三毛本来"碎成一片片的心"，被荷西"黄金铸成的心"弥合好了，生活从此有了转机。单纯、宁静、平和的生活环境，她不仅适应了，而且很快爱上了那个地方。她和荷西的爱情婚后愈来愈炽烈。她的心情变得健康、明朗又快乐。她在这里开始重新执笔，成为她创作的黄金时代。这个时期她所写的《撒哈拉的故事》《哭泣的骆驼》《稻草人手记》《温柔的夜》，虽不是篇篇都好，但是，是她一生创作中最有价值的篇章。

1979 年的中秋夜，荷西遽然在海底丧生，这对三毛实在是过于残酷的事实。此后她一直在生与死、出世与入世、消极与奋进之间搏斗、徘徊，情绪大起大落。十多年来，再也没有一个人能代替荷西的位置，她的内心深处有着难以排遣的寂寞和孤独感，这是父母和朋友的爱所无法代替的。

在她对荷西的思念无以解脱的时候，通灵术自然是一个救命的法宝。据说她能和荷西在精神上进行沟通。唯物主义者自然无法相信这是事实，只觉得这样做的结果，使三毛更是常常处于精神恍惚的幻觉世界。在现世得不到的东西，她希望到另一个世界去寻找。

她死前一个多月与新加坡记者的谈话很说明问题："因为他（指荷西）离开这个世界，我的生命，说得保守点，有六七年是处在停顿状态，或者说我放弃了，虽然看到我写文章出书，可是现在回想起来是一片空茫。而直到前两三年，我才又真正地开始我的旅程……现在我可以在人生的战场上去策马中原，可以去奔驰了。为什么我胆子会变得这么大呢？就是我先生的死亡给我很深刻的教育，让我知道：这个生命是不长久的，有的人走得早一点，有的人走得晚一点，于是我问我自己说：'我也是要走的，既然我的另一半在那个世界，如果我大胆一点，做一些有一点点挑战性的工作，或者旅行，即使发生了什么事情，事实上也等于是回家吧！因为我先生在那边为我布置了一个家，在等我呢！'"

三毛的自杀倾向是一直存在的，但此事发生在此时此地，却是带有一定的偶然性，并非是经过周密计划、仔细安排的。

远的且不去说它。去年 12 月 20 日，三毛生前接受的最后一次专访，虽然她也说了一些"来日无多"等消极的话，但整个谈话过程，

她为什么选择死？

125

三毛情绪始终是很好的，并且潇洒地表示："人到中年，想想还有那么长的路要走，脚步一定要加快。没有时间浪费在新仇旧恨里的。"她极赞成"人生七十才开始"这句话。她说，不管你是四十、五十还是六十岁了，想到还有好长路可以走，就应该雀跃欢欣："我正年轻呢！"说这话时离她自杀只有十三天。

在为迎接新年所写的《跳一支舞也是很好的》里面说："新年快乐。对于这全新的西元 1991 年，我的心里充满着迎接的喜悦，但愿多位朋友也是同样的心情。"

该文结尾更是充满激动人心的语句：

> 亲爱的朋友，人生永远柳暗花明，正如曹雪芹的句子——"开不完春柳春花满画楼"。生命真是美丽，让我们珍爱每一个朝阳再起的明天。

如果说，接受采访和写文章可能有矫情的话，那么有些谈话与信件则完全是真情的流露。

元旦除夕夜，她打电话给冯雏音（张乐平夫人）说，如元月 3 日开刀顺利，今春将再访上海的"家"，以了却早已许下的心愿——为张乐平写传。

与此仅隔两三小时以后，三毛在给贾平凹的信里，尽管透露了内心寂寞的情绪，但是她明确无误地写道："如果身子不那么累了，也许四五个月后可以来西安，能看看您吗？"并且把她的电话和家庭地址详细地写在信纸头上，这哪里是有准备自杀的迹象呢！

事发当时，病房门是虚掩着的，一推可开，这也说明三毛自杀并非蓄意安排。

三毛是 2 日晚住进医院，3 日上午 10 时医生为她做了小手术，因注射了麻醉剂，一直昏睡到下午 4 时，白天陈妈妈在医院里陪了她一天，晚上 8 时左右，三毛父母与她分手。分手前，三毛并没有什么异状，就像平常一样。但是据三毛的母亲回忆说，三毛进荣总医院的第一天，即 2 日晚上，三毛对她说："病房里有好多小孩啊，有中国小孩，也有外国小孩。我一个人时，他们都来跟我玩；你一进来，他们都走了。"3 日晚上，她又对母亲说："床边有好多小孩跳来跳去，有的已长出翅膀来了。"3 日晚接近 11 点时，三毛打了个电话给妈妈，说的是有关治疗的事，对话还平和。可是，忽然三毛那头咕噜咕噜说了些话，声音大而又急，最后又说，那些小孩又来了。三毛的妈妈哄她说，也许是小天使来守护你。三毛凄凉地笑了一声。据医院的人说，当晚他们也听到三毛大声地给她妈妈打电话。

从以上情况看，三毛死前，精神有些紊乱，不断出现幻觉。据我推测，这会不会与她更年期的综合征有关系呢？三毛由于荷西早逝，情绪持续处于焦虑状态，荷尔蒙失调，提早停经，过早地进入更年期。更年期的妇女会有情绪不稳，脾气暴躁，以至精神错乱等症状。我曾亲自听到一女医生谈她自己在更年期如何心绪烦躁、想寻死的情况。我还听过一个妇产科医生说到妇女更年期可能发生的种种症状，其中一种就是想自杀，并曾发生过不止一起自杀的病例。三毛会不会是这种情况呢？我想有可能。

三毛的作品和她那美丽、洒脱的文字，是中国文学的宝贵财富。三毛悲剧的一生，给人们留下了无限的叹息！

说明：本文许多材料来自台湾《中国时报》《联合报》，新加坡与马来西亚的《联合早报》《联合晚报》《新明日报》等诸多报刊。

她为什么选择死？

127

愿人世间有更多的爱

——谈席慕蓉的创作

席慕蓉是继琼瑶、三毛之后，又一个在大陆拥有广大读者群的台湾女作家，"命运"也十分相似。一方面，她受到广大读者，特别是青年读者如痴如醉的喜爱；另一方面，又为一些学者文人们所不屑。有人说她之所以受到欢迎，是"被艺术之外的力量塑成的"，"是脆弱短命的"，说她只是一种"季节性的摆设"，"海滩上一尊漂亮的沙器"①。一旦风吹浪打，便会消失得无影无踪。

事实是这样吗？要对任何一个作家做出公正的评价，都离不开对其作品的思想和艺术内涵进行具体的分析，我们还是从席慕蓉的创作实际出发，这样才不至于陷入主观臆断的境地。

席慕蓉至今出了三本诗集：《七里香》《无怨的青春》《时光九篇》；七本散文集：《成长的痕迹》、《有一首歌》、《写给幸福》、《同心集》（与刘海北合作）、《画出心中的彩虹》、《三弦》（与张晓风、爱亚合作，中国友谊出版公司出版该书时，将书名改为《白色山茶花》）、《画诗》。另有两本美术论著，不在我们论述范围之内。

一池清水能反射出一片蓝天，投入一本书，有如投入一个世界。席慕蓉的作品反射给我们的，是怎样一片天空、怎样一个世界呢？

---

　　　① 《走俏的席慕蓉》，1990 年 5 月 8 日《现代家庭报》。

一、一个爱者的世界

痖弦在一篇评论席慕蓉的文章中说得非常好:"她的题材虽然呈多样性,却统摄在一个基调之中,充满温馨同情,是一个爱者的世界。"

1. 对美好爱情的坚定信念和执着追求

席慕蓉说:"我一直相信,世间应该有这样的一种爱情:绝对的宽容、绝对的真挚、绝对的无怨和绝对的美丽。假如我能享有这样的爱,那么,就让我的诗来做它的证明。假如在世间实在无法找到这样的爱,那么,就让它永远地存在我的诗里,我的心中。"① 这就是她的爱情观。

她向往的爱情确实是无比纯洁、高尚而又美丽异常的,属于理想主义类型。而她的经历是:"在今生,我已经得到了我所盼望着的那种绝对的爱情。"② 显示了这种理想的现实性。她赞美对爱情忠贞、专注、至死不渝,认为只要你善待它,必定也会得到回报。假如爱情中途发生变卦,不得不分离,"也要好好地说声再见,也要在心里存着感谢"。她抒写爱情的诗歌和散文占了她作品的大部分篇幅,无疑地,这些是她作品中最动人的篇章。试看《一棵开花的树》中的两段:

> 佛于是把我化作一棵树
> 长在你必经的路旁
> 阳光下慎重地开满了花
> 朵朵都是我前世的盼望
> 当你走近　请你细听

---

① 《一条河流的梦》,见《七里香》后记。
② 《无怨的青春》序。

那颤抖的叶是我等待的热情
而当你终于无视地走过
在你身后落了一地的
朋友啊　那不是花瓣
是我凋零的心

　　她把一个少女对爱情的期待、执着，写得美丽而哀伤，表现了一种凄艳的美。

2. 对生命、生活的温馨的微笑

　　席慕蓉的生活道路平坦而顺直，在事业和爱情上都取得了成功，她对已经拥有的一切无限热爱，十分珍惜，因而在她的诗歌和散文里，随处都流露出一种满足感、幸福感，随处都可以看到她对生活的温馨的微笑。例如在《槭树下的家》一文里，叙述的是一个夏天的清晨，她被窗外小鸟和孩子的笑声吵醒了，这时她听到丈夫出来干涉："小声一点儿，你妈妈还在睡觉。"她假意装睡，躺在床上，借以尽情享受丈夫的关怀："把脸贴近他的枕头，呼吸着我最熟悉的气息，枕头套的布料细而光滑，触到我的脸颊上有种很舒服的凉意，这是我的家，我的亲人，我热烈地爱着的生命和生活。"她又曾在《星期天的早上》这一篇里，直白地吐露自己的心声："我由衷地喜欢这个世界，也很希望这个世界能够喜欢我。""在我心里，我是怎样爱惜着这缤纷的人世间啊！……对着迎面而来的欢乐与幸福，我心中是怎样欣喜又怎样惶惧啊！"

　　席慕蓉是蒙古族贵胄的后裔，原名穆伦·席连勃，意即大的江河。席慕蓉是一条静静的河流，没有风暴，没有雷霆，"带着许多琐碎的爱意与牵绊，缓缓流过"①，和谐、温馨、充满爱意，构成了她生命与作品的最基本的特征。

---

　　① 《月色两章》，见《有一首歌》。

3. 对弱者与不幸者的关爱与同情

她生性温顺、富于同情心，特别把一份关爱献给了那些弱者与不幸的人，这样的内容在她的散文里也占了一定的篇章。《玛利亚》写的是她在比利时布鲁塞尔皇家艺术学院读书时，模特儿玛利亚在工作时精力不集中，甚至于向学生要橘皮吃，席慕蓉愤而关闭了画箱，离开了教室。后来她了解到玛利亚是因为被丈夫遗弃了，为了养活四个孩子，不得不在夜间开电车，第二天清晨又赶到学校当模特儿，为了驱除瞌睡，玛利亚才向学生要橘皮吃。此时她对玛利亚不只是同情，而且怀有敬意。她对自己的粗暴行为深为愧悔。从此以后，在玛利亚面前，她一直不大敢抬起头来。

《卖石头的少年》《玛丽安的二十岁》等，都是十分感人的篇章。作者在写这一类散文时，都把自己放了进去，坦诚地解剖自己的灵魂，表现了对诚实、上进、同情、怜爱等一切人类美好情操的无比珍惜。

4. 对遥远故乡的无限眷恋和向往

席慕蓉于 1943 年出生在四川重庆城郊的金刚坡，祖籍内蒙古察哈尔盟明安旗，可是她从来没有见过她的故乡。1949 年随父母迁移香港，1954 年又移居台湾。她在台湾完成了中学、大学教育，1964年在比利时进修，1970 年又回到台湾，在新竹师专任教至今。她在台湾长大成人，又在这里成家立业，她的一切已和这里分不开了，用她自己的话说，她已是"一棵移植的树，深植在温暖的南国"。

可是"在一个特定的刹那，一种似曾相识的忧伤就会袭进"她的心中，在她"心里最深最柔软的一个角落"，激荡着一首"缓慢却又熟悉的曲调"，这就是属于她的流浪者的歌。①

尽管她没有到过故乡，但是那个古老民族的血脉仍然在她的身上奔涌，尽管她不会使用蒙古文，但是她无法割断和那辽阔草原在精神

---

① 《有一首歌》，见同名散文集。

上和文化上的联系。她从小最喜欢的就是听父亲一遍又一遍地讲述长城外的故事，至今使她不能忘怀的，是母亲说故乡的森林和草原到处溢满香气时的神情。她说："我只要一闭眼，就仿佛看见那苍苍茫茫的大漠，听见所有的河流从天山流下。而丛山黯暗，那长城万里是怎么样地从我心中蜿蜒而过啊！"①

很显然，她的乡愁源出于爱，出于对她所属民族以及遥远故乡的深沉的眷恋，但也不必讳言，由于她出身于一个显赫的家族，其中也夹杂着些微对失去她祖先曾拥有的一切的惋惜与哀伤。

二、温馨、和谐的艺术风格

1. 她的写作有如描图

关于席慕蓉的写作特点，她自己在《夏天的日记》里有一段极为具体、形象的比喻：

> 我所要的，我所真正要的，只是能从容地坐在盛夏的窗前，映着郁绿的树荫，拿起笔，在极白极光滑的稿纸上，享受我内心的悲喜而已。

> 在这个时候，多年以前的那些时刻就会回来，年轻时那样仓皇度过的时刻就会慢慢出现。就好像小时候在玻璃窗前就着光慢慢地描着绣花的图样一般：一张纸在下，一张纸在上，下面的那张是向同学借来的图样，上面的那张是我准备好的白纸。窗户很高，阳光很亮，我抬着双手仰着头，聚精会神一笔一笔地描绘起来，终于把模糊的图样完全誊印到我的白纸上来了。等到把两张纸并排放到桌上来欣赏的时候，觉得我描摹出来的花样，比他原来的底稿还要好看，还要出色。

---

① 《无边的回忆》，见《成长的痕迹》。

这一段话清楚地说明她的写作好像是小时候描绣花图样，下面的那一张是她"多年以前的""年轻时"的生活，上面那一张则是她今天的写作，这完全符合创作的规律，生活永远是第一性的。同时又说明了她散文创作的特点，即她的散文是她过去生活的真实写照，因而具有自传体性质。

她的诗影响很大，首先在青年读者群中引起轰动效应的是她的诗集《七里香》，但就数量而言，她的散文收获更丰。她散文写作的特点，还可以从她对散文的理解来看，她认为散文的特点是："那是要褪尽衣衫，最最真实无处可隐可遁的裸！"① 所以我们没有理由怀疑她的散文的真实性，这也是我们论述她的创作的基础。

散文如此，那么诗歌呢？她在《无怨的青春》序言《此刻的心情》里又曾说过这样一段话："如果只把这些诗当成是一种记录，那么，诗里当然有我，可是，如果大家肯把这些诗当成是一件艺术品的话，那么，诗里就不应该是只有我而已了。"

她又说，《七里香》和《无怨的青春》放进了她十几岁到三十几岁的作品，"是为了我自己的一种纪念，纪念一段远去的岁月，纪念那一个只曾在我心中存在过的小小世界"。

我们清楚了，她的诗仍然是离不开她过去的生活，只是由于诗歌本身的特点，和作者主观上加诸的"创作"成分，所以我们在分析她的诗歌时，应做比较宽泛的理解。

2. 一束温柔的花

她在《有一首歌》的《后记》里说："我原只是个平凡与单纯的女子，却因为他们（笔者注：指她的亲人和师友）的引导，竟然来到一片繁花细草的河岸上，便满怀欣喜地采摘着遍生的野花，想把它们扎成一束温柔的花束，还报给爱我的人。"

席慕蓉的作品虽然题材多样，但并没有揭示过什么重大的社会问

---

① 《静寂的角落》，见《写给幸福》。

题。她的作品虽然也能给我们以启迪，但毕竟没有阐述多少深刻的人生哲理。如上所述，她写的不过是她自己经历的一部分，她的所见所闻，所思所虑，有的显得过于琐碎，在艺术技巧上，散文方面多为平铺直叙，缺少波澜，没有看到如何结构谋篇，如何匠心独运。诗歌方面，总体来说，要比散文精致，但也有的篇章缺少诗味，如同分行的散文。那么，席慕蓉的作品魅力在哪里呢？

读席慕蓉的作品，首先吸引我的是洋溢在全部作品中的温馨、和谐的气息。她没有写重大题材，她的作品中没有激烈的矛盾冲突，写的都是亲情、恋情、友情、乡情，充满了融融的爱意。写爱情，真挚、热烈，但绝没有像琼瑶、三毛那样死去活来，虚无缥缈。

她自幼生活在一个非常和谐、温暖的家庭，母亲性格温和，她继承了这种秉性，开朗、达观、安详、宁静，生活道路相当顺利，她在亲人、师友的关爱下长大，知足感恩，虽然也遇到过小的愁苦和挫折，但事情过后，她很快便忘记了。显然，她的生活环境、成长道路，以及她的性格、气质，造就了她作品的温馨、和谐的特色。

她的诗歌都比较短小，意象单纯而美丽，亲切易懂，音韵和谐，有浓郁的抒情味，不同文化层次、不同年龄的人均能欣赏。她的散文所以感人，首先在于真诚。巴金说过，一个真正的作家要把心交给读者，要说真话。席慕蓉做到了这一点，她把一颗热乎乎的真诚的心袒露在读者面前。我从她的作品中看到了一个活生生的席慕蓉，她的外貌不一定很美，但内心世界却异常丰富、美丽。她在表达她的思想感情时自然、平易，一切都像是顺其自然地流淌出来，绝无雕琢、绝无矜持，有的是一颗朴实的心。她的作品也有女性文学的共同特点：敏感、纤细、热情、温柔。

感情真诚、热烈，意象单纯、美丽，手法朴实、平易，构成她作品和谐温馨风格的主要方面。

3. 她有"一扇很亮很温暖的窗户"

一个人事业成功，需要多方面的条件，除了本身的素质，诸如天资、勤奋、毅力等等之外，外在的条件亦十分重要。对一个已婚女子来说，婚姻、家庭怎样，更是不可忽视的方面。席慕蓉是一个十分幸运的女子，她在布鲁塞尔皇家艺术学院读书时，遇到一个特别能理解、支持、疼爱、呵护她的男子刘海北，这对她事业的发展、创作上温馨和谐风格的形成，给予了很大的积极影响。席慕蓉不止一次肯定了这一点，她说："能做这样的事，能有这样的享受（笔者注：指写作），也和童年时描花样一般，是需要一扇很亮很温暖的窗户的。我很幸运，在世间，有一个温柔敦厚的男子给了我所有的依靠，他给了我一扇美丽又光亮的窗户。"①

席慕蓉可以要写便写，要画便画，随意做着自己想做的事，据说常常以写作和画画为借口，尽量不进厨房，一家膳食的事多由刘海北来料理。刘海北对此采取了宽容和大度。他是一个颇有成就的物理学家，然而在他身上并没有大男子主义，并能如此支持自己的妻子在事业上获取成功，确是值得赞美的。他们的好友、女作家心岱说："一个艺术家，需要无止境地被疼惜、被宠爱、被包容，海北就是这样不断实践与贡献的丈夫……她的才情终因海北的扶持而获得最完美的宣泄与表现。"席慕蓉生活在爱的暖流中，她的聪明才智因之得到了尽情的发挥。她说：

> 因为他们爱我（笔者注：这里的"他们"除了父母、师友，当然主要还是指夫君刘海北），我才能在很年轻的时候就走上了自己喜欢的道路。
> 因为他们爱我，我才能用一颗单纯的、没有受过伤害的心来观看我的周遭。
> 因为他们爱我，这个世界才充满了许多令人欢喜与赞叹的事物。
> 因为他们的爱啊！我才迫不及待地想把心中的感动表达出

---

① 《夏天的日记》，见《有一首歌》。

来，借着我的作品，向他们表示，我愿意努力，努力使自己值得这样的一份爱。

因此，当我怀着这样一份心意在工作着的时候，生命似乎在刹那间变得极为美丽丰盛。在那些特殊的时刻里，亲人和师友的宠爱似乎有一种神奇的力量，使我能够做出一些我原本绝不可能做出来的成绩，达到一种我原本不可能达到的境界，实现了一些我原本绝对不可能实现的梦与理想。①

美好的婚姻是一种互补，席慕蓉与刘海北真正做到了相濡以沫，相辅相成，共同提高。刘海北以家有"名妻"为荣，是妻子的第一个读者，席慕蓉则以有这样的丈夫为慰，知足、感恩，并力求回报，他们同心协力，合作出版了《同心集》，真正做到了比翼齐飞。

三、席慕蓉与三毛异同比较

席慕蓉与三毛都是出生在大陆的台湾女作家，又都是 1943 年出生的同龄人（关于三毛的出生时间，另一说为 1945 年），都是用纪实的文字（席慕蓉除了散文，还用了她大部分的诗歌）来展示自己曾经和正在拥有的生活，可以这样说，她们的作品很大程度上就是她们的自传，可是她们作品所反映的内容和风貌又是多么不同啊！

作为女作家，她们才气横溢，都是天之骄子；作为女人，她们命运可就大不一样了，老天爷偏心眼，厚席薄陈。

席慕蓉实在是一个令人羡慕的很幸福、很幸福的女人！虽然她也是最后的贵族，但她并没有过类似李彤（白先勇《谪仙记》中的女主人公）的坎坷经历，幼年时经历过战乱，但一家人从未离散过。相反地，她一直在一个比较安定的、温暖的环境中长大，受到系统、良好的教育。她和三毛从小读书时数学成绩均不好，但是她得到了同学

---

　　① 《一束春花》，见《有一首歌》后记。

的友爱和帮助，在老师温柔怜爱的目光下，闯过考试关；而三毛却受到数学教师那样残酷的对待，幼小的心灵遭受重创，以致精神迷乱，造成停学七年。席慕蓉在家受到父母、外婆的疼爱，特别是婚姻顺利美满，受到丈夫的宽容疼爱，她作品中那种温馨和谐的风格的形成，这些是极重要的成因。她一路顺风，纵然也有挫折和愁苦（与外婆、母亲的生离死别，还有那"无根"的乡愁等），但毕竟轻淡得多。三毛的命运过于坎坷，爱情、婚姻一再受挫，荷西的死，更是她心头永远无法弥合的伤口。她经历了人生的大悲大喜，爱与死都是惊天动地，刻骨铭心。

席慕蓉性格温顺，三毛性情怪僻；三毛的世界很遥远，有时令人难以捉摸，席慕蓉的世界却近在眼前，是一份实实在在的生活；三毛流浪过很多国家，经历曲折，但也因此视野开阔，反映的生活色彩斑斓，绰约多姿；席慕蓉道路平顺，生活单纯，作品的内容也显得狭窄、单调。

她们的风格都是真诚、坦直地吐露胸怀，感情丰富而细腻，语言也都非常自然、平易而明朗。席慕蓉善于营造美丽的意境，她是一个温柔多情的女性，在香气四溢的花前月下，悄悄地向你倾诉心声，娓娓絮絮，十分动听。三毛的文字更鲜活一些，她是个调皮任性的女孩，常常越出轨外，她连蹦带跳地向你走来，讲述她遭遇的那许多奇特的故事，多用人物对话，语言夸张，情节生动，不由得你不和她一起哭笑，一起发疯。

三毛的作品是咖啡，席慕蓉的作品是绿茶；三毛的作品有如香气袭人的桂花，席慕蓉的作品则是温馨的米兰，在一个角落里，静静地散发着幽香。她们是台湾文学百花园中的两朵小花，各有各的芬芳，但两者都是美，都能使我们丰富生活，增益智慧，我们应该好好欣赏。

写到这里，我再回到本文的开头。出版界引进出版席慕蓉的作品，起到积极的作用，但同时有一些人，纯粹从牟利出发，不择手段，粗制滥造，以至以赝品来冒充席慕蓉的作品，影响很坏。但是席慕蓉的成功绝非艺术之外的力量塑成的，她不会短命，她将以她独特的艺术贡献，在台湾文学史上留下自己的痕迹。

附记：此文写于1990年3月，后因许多"磨难"，搁至1990年10月才改定。但仍觉不太满意，塞进了抽屉。如今有机会问世，再拿出来看看，最末一段是写席慕蓉与三毛的比较，不觉心悸不已。三毛已永远离我们而去，令人无限痛惜！岁月流逝，人生无常，唯愿死者安息、生者快乐！

戴小华的情结

1987 年 10 月，马来西亚《南洋商报》破天荒地连载了一部电视文学剧本《沙城》。次年 4 月，该剧本正式出版。它是马华文艺界出版的第一部长篇电视文学剧本。同年，由马来西亚国家广播电视台华语组将它拍摄成九集电视连续剧。正式播映后，观众反响强烈，使得剧作者的名字——戴小华一下子变得家喻户晓。

《沙城》电视连续剧的极大成功，宣告了马来西亚文坛一颗新星的诞生。

说她是一颗新星，从年龄来看，她已不算太年轻，1988 这一年，她 37 岁。从创作经历来看，在大学读书期间，她即写过电视剧本《姐妹花》，起步不算晚。但是，她自 1973 年从台湾嫁到马来西亚以后，就进入了"冬眠"状态，这一眠就是十三年。1986 年重新执笔创作，一边在美国读硕士学位，一边从事文艺创作。她写剧本（除《沙城》外，还写过一个电视剧《蜜月惊魂》，1986 年 11 月由马来西亚国家广播电视台播映），又写社会评论（已出版妇女问题研究专集《毕竟有声胜无声》，1990 年版），又写散文（已出版《戴小华中国行》，1991 年版），居然都获得成功，得到马华文坛前辈作家与同行的肯定与鼓励。著名的老作家方北方写了长篇评论《沙城》的文章，说她"艺术功力修养不薄，摆在谁的面前，就是一部具有水准的文学剧本。可以阅读，而觉得不俗；可供演出，而使人接受"。又说："她的长篇剧作《沙城》，没有理由不能被视为杰作。"[①] 近几年来，

---

① 《星洲日报》副刊，1988 年 9 月 11 日。

戴小华在文坛上异常活跃，被评论界称为"异军突起"的作家。

女人情结：多余的女儿——阔少奶奶——时代新女性

戴小华究竟是怎样一个人？她如何成长为一个女作家？有人觉得她很神秘，有人觉得她不可理解。

在我和她的直接接触中，在我们抵足而眠的深夜长谈里，在我反复琢磨她的作品的时候，我觉得她的经历是颇值得人玩味的，她走过的道路，给我们妇女提供了许多有益的启示。我认为，她正是不断地与封建传统文化加诸女性身上的各种精神枷锁进行搏斗，才赢得了女性真正的独立与尊严，使自身的才华与潜能得到充分的发挥，成为具有多种笔墨、正在发展中的女作家。她的祖籍是中国河北，父亲在国民党部队做军医。大陆解放前夕，她母亲身怀六甲（腹中的胎儿正是小华），随她父亲撤退到台湾。父亲受过高等教育，母亲只读过几年私塾，但他们都一样重男轻女。在小华出生前，因为已经有了两个姐姐，所以母亲在生第三胎的时候，心情特别紧张。当婴儿才呱呱坠地，脐带尚未剪断时，母亲就迫不及待地挣扎坐起，看看究竟是男是女，结果竟因此把脐带崩断，血流如注。当她得知又生了一个女儿时，真是伤心到了极点。（父亲当时不在家，后来知道又多了一个女儿，其冷漠态度也就可想而知了。）奇怪的是在当时那种很差的医疗条件下，小家伙生命力却很顽强，平安无事地活了下来。面对活泼美丽的小女儿，母亲是又爱又怨。因为这个女儿是多余的，幼年时的小华常被没有孩子的人家带去抚养，待人家真的想把小华收作自己的女儿时，她母亲又舍不得，赶快把她要回来。

小华的母亲是一位典型的传统女性，和她父亲的婚姻完全是由父母之命、媒妁之言决定的。两人文化修养差距很大，加上结婚以后，她母亲把全部时间和精力都扑在家庭和孩子身上，完全成为一个家庭妇女，父母之间很少有共同语言，更谈不上有什么爱情。父母之间的关系靠法律，不如说是靠封建的伦理道德在维系着。

小华渐渐懂事以后，母亲的经历和自己出生时的遭遇，给她的心灵留下了难忘的记忆。

小华的青年时代，台湾社会正处在转型期，逐渐由农业社会向工商社会过渡，各种新鲜的东西扑面而来。小华聪颖好学，成绩不错，常常得到奖学金，自己解决学费和零用钱。在大学里参加办报纸，积极写稿，受邀为电视公司做节目主持人，等等，使她受到很大的实际锻炼。当时，她和许多青年人一样，向往着大学毕业后到外国去留学。由于家庭经济条件的限制，两个弟弟还在读书（她的母亲后来终于生了男孩），于是她报考了中华航空公司。

这样既有优厚的待遇，又可实现她去看世界的愿望。

工作了一年以后，她在新加坡邂逅了她现在的先生，他们终于在1973年1月结秦晋之好。从此她离开了自己的祖国，去到一个陌生的异邦——马来西亚，也从此开始她作为一个女人的重要历程。

婚姻对于一个女人来说，实在是太重要了，它关系着她后半生的命运。小华对马来西亚虽然陌生，但是由于夫家是华族，在华社中国的传统文化仍然起着主导的作用。小华是很幸运的，丈夫十分宠爱她，她又遇到一个十分和善的婆婆。婆婆对她体贴入微，考虑到她平日不像别的媳妇可以常常回娘家，所以对她还特别多了一份关爱和照顾。但是在那里，按照传统习俗，男主外，女主内。女人结婚以后，就应该待在家里，相夫教子，恪守妇道。丈夫虽然是在英国受的教育，但是因为公公传统观念很深，祖祖辈辈，女人婚后都是留在家里，婆婆是这样，其他妯娌也是这样，何况家里经济条件又好，完全养得起她，小华就这样像金丝鸟一样被"养"起来了，成了养尊处优的少奶奶。

小华的可贵之处正在于，她不安于这种闲适富足的生活，觉得生命在无谓地浪费，她还清醒地认识到，一个女人在心理上、行为上、经济上不能独立自主，一味依赖丈夫，这种安全感是虚假的，十几年的"冬眠"生活，实际上小华何曾睡着，她不停地在思索、观察和总结。她经常陪伴从商的丈夫出国，足迹遍及大半个地球，这不仅使她开阔了视野，同时也受到西方文化的熏陶，有机会实地考察各国妇女的命运。她总结了许多成功妇女的经验，同时她也亲眼看到，马来西亚许多达官贵人的夫人，由于一朝丈夫事业失败或婚姻变卦，这些女人的地位就一下由天上跌到地下，境况十分凄惨。她更不能忘记，母亲不幸的一生所给予她的启示，她下定决心要走出一条自己的路来。后来她在一篇文章中曾说过这样一段话："我也曾历经人生转折点的挣扎。当站在人生的分水岭上时，看到有人急转直下，有人峰回路转。这些给我很多的启示，也都深深悸动着我的心灵，但也常让我落入思索的窘境。"① 首先她想到的是要在学识上充实自己，她想继续读书。

一个已婚并已有孩子的女人，重新去学校读书，这在西方可能并不稀奇，但在传统习俗十分浓厚的大马却绝对是件不平常的事，没有冲破罗网的极大勇气和破釜沉舟的决心是办不到的。小华深深懂得，跨出家门的第一步，首先要取得丈夫、婆婆的谅解和支持，要使他们知道，她要去读书，并非是要与家庭决裂，而是为了今后有更多的共同语言和情感交流，使家庭生活变得更和谐。小华是幸福的，她有一个通情达理的婆婆和丈夫，他们很快成为她的助力。小华也是很聪明的，为了兼顾家庭，使得她的行动易于为他们所接受，她采取短期、集中的方式，先后在马来亚大学进修英语（1976—1978），在英国剑桥大学进修莎士比亚的语言、戏剧及剧院课程，还有与莎翁同时期的戏剧（1985）。

1987 年她终于修完了美国旧金山大学公共行政专业的硕士课程，通过了毕业论文答辩，取得了硕士学位，并以坚实的步伐、昂扬的气势登上了马华文坛。

十几年的"冬眠"，十几年的痛苦思索，十几年的自我奋斗，特别还要与来自家庭、社会的传统势力搏斗，她终于完成了从一个家庭主妇、阔少奶奶到时代新女性的蜕变过程。当我们了解了她这一段不

---

　　　① 《女性的开始与再生》，见《毕竟有声胜无声》。

平凡的经历以后，就会理解她为什么在从事文学创作的同时，又从事妇女问题及一系列社会问题的研究，为什么一登上文坛，就写出了具有强烈社会意义的《沙城》。

这一切都不是偶然的。

马来西亚情结：外来移民——自家媳妇——马来西亚女作家

1990 年春天，戴小华作为马华文坛受邀来中国讲学的第一位使者，在中国暨南大学、南京大学高等学府的讲坛上，介绍马华文学的过去和现状，以及马华的影视文学创作等，为中马的文化交流做了积极的贡献。由于长期隔绝，听众对马来西亚既陌生又好奇，频频提出许多问题。小华应付自如，表明了她对马来西亚各方面情况的把握与娴熟。言谈之间，她充满了对马来西亚的信心与自豪感。

可是这位马华文坛的使者，原来竟是一位"外来移民"。她在《八千里路云和月》一文中回忆当年她初到马来西亚的情况："命运把我安置到马来西亚。初到此地，举眼不见熟面孔，侧耳听不着半句乡音，竟又有着离乡背井、漂泊异地的感觉。直到孩子陆续降临，总算有了'家'的扎实感觉。"凡是涉外婚姻，都要面对着所在国接纳与认同的困扰，文化背景的差异，陌生的环境，异样的生活习俗，都给小华的生活带来许多困难。新媳妇初来乍到，免不了有人说她是"外来移民"，这给她的精神上更增添了寂寞感。

面对这种现实，是消极逃避、被动应付，还是积极去适应、努力学习自己所不熟悉的东西呢？小华采取的是后者。她端庄贤淑，知书达理，入乡随俗，敬老爱幼，使婆婆很快就喜欢上了这个新媳妇。婆婆待她如同亲生女儿，她孝敬婆婆如同自己的母亲，形成了新型的婆媳关系。

对待马来西亚国家和社会，小华的态度是，既然自己是这个国家的公民，是这个社会的一分子，就要以主人翁的精神，树立一种积极参与的意识，站稳脚跟，落地生根。婚后十多年，她虽然没有外出工作，这一段时间，如前所述，她除了积极去进修专业知识以外，同时在了解社会、关注社会方面投入了极大的热情。

就以她的成名作《沙城》来说吧，马来西亚前辈作家方北方在评论文章中说："至于《沙城》的地方性，是作品的内容和艺术表现，都具有马来西亚人的思想感情和艺术风格，它可以媲美港台作品，十足是反映地方文化色彩的马来西亚华文文学。"① 我的理解，老作家的这一段话既是对作品的赞扬，同时也是对小华作为一个真正的马华作家身份的肯定。

《沙城》的鲜明的地方性，首先表现在这个剧本的题材来源。1986 年，马来西亚发生了震动全国的新泛电事件，造成空前的星马股市停止交易三天，进而引致合作社风暴，使得无数善良的人遭受其害。小华及时捕捉了这一重大社会事件，以此为背景，创作了以海达企业公司为首的豪门贵族之间的钩心斗角，争权夺利，表现了人性善与恶的冲突。作者所要表现的题旨很清楚，即批判社会上流行的投机牟利之风，也正如剧名所寓意的："建立在沙滩上的城堡，随时会被一阵大浪冲得无影无踪。"② 这是一个牵动千家万户的重大题材，也是该剧产生强烈反响的重要原因之一。没有对现实社会的关注和积极投入的热情与胆识，要想驾驭这样的题材，那是不可想象的事。

至于剧本中所表现的马来西亚的美丽景色及文化宝藏等等，这里不再一一细述。

我们再来看看小华写的社会评论，她所关注的社会问题可真多：妇女问题，儿童问题，青少年教育问题，赌博问题，移民问题，病态社会与社会调适问题，等等。她不仅是《南洋商报》的特约评论员，为好几家报纸写专栏，而且她经常参加各种社会活动，发表演讲，坦诚地表明她对各种社会问题的意见。

她对妇女问题有比较系统的研究，她深刻地指出："当代妇女所

① 《星洲日报》副刊，1988 年 9 月 11 日。
② 见《沙城》。

面临的不仅仅是一个在法律和制度上的地位问题，最重要的是一个在人们观念中的地位问题。"同时表述了多少代妇女，也是当代妇女的梦想：期望我们的女儿将来面对的只是实际问题，而不再是妇女问题。到那时，女人会觉得做女人真好，而不再需要牺牲自我，或以扮演"女超人"来掩饰需要。①

关于病态社会的研究，她指出，由于执行政策的偏差，以致产生许多弊端，她列举了十一项，同时又提出十项调整建议。②

对于困扰大马政府的移民问题，小华分析了造成近年来大马人纷纷移民国外的原因，并提出，由于种族不同，"亚洲人去到西方国家，无论如何都无法被当地人认同"。她认为"每个国家都有自身的'病痛'，我们不能因此就移民。就像孩子不能因为父母有病痛，就弃他们于不顾一样"。报刊评论员在介绍了她的一系列观点以后写道："戴小华表示自己对马来西亚政府极有信心。十几年前，她从台湾嫁过来大马，从对大马的社会、政治等问题不闻不问，到略为注意，到全面投入，已经把她从台湾人的身份演变成马来西亚人。"③

由于小华积极、全面地投入，十几年的时间在小华身上发生了惊人的变化，她已和马来西亚水乳交融，密不可分。她不仅是台湾的女儿，同时也是马来西亚的媳妇，名副其实的马来西亚人，马来西亚有影响的学者和作家。

中国情结：外省人——海外华侨——自己的女儿

一本不算厚的《戴小华中国行》，多少次使我看得怦然心动，眼眶湿润。

去年春天，马来西亚政府尚未开放允许其人民自由来中国旅行的

---

① 见《毕竟有声胜无声》序。
② 《星洲日报》，1987 年 5 月 4 日。
③ 《中国报》精品副刊，1988 年 7 月 17 日。

时候，小华幸运地获得政府批准，来中国一个月。她除了应邀在暨南大学、南京大学讲学外，还在京会见了从各地会聚来的从未谋面的亲人：舅舅、伯父、堂哥、堂弟、表弟、表妹等。

只因中国回族一个领导人与小华母亲是同族、同姓，小华就受到中央民族学院、全国伊斯兰教协会的隆重接待，与他们一起过了开斋节。

已届九十高龄的冰心女士，家门口挂着"医嘱谢客"的牌子，但是对于远道而来的小华却给予例外的优待，热情地和小华聊了一个小时，还说接待她觉得很荣幸。小华赶快说："荣幸的应该是我。"小华还游览了许多名胜古迹，与文艺界一些人见面、座谈……所有这些，在《戴小华中国行》一书里均有极为真切而感人的记述。请看，她在该书《后记》中写道："《中国行》所写的绝不只是'游记'，而是我生命中一段刻骨铭心的'历程'。这段'历程'是用了四十年的生命才等到的。"

小华生为中国人，却从来没有亲近过中国大陆的土地。"一直是我心头的一个结。这个结，几时打下的，我不曾感觉到，但当飞机愈飞愈近时，这个结也就愈扯愈紧了！"

入境时，海关人员看着她填的表格好奇地问：

"你原籍河北？"

"是。"

"出生在台湾？"

"是。"

"马来西亚公民？"

"是。"

"怎么这样复杂？"

"复杂？听起来是有些，"小华写道，"但他怎知此时此刻的我，心情更加复杂！马来西亚、中国台湾、中国大陆，我觉得自己属于这三种空间，三种时间。在思想上，中国大陆是我的祖先，中国台湾是我的父母，马来西亚是我的丈夫。对祖先，我有着深远的怀念；对母亲，我有着浓厚的亲情；对丈夫，我有着坚定的忠贞。"

生活在这三度情间的戴小华，确有着一般常人所难以理解的情结。她说："在台湾，有人说我是外省人。在马来西亚，有人说我是外来移民。在中国大陆，有人说我是外国华侨。似乎自己站在哪儿，哪儿的土地就不属于我；但是当我踏出了那块土地，我却又代表了那块土地的全部。"

"多少年来，心里面常有一种说不出来的闷闷的感觉，好像有一种委屈，有一种不安，更有一种渴望。渴望的是什么？说起来可笑，只不过是有一个能让自己安心地去爱与被爱的家。"

鸟尚且需要一个窝，人如何能没有个家？正确地说，中国台湾、马来西亚、中国大陆都是小华的家。

大陆上居住着的不仅是与小华有着共同血脉、共同文化的民族，而且还有她的许多亲人。她和这些亲人虽然从未见过面，但是他们在见面时，不用介绍，就"心有灵犀一点通"，可以绝对肯定对方是自己的亲人。

"是小华来了呀！"已经瘫痪在床的二伯见到小华时，"他沧桑的眼里，满溢着如潮涌的惊喜，接着又泛起一片晶莹的泪光"。对着小华说一句，哭一声，"你要常回来啊"！远在沧州的舅父，听说小华回来了，坐了一天一夜的车，一路上捧着四个细瓷碗，这是他家里最珍贵的东西了，已经不知收藏了多少年，如今特地送来，抖抖颤颤地交给小华。也就是这个舅父，在小华离开中国的那一天，突然心脏病发作去世了。亲人们怕小华难过，一直过了很久才把这消息告诉她。舅父还在遗嘱里留了一万元人民币给他们，这对一个中国农民来说，可能是他一生的积蓄。小华说得好，舅父留给他们的不是钱，而是他所有的爱。

好了，无须我再引述了，世界上还有什么东西比这种亲情更温馨更可贵的呢？

中国人，黄皮肤、黑头发、黑眼睛，永远无法改变。不论你走到哪里，九九归一，你的根永远在黄河之滨。祖国对于自己的女儿，不论何时归来，都会张开她那温暖的双臂，紧紧地把你拥抱！

他不会消逝
——悼何紫

　　夜已深了，已去美国读书的女儿突然从香港打来电话，传来何紫不幸逝世的噩耗，她是特地从美国赶去参加葬礼的，何紫夫人也在一旁和我通了话。这应是意料之中、又确实是意料之外的不幸消息，把我震惊得浑身发颤，儿子拼命捂住我的嘴，怕我控制不住，哭声会传到电话那边去，可一放下电话，我顾不得已是夜深人静，号啕大哭了一场。

　　这是真的吗？许多天来，我恍恍惚惚，总觉得这不是真的。他逝世前十几天，还亲笔给我写了长达六页的信，说医生给他检查结果，肿瘤并未扩大，一切还在合格之中，再过两周他就要出院了，还说过些时还要再给我写长信。逝世前两天，他给我的最后一封信虽系秘书代笔，但上面有他的笔迹，他对许多问题还那么认真执着，十分清晰地阐述他的观点。一个思维极其活跃、对写作有着狂热情感的人，会突然停止思维、放下手中那支多彩的笔吗？一个有着强烈求生欲望，无比热爱亲人、朋友的人，会突然离开我们，永远消逝了吗？经过几番冷静的思考，我终于得出了个答案：正如人们常说的，有的人虽然活着，等于死了；有的人虽然死了，却永远活着。何紫是属于后者，他的形体消失了，但他的精神却永远不会消逝！

不解之缘

何紫是那种一见到他就让人高兴的人。第一次见到他是在一次会议上，别人介绍他是一位儿童文学作家，非常喜欢孩子。在家时，他让孩子骑在自己身上，他在地上爬。我端详他，圆圆乎乎的脸，光脑门，笑起来两只眼睛眯成一条线，形体肥胖，肚皮凸出，我马上联想起那个身上爬满孩子的弥勒，心里便充满了快乐。那次会议是第一次有海外作家参加，我不无胆怯，我和别的代表一道，对与会的香港作家只做了一般性的晤谈。

没有料到，我刚回到南京，便收到何紫来信，对我刚刚起步的台港文学研究多所鼓励，这使我非常感动。从此我们书信往来不断，友谊与日俱增。他的许多作品和他主编的《阳光之家》成了我们全家特别是两个孩子最喜爱的读物之一。

1988 年秋，他来南京开会，"突然袭击"探访我家，不巧我与爱人均去了外地，家中女儿接待了他，陪他游玩了南京一些地方，谁知这次"来访不遇"竟促成他们结为父女之缘，人世间的许多事情正是一个"缘"字哩。这一老一小性格异常投合，他十分赞赏女儿，女儿更是把他视为心中的偶像、做人的楷模，从此两家结下了不解之缘。

何紫的家庭十分理想、和谐，夫妻恩爱，夫人是他事业上的得力助手，有两个儿子、一个女儿，如今又添了一个干女儿。他逝世前不久给我的长信里写道："老伴说我得着乖女雪泥是我们的福气，因为，我们正要一个醒目女在右，那么一双又一双，何紫何幸！"又说："我们情同兄弟姊妹，我与雪泥虽无血缘，但有深刻亲情，一家人以后别说客气话才好。"雪泥去美国留学得到他鼎力相助，更重要的是他的思想、品德、性格、为人，已经并且还将继续对雪泥的一生产生深刻的影响。

魂系祖国

他的一篇儿童小说《别了，语文课》（以此篇命名的小说集曾被评为全国红领巾推荐十种读物之一），我每读一次，鼻子都是酸酸的，眼泪直在眼眶里打转，我觉得它和法国都德的《最后一课》一样，有一种悲壮的美。这篇小说写一个香港的小学生，平时上语文课不用心，成绩不好，在即将随父母移民去中美洲的时候，他突然意识到今后将再没有机会系统地学习中国语文的时候，心里非常难过，对中国语文产生了无限眷恋之情，在最后一个月里成绩突飞猛进。最后一次上语文课时，老师送他的礼物是一套语文课本，希望他离开祖国以后，继续自修，永远不忘记自己的母语。这短短的一篇儿童小说，寄寓着他对祖国的一片深情。面对香港一度出现的移民潮，他曾对我敞开心扉，他说，他已在香港生活了五十年，他爱香港，如果要他离开香港，他会很伤心的。他毕生从事儿童文学的创作、编辑和出版事业，他是以一种神圣的使命感和责任感来从事这项事业的。他于1986年创办了《阳光之家》，这是一个以青少年为读者对象的月刊，订价低廉，每期都要赔不少钱，但他乐此不疲，且特别钟爱它。他对我说，香港有一百万青少年，但没有一份青少年的报纸。现在的青少年，1997年后就是国家的栋梁，英美国家的宣传工作做得很好，但我们做得不够，不少青少年对内地有疏离感，应培养他们对国家有母亲般的感情。所以他办《阳光之家》第一个目的，就是使孩子了解中国。他特别重视对孩子传授有关中国的历史知识。

记得在纪念南京大屠杀五十周年的时候，他要出版专辑，为此，我特地去图书馆和南京大屠杀纪念馆为他搜集资料，后来均发表出来。他还曾邀我和他一道编写配有图画的抗日战争史和"文化大革命"史，由于我的慵懒和笨拙，没有实现。他还明确地说，要使孩子通过《阳光之家》认识人的价值。资本主义社会以金钱和外貌来衡量人的价值，我们则要以思想品德、业务才干等内在的美来衡量人的价值。他又说，香港的孩子重视英语，忽视中文教育，中学生常常连信都写不通，他希望借《阳光之家》来提高香港青少年的语文水平。

他的这些愿望是多么美好啊！《阳光之家》人手很少，但效率极高。他从征稿、编辑、出版到发行，各个环节都要过问，他为这个刊物付出了大量心血。《阳光之家》内容丰富，图文并茂，受到海内外广大读者的欢迎。

在香港召开的追悼会上，有一副挽联称何紫为"把毕生献给儿童文学的中国人"，这样的评价是多么恰如其分！

写作狂人

综观何紫的一生，他活得异常丰富、充实，每天工作十几个小时，一个人顶好几个人干活，他集编辑、出版和写作于一身，同时还是一位热心的社会活动家。如上所述，他创办并主编了《阳光之家》月刊，共出了六十五期，直到他发现患了癌症，于1991年夏天才被迫出了终刊号。他于1981年创办了山边社，十年中一共出版图书六百多种。他担任香港儿童文艺协会创会会长和香港作家联谊会副会长，为繁荣儿童文艺和促进作家之间的文化交流做了许多贡献。除了以上这些，他自己还创作了数量可观的儿童文学作品，编撰了大量的低幼读物，据现在不太精确的统计，恐怕总数不下百余种。主要作品有：《40儿童小说集》《儿童小说新集》《儿童小说又集》《26短篇童话集》《山河款语》《可以清心》《童年的我》《如沐春风》《臭水沟旁的城堡》《别了语文课》《何紫作品选》等等。他的文字非常清新、朴实、流畅，他的作品熔思想性、知识性与趣味性于一炉，启迪了一代儿童的心灵。

在得知他患癌症以后，我常想，他家庭和谐，事业顺利，正如日中天，性格开朗，身体健壮，精力充沛，何以会得此病？我想来想去，认为他的病主要是累出来的，有了小病也不去医治，终于酿成大病，一检查出来就已是晚期肝癌，无法治愈了。

一次，他深夜工作结束以后给我写信，写到末尾全是画的一条一条的像蜘蛛网，后来他在旁边写道：不知怎的，我的两个眼皮全粘在一起了。他这封信把我们全家看得笑弯了腰，但由此也可见到他工作辛劳的一斑。

在他生命的最后一年里，一方面身患重病，同时也是他的写作热情达于顶峰的一年。我惊异于他明知道医生警告他，他的生命只有三个月的时间了，他仍每天坚持写四五千字，在香港报刊开的几个专栏，一天也不脱稿。1991 年春天他到北京治病，我在医院里亲眼一睹了这一切。他住的虽是高干病房，各方面条件均算好的，但这毕竟是病房，两大间相连共住了四个病人，除了陪房的家属，还各有常来探视的亲友，这样的环境无论如何不是写作的好地方。可何紫却安之若素，除了治病、吃药、做气功，仍然每天坚持写作。我看到何紫夫人把一卷卷写好的稿子用快件邮寄香港。我怕何紫太累了，就好心劝他别写了。他回答我说："写了以后，心里有个盼望，发表了，心里就非常快乐。"我明白了，写作已成了他生命里一个最重要的组成部分，他真正是生命不息，写作不止。最后这一年，他除了同时写几个专栏以外，还完成了三部著作：《我这样面对癌症》《给中学生的信》《成长路上的足印》。他的全部著作，是留给我们的宝贵精神财富。

快乐天使

何紫心地善良，乐于助人，性格坦诚、率真，保持着一颗永不衰老的炽烈童心。他爱吃爱笑爱玩爱工作，好像从来不曾见他忧愁过，即使在身患绝症、有如泰山压顶的时候，我见到的他，仍是那么乐观、积极向上，对未来充满了希望。

有一年，我出国路过香港，特地去看望他，他邀我去餐馆吃饭，在座的还有他的侄女。我们边吃边谈，因为我刚在张诗剑家吃过饭，只能象征性地尝一点，他胃口特好，记得有一盘油炸肉卷，只见他三下五除二，如风扫残云，很快就把一盘肉卷扫光了。听说他平日身边常携一个小盒子，里面放些巧克力之类，不时地往嘴里放上一颗。也是在这次吃饭时，我曾问他事业成功的秘诀是什么，他说了好几条，除了家庭安定、太太贤惠、儿女独立、公司职员同心合作、没有麻烦事等等以外，他还说了一条，就是牙齿好，肠胃好，吃得下，所以精力旺盛。在他患病期间，同他的"爱女"（他称雪泥总是用"爱女"，落款常常是"疼你的干爹"）通越洋电话时，常常不是谈病，而是说今天又吃了什么好吃的东西，看到了什么好玩的东西。那年他到南京时，就要女儿买烘山芋、炕烧饼给他吃，他还一手拿着山芋，一手拿着烧饼拍了一张照片。可惜后来这个胶卷连照相机都被小偷偷走了。他主张既要拼命地工作，也要懂得享受人生。我和他认识有不少年了，但真正对他有比较深入的了解，应该说是他患病的最后的一年。

在得知他患了晚期肝癌以后，我和全家人都心情异常沉重，我更是常常寝食难安，到处求医，跑遍了南京各大医院，也曾到上海求名医，但医生在看了他的病历以后，所给的答复都是令人伤心的。

1991 年春天，他到北京治病，我赶去看他。他看出我脸上掩饰不住的紧张和忧虑以后，反过来安慰我说："我没事了，你看我不是好好的嘛。"那时他刚刚退烧，腹水抽掉了，人虽然瘦了一大圈，但精神很好，显得轻松、镇定、从容，他对战胜癌症充满信心，他的积极乐观的情绪，感染了病房的其他病友及其家属，他们都一致地说："何先生能创造奇迹。"这种情绪也感染了我，我心里宽慰不少，虽然仍有隐忧，但又非常相信，他一定能战胜病魔，恢复健康。正是出于这种想法，我本来心里有许多话想和他谈，都没有谈。心想不要让他太累了，等他病好了，我们再痛痛快快地畅谈。谁知北京这一别竟成了永诀！就是这次在医院里，他对我说："等我病好了，我要到南京、江苏旅游，到时你要陪我噢！"我连忙说："那当然，那当然。"谁知这已是永远无法实现的梦了。就在离开北京向他告别时，他对我说："中国知识分子各种滋味都尝过，唯独缺少快乐，你要善于在生活中寻找快乐。"我默默地记住了他的话。我生活和工作中遇到挫折，也曾在信中流露过消极情绪，他劝慰我："中国知识分子苦中作乐，不回看，不比较，一切希望放在孩子身上，春天就不远了。"他在生命的最后一年，顽强地和癌症做斗争，把医生宣判的只有三个月的生命延长到一年，这也确实创造了不小的奇迹。他那不畏惧死、又强烈求生的人生态度，永远地留在了我的记忆里。

寓教于乐　雅俗共赏

——关于《醉红尘》《今晨无泪》的对话

甲：哥们，近来忙什么啦？没有"下海"去尝尝鲜啊？

乙：嗨，我哪有那本领，春节蹲家没事，被梁凤仪的小说迷上了。

甲：太好啦，我也在看她的《醉红尘》《今晨无泪》，正想找个人聊聊。老哥，你说说，她的小说干吗叫财经小说呀？

乙：我想，无非是因为她的小说题材均是取之于商界上的人和事，是写在金融、股票、房地产……这些战线上角逐的好汉们。她的小说再一次证实了一个真理：文学即人学。她写的虽是商业题材，但根本上还是写人，写人的七情六欲，写人性的邪正、是非、善恶。商场如战场，在商场上搏斗的人们，人性的优劣暴露得更为鲜明，喜怒哀乐更为强烈，所以梁凤仪的小说看起来真是过瘾啊！

甲：照你这么说，像茅盾的《子夜》、周而复的《上海的早晨》，为啥不叫财经小说呢？

乙：梁凤仪的小说均是取自商业题材，已自成系列，它们不同于一般的言情小说，所以称之为财经小说。茅盾的《子夜》和周而复的《上海的早晨》所表现的题材要重大得多，其表达的主题思想要深刻得多，他们的全部作品所涉及的领域要广阔得多，这不可做简单的类比。

甲：我最欣赏的是《醉红尘》，故事生动，情节曲折，悬念迭起，看到前面就急于想知道后来怎么样了。书一拿上手，就放不下来，我是看了个通宵，把《醉红尘》看完了。

乙：就故事本身来说，这是一个古老的命题：痴情女子负心汉，后来，痴情女子历尽艰难进行报复，负心人终于受到应有的惩罚。作者敏锐地意识到这个古老故事中的合理内核。男女恋情乃是最有魅力的永恒主题。善有善报，恶有恶报，这是中国人崇尚的传统道德。她保留了这个合理内核，而赋予它全新的生命。这得力于作者多年来在商界的工作，她把自己长期对现实生活的观察和感受全部融入进去，使读者完全相信，这是九十年代初发生的香港的故事。

甲：你的结论是：创作离不开生活，生活是创作的源泉。

乙：对。梁凤仪的创作又一次证明了这一颠扑不破的真理。书中情节的设计、环境的构筑、氛围的营造，特别是人物的心态，若不是非常熟悉香港现代商业社会的斗争，是无法执笔的。而在梁凤仪的笔下都写得那么逼真，波诡云谲，一波未平，一波又起，引人入胜，正如你老弟所说，情节真是丰富生动极了。

甲：书中故事套故事，充满了戏剧性。比如庄竞之出场一节写得非常生动，给我留下了很深刻的印象。在那个拍卖行内竞投半山上的罗家大宅，杨慕天趾高气扬，什么澳洲帮、日本松田集团，他全不放在眼里，一副胜券在握的架势。作者采用欲抑先扬、水涨船高的手法，结果庄竞之"十二亿"一报出口，一下子就把杨慕天打得连招架的功夫都没有。庄竞之的出场写得虚无缥缈、神出鬼没，有如圣母显灵，又像是仙女下凡，把在场所有的男士全给镇住了，杨慕天更是目瞪口呆，震颤不已。

这个女人从天而降，又突然消失，连个名字也没有留下来，这就留下了个大悬念。正是从这里引出了庄竞之，引出了她和杨慕天廿多年前的一段纠葛。这一段虽然写得过于夸张了一点，但叫人难忘。

乙：我有同感。

甲：再举个例子。在《今晨无泪》里，庄竞之出狱后，陷入杨慕天布置的天罗地网之中，正处于窘困无力之时，突然想起赵善鸿留给她的遗嘱，她急忙从银行保险箱里取出一个密封的信封，内有两行小字："如果以你的智慧能力仍不能把难题迎刃而解，就去求救于他吧！"这个他，就是魏千舫。魏的出场，又引出了一段魏与赵善鸿的恩怨故事。

乙：梁凤仪确实是一个编故事的高手，如果再给《今晨无泪》写续集，魏千舫恐怕就要代替杨慕天而荣升为男主角了。

甲：哈哈！这是你老兄在帮梁凤仪编故事了。情节的生动丰富是通俗文学的一大特点，这有如血肉对于人体之需要，否则就会瘪如僵尸。而这又常常为某些纯文学作品所忽视。

但是，也要注意另外一种倾向。《今晨无泪》太热衷于编故事，致使有些地方枝蔓太多。如女囚在狱中各自讲述她们的故事，与全书无关。有的地方拖沓重复，有的情节设计给人故弄玄虚的感觉。赵善鸿才智过人，遗嘱立得不寻常，他要庄竞之在万不得已时去找魏千舫。魏的出场又写得扑朔迷离，在在都显示了魏非等闲之辈，预示他的出现定可解救庄竞之于困扰之中。可是后来并非如此，在庄与杨的最后搏斗中，魏并没有什么作为，还一起陷入了杨的圈套。这就使人感到，前面那么许多神秘兮兮的情节设计是故弄玄虚。

乙：老弟所言极是。

《醉红尘》与《今晨无泪》作为相对独立又相互连续的姊妹篇，无论从思想还是艺术方面来考察，《醉红尘》均要比《今晨无泪》强，在《醉红尘》里的一些思想局限，在《今晨无泪》中则暴露得异常充分。《今晨无泪》在结构和内容上有较大缺陷。庄竞之在狱中向女囚讲述自己的往事，竟占了全书的一大半篇幅，而这一段经历在《醉红尘》中已经有了，读者也已清楚。不同的只是，在《醉红尘》中是"压缩饼干"，而在《今晨无泪》中成了"开水泡馍"，读起来兴味大减，特别是两本书连起来读的时候。

甲：你所说的《醉》与《今》的得与失，我以为很大程度上是系于对女主人公庄竞之塑造的成与败上。

乙：老弟一语中的。

庄竞之在童年是一个天真美丽、活泼可爱的小姑娘，心地善良，富于同情心，她把杨慕天从危难之中救回自己家中，在一个屋檐下度过了童年和少年时代。她对杨慕天有三次救命之恩，特别是他们偷渡去香港之前，感情升华，灵肉交融。渡海时为救杨的生命，她丝毫不顾惜自己的安危。对于这样一个才貌双全、对自己有三次救命之恩的女子，杨慕天竟然忘恩负义，恩将仇报。为求自己的生路，竟置庄竞之于魔窟之中而不顾，致使庄竞之落入风尘，受尽非人的折磨。不仅如此，杨还丧心病狂地把他的另一救命恩人顾春凝玩弄之后，又置于死地而不顾。对于有如再生之父的庄世华亦复如此。在杨慕天的身上，还有丝毫的人性吗？

面对这样一个残酷的人生悲剧，我们感情的天平如何能不完全倾斜在庄竞之一边？

甲：是啊！

庄竞之是一个被欺骗、被侮辱与被损害者，她代表了真诚、善良和正义。她被作者塑造成带有理想化的人物，才、貌、钱三者俱备。论貌，光艳绝伦；论才，商业奇才。但是光有这两者还不行，在现代社会里，还有两样东西最厉害，这就是权和钱，两者可以相互转化。作者又使她从一个落难的风尘女子，摇身一变而为菲律宾华裔首富的遗孀。正因为她具有了强大的经济实力，她才能回到香港，顺利地实施她的复仇计划。

乙：论才、貌、钱，杨慕天也同样是三者俱备，他也是个能量极大的人，与庄竞之旗鼓相当，势均力敌。但是，尽管他外貌也很英俊潇洒，但内心极其丑恶，是虚伪、凶残和邪恶的化身，对于他遭到报复，我想读者没有不拍手称快的。

正因为作者给全书注进了道德批判的力量，故而使她的小说具有了较高的审美价值，这也是作品的灵魂所系。

甲：我很欣赏庄竞之那种是非分明、恩怨决不含糊的生活态度。她发达后，有恩报恩，有仇复仇。她对在落难之中曾向她伸出援助之手的阮小芸、金紫琴等都一一做了回报，对善待她的主人赵善鸿也极其忠诚，赵死后，克尽道义责任。这符合中国人传统的道德观念，滴水之恩，涌泉相报。对蛇蝎一样的恶人也决不放过。善有善报，恶有恶报。梁凤仪的小说在一定程度上满足了读者这一审美理想的实现，这也是读者喜欢她的小说的重要原因。

乙：在感到满意的同时，也不能不感到遗憾。庄竞之实行报复的方式叫人难以接受。她竟然又与杨慕天厮混在一起，又去怀上了杨的孩子，为使杨落入陷阱，自己又以身殉葬，总觉得不仅不高明，而且有损她的形象。

甲：如果说，在《醉》里，庄竞之为了顺利实现她的复仇计划，不得已而采用了这种苦肉计的话，那么，到了《今》里，那就简直不可思议。杨从入狱的第一天起，即开始了对庄的全面反扑，精心设下了天罗地网。庄出狱后，身边的亲信、友好、仆从纷纷离开她、背叛她，这些人都是被杨收买或是离间的，弄得庄几乎成了孤家寡人，寸步难行。庄正担心着杨出狱后会使出更毒辣的手段，积极思虑对策和寻求外援，在这种情势下，怎么会杨一出狱，仅向庄说了一句："我来，向你请降！"庄就解除了全副思想武装，又去投入杨的怀抱。庄抛却了新仇旧恨，甘心与狼同眠，并且马上有了"一种浓郁的安全感，使她不再心惊肉跳，不再惶惶不可终日，不再午夜梦回有挥之不去的担挂"。（见《今》P301）难道说，杨已经放下屠刀、立地成佛了吗？事实回答是否定的。庄后来的表现反反复复，矛盾百出，不符合其性格发展的逻辑。我认为这是作者的败笔。

乙：我认为这是与作者的情爱观、妇女观分不开的。她认为庄与杨之间的情仇爱恨是天生的，命中注定了他们是"同生共死、爱恨交织的关系。谁都逃不了"。（见《今》P215）她又认为，现代女性不论如何强大，表面上勇猛非凡，实际上早已疲态毕露，总希望在男人宽阔的肩膀上靠一靠、息一息。这实际上是"女人是弱者"观点的翻版。即使像庄竞之这样的女强人，也不能免。不管杨慕天曾对她下过怎样的毒手，她在心灵上、肉体上受过怎样严重的创伤，至今杨慕天还不放过她，她仍不能摆脱对杨的爱以致成了她的致命伤。这样，就把一场正义与邪恶、忠诚与背叛、善良与凶残之间的原则斗

寓教于乐　雅俗共赏

159

争，变成了一场游戏，变成宿命论的必然结果，大大降低了小说的品位。

甲：书中这方面的问题，希望有时间再和你聊。

老哥，你觉得作品的语言怎么样？

乙：刚开始读时，不太习惯，后来看多了适应了。总的来说，作品所用语言有一定的表现力，但不是很流畅的白话文。作者是古典文学的博士生，看来她受古典文学影响较深，书中夹有文言文的词和用法，显得生硬。听说有人称她的语言为"三明治"，大概就是指的这个吧。

总之，不论梁凤仪的作品尚有这样或那样的不足，但是它们出现在九十年代初，占尽天时、地利、人和的因素，做到了雅俗共赏，发挥了"寓教于乐"的社会功能，这样的作品，我们就应该举起双手来欢迎它。

甲：老哥，今天和你谈得很开心。时间不早了，我妈不知从哪里听来的谣言，叫我去买米，说米要涨价了。

拜拜！

"梁凤仪现象" 断想

　　几年前还没有听说过香港文坛上有个什么梁凤仪，她似乎突然从天而降，仅仅三四个年头，连写带出版发行，一下子出了二十五本小说、二十五本散文，总字数超过七百万字。她的书铺天盖地而来，在香港，除了书店，还有几十家百货公司、超级市场辟出专柜出售她的书。她被香港书局公认为最受欢迎的三大作家之一，又荣获了香港政府市政局、香港艺术家联盟联合主办的 1991 年度最佳作家大奖。不仅如此，她还闪电式地打入海峡两岸，台湾那边的轰动效应且不细说。在内地，被视为国家最高一级的出版机构、专门出版纯文学作品的人民文学出版社，至今年二月，居然连续推出了她的十一本小说，并且在去年 8 月，专门为梁凤仪作品的出版召开了新闻发布会。接着她在北京、上海、广州、四川进行签名售书，创造了一天售书四千册的记录。不仅如此，广州、上海还相继召开了"梁凤仪作品研讨会"。

　　今年 3 月初，又在首都北京召开了更大规模的"梁凤仪作品研讨会"，笔者受邀参加了这次会议。会议在北京港澳中心宴会厅举行，会场布置得庄重热烈，四周墙上贴满了梁凤仪的宣传招贴画，会场门口陈列了梁凤仪的全部作品，琳琅满目，欢迎大家取阅。这次研讨会是由人民文学出版社和中国社会科学院文学研究所联合主办的，到会一百多人。据我观察，北京文艺、新闻、出版界的头面人物差不多全到场了，此外还有从四川、广州、上海、江苏、江西等地不远千里赶来赴会的。中央电视台拍摄了会议实况，当晚即行播出。国家一级纯理论刊物《文学评论》，居然在今年第一期上，用封二、封三、封四大量版面，图文并茂地介绍梁凤仪及其作品。到会的还有外省的出版社和电视台的同志，据说是洽谈出版她的其他作品，及将其作品搬上荧屏的事……会期虽然不长，但是会上、会下，所见所闻，无不使我感到新奇。笔者参加的国际、国内学术研讨会已不算少，但是参加为一个香港作家召开的如此隆重的作品研讨会，还属首次，它令我感慨，使我深长思之。

在商品经济大潮猛烈冲击而来的时候，文学界陷入了困境，纯文学更是举步维艰，呈现出沉默冷寂的景象，虽然不乏甘于寂寞、坚持战斗的文学勇士，但是大批文学队伍的流失却是不争的事实，连曾经红极一时的一位青年作家也发出哀叹："人民不需要我们了！"搞文学理论的人，其处境就更不用说了，一位批评家说："现在我真不知道该怎么写了！"

就是在这种时候、这种境况下，梁凤仪却如雷鸣电闪，在神州大地卷起了一场旋风效应，其来势之猛，声势之大，是若干年来的琼瑶热、三毛热、席慕蓉热、尤今热等等，均所不及的。这种现象称为"梁凤仪现象"，这种现象又说明了什么呢？

从不信到信：梁凤仪确是个奇才

我去北京开会前，曾和单位里的朋友议论过，我说，梁凤仪1989年才开始写小说，三四年工夫就写了五十本书，平均每个月一本多，并且持续不断，这是绝对不可能的，何况她还是个商界的女强人，用业余时间写作，她即使不吃不睡也写不到那么多。朋友们也说，肯定她像大仲马那样，由她构思一个故事梗概，而由别人来帮她写。

在北京的研讨会上，和梁凤仪交往较多的舒乙发言说，开始他也怀疑，梁凤仪是否有个"厨房"，里面有几个"厨师"在帮她"炒菜"。一天早晨，他应约去宾馆看梁凤仪，进房间后，他想借机探寻她的"秘密",结果发现在桌上放着一摞稿纸,舒乙点了下,一百七十多页,写得密密麻麻,这是梁凤仪一夜写作的成果,再看看,梁凤仪握笔的手指关节处在流血。舒乙还介绍说,梁凤仪在港每天同时写八个专栏,几部小说同时进行,还从来不用电脑。

梁凤仪自己承认,她写得很苦。她的写作习惯,在写小说前从没有故事大纲,有时写到上面,还不知下面怎么发展,有时因写得太多太快,也闹过笑话,写某人前面已经死了,后面又出现了。梁凤仪一再谦虚地表示,她写得多,并不等于她写得好。她的成功,并非由于她的才华,而是她相信"勤能补拙"。

谜解开了,我不得不信真有这样的奇迹:她能够不论在什么地方坐下来就写,下笔连续六千到一万字是常事。据她自己说,前不久,她用十六天,完成了一部三十多万字的长篇。这样的速度,不仅在我国是少有,就是在世界上恐怕也是屈指可数的。又据舒乙介绍,他的父亲老舍先生,可谓是我国有名的多产作家,年轻气盛时,最快速度每天三四千字。到了晚年,每天五百至一千五百字左右。在我国能够与梁凤仪这样的速度相比的,恐怕除了张恨水一人外,还找不出第二个人。中国作协副主席冯牧称赞梁凤仪是文艺界的劳动模范,同时对其作品给予了高度评价,说她的作品在文学史上提供了新的文学现象。

勤 + 缘:成功的秘诀

梁凤仪是个奇才,从外表看,一点儿也不奇。中等个子,圆脸大眼睛,经过卷烫却显得十分自然的童花发式,笑起来露出一排雪白的牙齿。研讨会那天,她的穿着异乎寻常地朴素,一身灰色薄呢套装,嘴唇上略涂了一点儿口红,唯一的点缀,是在上衣左边领子上别了一支珠花,并不耀眼。她吃力地讲着整脚的普通话,稍不留神,你会不能完全听懂她吐出的字和词,她这种方言过重的毛病也不时反映在她的作品中。别人发言的时候,她听得非常专注,她和冯牧一起坐在主席台上，冯牧讲话时，她歪过身子，眼睛紧紧盯着冯牧，好像唯恐听漏了一个字似的。会议中间，她不断地向会议主席要求插话、表态，说明别人的意见如何正确，有的事实不是那么回事，她也诚恳敞开胸怀，陈述己见，并且要求会议时间尽可能长一些，好让大家多给她的作品提意见。中午吃自助餐，她因忙于送一些要离去的朋友，来得最迟，吃得最少。

晚上她特地宴请了我们远道而来的外省的朋友，向我们赠送她签名的最新作品《谁怜落日》。在与她共同进餐等短暂交往中，我也注意到了，她有一双非常美丽的手，白皙修长，柔若无骨，这是一双奇特的、不平凡的手，听说她连续写多少个小时，也不觉累。又听说她握笔的手指关节处结了厚厚的茧。可惜我们是初次见面，她又要忙于应付那么多人，我不好意思仔细观察或去抚摸她的手。看着她一天极其紧张的活动，留给我的印象是：这是一个热衷事业胜于生命的人，也是一个十分谦和、十分诚挚的人。

她的成功，再一次证实了一个真理：天才就是勤奋。梁凤仪就是奋力抓紧她生命的分分秒秒，并使之发挥出最大的能量。她的成功绝不是偶然的，学生时代她就是一个勤奋读书的好学生。每次考试时，别的同学一张考卷纸都写不完，她却不断举手，向老师一再要求多给几张考卷纸。所以她的同学们都相信，那么多作品肯定是梁凤仪写的。她受过系统的高等教育，获取了博士学位，又有十分丰富的生活阅历，在商场上摸爬滚打了十多年，洞悉商界种种明争暗斗的内幕。她个人的婚姻也失败过。我想，这是一个在生活中酸甜苦辣各种滋味皆尝受过的人。有了书本知识和生活体验的丰富积累，人到中年，才开始创作，这主要的不是靠才气，而是靠勤奋，虽然她也不乏才气。

一个人事业上要获得成功，光靠勤奋行不行呢？还不行。还必须要有机遇。我认为，梁凤仪是一个碰上了机遇，又极善于抓住机遇的人。她出现在九十年代初，适逢内地改革开放热火朝天，商品经济大潮正汹涌而来，人们的心态、观念均发生了很大变化。文艺界纯文学比较沉寂，通俗文学又缺乏高档次的作品，就在这种时候，她占着天时、地利、人和的有利条件，打着"财经小说"的旗号，趁"虚"而入。梁凤仪自办的出版社叫"勤＋缘"，这个名字实在起得太好了，所谓"缘"，我以为即是机遇。有了自身的努力和客观上的机遇，两者一结合，这就是成功之道。

文学是商品：它也需要包装

干文学这行不少年了，但是对文学的属性和特性，还在逐步认识之中。文学是精神产品，但它也要进入市场流通才能发挥作用。文学是一种特殊的商品，它具有文学及商品的两重特性。作为文学，过去我们只知道它是"武器"，是"工具"，一味地强调它的教育功能，而往往忽视它的娱乐功能。商品的上帝是顾客，文学作品的上帝是读者。读者去读文学作品时首先是为了消遣、艺术享受，或者是为了打发剩余时光，而并非是为了受教育。文学在发挥其陶冶人的性情、铸造人的灵魂的功能时，完全是潜移默化地进行的。所以文学作品首先要具有可读性，要吸引人。这些看似浅显的道理，某些作家在下笔时往往有意无意地忽视了。

梁凤仪则是非常清醒地认识到她的作品是商品，她运用了系列推销商品的手段，对她的作品进行包装。

原来她的作品是在香港明报月刊的出版公司出版的，后来她发现自己的作品很受欢迎，据她自己说，也为了自己的作品不让别人随便删改，她即自己成立了"勤＋缘"出版社，与此同时，又成立了黄金屋图书公司，在香港销售梁凤仪及其出版社图书的迷你书店、连锁店及超级市场达九十多家。接着又在北京、上海、广州、四川、湖南、深圳等城市，设立"勤＋缘"出版社代办处。这样就使得梁凤仪及其出版社的书铺天盖地而来，无所不在。

举办或参加各种书展，搞签名售书，优惠售书，书展期间搞些娱兴节目。利用一切新闻传媒，召开新闻发布会、作品研讨会、拍电视新闻，把小说改编成电视、电影等等，造成舆论，扩大影响。

我觉得她办的所有这些活动，一个中心的指导思想是：读者是上帝。搞签名售书，直接和读者见面，感情可以交流。开研讨会，批评家是有较高鉴赏能力的读者群，她表现得虚怀若谷，高价收购批评意见，因为这群人会指导、影响更大的读者群。

与国内出版的书不同的是，她在港版图书的后面，附印有一封梁凤仪签名的给读者的信，我们不妨摘录一段看看：

> 亲爱的读者们：
>
> 希望你们会喜欢勤+缘出版社的书籍。我们努力从事出版事业，若要有理想成绩，必须获得你们的支持、指导和勉励！
>
> 尊重读者的意见是我们工作的宗旨，因为没有你们的关怀，我们不可能进步。恳请你们把以下的表格填写……

他们定期和读者保持联系，见面谈心，征求意见，形成一个读者网，由点向面辐射。他们就是这样认真做争取读者的工作，以致形成有的读者知道梁凤仪要来参加书展，不怕路远，拖儿带女，专程赶来和她相聚的动人场面。

有人说，搞这些活动，既很麻烦，又要有强大的经济实力。是的，现在办任何一项活动没有钱是不行的。但是，只有大的投入，才能有大的产出。梁凤仪这样投入的结果，勤+缘出版社成立仅仅两年，不仅梁凤仪的书销售量逼近两百万册，该社出版的其他书籍百分之八十均获再版。至于梁凤仪的名声，不仅誉满港澳台和神州大陆，而且已向东南亚和加拿大进军。

当然，话说回来，上面谈的多是作品的外包装。梁凤仪所以取得如此的成绩，是和她作品的思想、艺术内涵分不开的。一个作家及作品的生命力如何，能否在历史上留存下来，更主要的是看其作品的思想、艺术价值。

春蚕到死丝方尽

——电影《原乡人》观后

台湾影片《原乡人》强烈地震撼了我，在我的内心深处引起了深深的共鸣。在看影片的过程中，激动的泪水不止一次地沿着双颊流下来。在这之后的许多天内，片中的许多细节和画面还在我的脑海中萦绕，挥之不去。

台湾著名导演李行用精雕细刻的手法，真实而生动地再现了台湾乡土作家钟理和平凡而又伟大的一生，他着力从强烈的家国之情、对妻子终生不渝的挚爱、对儿子深沉的愧悔与思念，以及对文学的苦恋与献身精神等几个方面，塑造了一个血肉丰满、柔中带刚、可亲可敬的钟理和形象，这个形象既是真实的，符合钟理和的一生实际情况，同时，又是高度集中概括的艺术典型。

"我的目的是要去原乡"

钟理和与钟平妹相爱，而为当时的环境所不容，他们决定抗争，离家出走。母亲、小妹闻讯，赶来送行，问他将要去到什么地方，这时，钟理和明白无误地向她们吐露心声："我的目的是要去原乡。"

原乡，在他的心中，这是一个神圣的地方。从小出生、成长在日寇统治下的台湾的钟理和，受的是日本的奴化教育，但是由于五四新文化运动的影响，他读过许多进步的文学作品，他明白了他的祖籍在广东，还有整个祖国大陆都是他的原乡，几亿中国人是他的同胞，这是他的根啊！

当他和平妹绕道朝鲜、日本，来到原乡东北沈阳时，祖国的东北也是在日寇的铁蹄之下啊！日本鬼子作威作福，连汉奸、狗腿子也狐假虎威，任意欺凌百姓。靠开自动汽车谋生的钟理和，听到车上妓女的哭泣、鸨母的责骂，以及日本嫖客的咆哮，他再也忍耐不住了，半路上他把车子停下，把他们统统赶下车：妓女逃跑了，日本鬼子暴跳如雷……强烈的民族自尊心，使他再也不愿操持司机这种和妓女一样伺候老爷的职业了，他愤而辞职。他没有了工作，平妹又即将分娩，这正是需要用钱的时候，保安队长得知他是台湾人，会说日本话，特地上门来聘请他到保安队去当通译，许以优厚待遇。钟理和却斩钉截铁地拒绝："我不想靠说日本话来赚钱！"显示了他一身的凛然正气、铮铮铁骨！

就在那个晚上，他激动地对平妹说："虽然我受的是日本教育，可是我喜欢看的书是我们中国的书……我觉得我们这个民族受的苦难太多了，虽然我还不够了解她，可是我希望能够多为她尽一点力量。"也是在那个晚上，他立志要做一个作家，要用他的笔为祖国尽力，并说这是他到原乡的目的，正是这一选择，决定了他一生的命运。

"贫穷却相爱"

钟理和与钟平妹的爱情，是这部影片里最动人的乐章。理和与平妹身份不同，文化水平悬殊，但是这丝毫没有影响他们真诚相爱、至死不渝。按照现代某些人的观念，他们的爱情似乎过于古老了，然而这种一朝承诺、终生厮守，无论贫穷、无论疾病，都丝毫不能使他们的爱情减色，这是一种多么美好的感情啊！

相互理解，相互信任，相互依恋，构成了他们爱情的基石。钟理和立志写作，可是写了一辈子，几乎看不到什么结果。平妹虽然没有文化，不完全了解他作品的内涵，但是她非常信任丈夫，丈夫喜欢做的，就一定是对的，她就全力支持。理和多年生病，家庭的重担全落在她一人身上，为了让理和开刀，挽回生命，她果断卖掉全家赖以生存的一点田地。为了维持一家几口人的生活，她长年做工，受苦受累，但她并不以为苦。"苦一点没关系，只要苦在一起就好。"理和死前的一天夜里，他让平妹陪他散步，他们又来到当初定情的地方，理和问平妹："当初你怎么会答应我的？……你嫁给种田的、做工的，都比嫁给我强得多。"平妹真挚地说："我才给你烧了二十年的饭，我还打算再给你烧三十年，我从没有一天后悔过。"理和一直为拖累了平妹深感内疚，然而他又是无限地依恋着平妹。最初他把平妹从台湾接出来的时候，曾向平妹表示："我会一辈子对你好。"看来这是一句很平淡的话，可是却一诺千金，理和是用一生的行动来实践的。他一生受疾病折磨，也曾想用自杀来求得解脱。可正是他对平妹和孩子的无限爱恋，使他战胜了这种念头，接受手术，争取生还。在他进行手术前，写给平妹的遗书里强烈地表达了这种感情，担心手术不成功，对不起平妹母子。他多么希望像过去一样，和平妹一道，"过着贫穷却相爱的日子"。

贫穷却相爱，道尽了爱情的真谛，也是理和与平妹一生爱情的真实写照。

"魂兮归来，儿啊，跟着我们回家吧！"

在钟理和历尽坎坷的人生路上，二儿子立民的不幸夭折，又给了他沉重的一击。只因为儿子生前他对孩子管教过严，为了一点小事，他误解了孩子，孩子临死前还呓语："我怕爸爸。"这使他极为后悔、内疚，不断自责。他将孩子生前捏的小泥茶壶等玩具放在自己的桌上，久久地凝视，寄托着无限的哀思和痛悔之情。

在立民去世一周年祭日时，他背着平妹，带着小女儿去儿子坟前痛悼："儿啊，我实在对不起你，原谅我吧，如果能让你重新回到我们身边，我一切都会从头做起……"他对儿子的依依深情，他内心

春蚕到死丝方尽

169

的愧悔、自责倾泻无遗。为了寄托对儿子的哀思，他把这段经历和感情写在小说《野茫茫》里面了。

"这是一种理想，一种追求，永远不会停止，除非我死。"

文人皆贫困，看来古今中外都一样（因创作而发财的虽然有，但为数却是极少极少的）。因为写作，使得钟理和一生贫困，疾病缠身。他长年累月、默默无闻地一个人在穷乡僻壤坚持写作，写了许多年，换来的却是不断的退稿。如果不是一种信念、一种理想支持着他，那是无法写下去的。用现在的词语来说，钟理和是一位有着强烈的使命感和责任感的作家，他的写作目的很明确，他要把"所看到的、所经历的统统写出来"，目的就是要为苦难的民族尽一点力量。

作家也要吃饭，也要娶妻生子。钟理和写来写去，写了许多，都换不到一块钱，这怎能不叫他灰心泄气?! 孩子接连出世，生活的重担全落在妻子一人身上，为了增加收入，平妹冒险去山上扛木头，遭林警追捕，跌倒在小河沟里，他怎能不痛惜!? 他一度停笔不写了，去喂了几十只鸡。他愤激地对大儿子说："将来干什么都可以，就是不要走爸爸的路。"可是这只是一时的愤激之词，经过短暂的心理调整以后，为了寄托对儿子立民的哀思，他情不自禁地又拿起了笔，加上亲朋的鼓励："汗水流进田里，定会长出稻子来。"他进一步坚定自己写作的决心，他说："写作是我的理想，也是我的本分，不管能不能发表，我还是不断地写，一直写下去。"

诚感动天。他的作品终于被伯乐看中了。《原乡人》在报上发表了。长篇小说《笠山农场》获得了"中华文艺基金委员会"的第二奖（第一奖缺）。喜讯传来，妻子哭了，儿子哭了，理和更是要痛痛快快哭一场。这个哭内容极丰，写作人的酸甜苦辣尽在其中。

从此，他更加辛勤写作，日以继夜。向群众做访问调查，反映他们的疾苦。他又接连写出了《雨》《做田》《烟楼》等许多佳作。长期伏案，终于旧病复发，在修改中篇小说《雨》时，咯血倒在了案头上。这年他才四十六岁。他一生孜孜追求，坚持写作，"永远不会停止，除非我死"。他用鲜血和生命实现了自己的理想和诺言。

这部影片我以为最值得称道的有两点：

一、朴实、委婉、含蓄、自然的风格。全片没有尖锐、激烈的矛盾冲突，也没有曲折、传奇的戏剧情节，但是它却紧紧攫住了观众的心，这主要是情的力量。平平淡淡就是真。钟理和与平妹相爱，没有山盟海誓，没有卿卿我我、缠绵悱恻，但是他们几十年如一日，贫穷也好，疾病也好，没有后悔，没有抱怨，只希望终生厮守，苦在一起就好。表现钟理和的亲子之情，从另一角度，选取了他对孩子管教过于严厉，主观武断，委屈了孩子，以致孩子去世以后，他痛悔不已，这样就在更深的层次上揭示了钟理和的内心世界，感人肺腑。表现他对文学的苦恋，钟理和也是常人，也有七情六欲，严重的挫折也曾使他一度心灰意懒。但是他又不是常人，他的伟大之处就在于，他能不断战胜自己，克服许多常人难以克服的困难，毕生坚持创作，直到生命的终结。写伟人也有弱点，使人感到很真实。

二、细节的设计和处理十分高明而又精细。儿子立民死了以后，理和内心十分悲痛，开始没有用什么语言和动作来表现，而是将儿子生前捏的泥玩具陈列在自己的桌上，久久凝望，以此来表现理和对儿子的思念，感染力极强。后来理和对小儿子非常钟爱，甚至迁就，这何尝不是对二儿子爱的一种补偿和深化。另如，理和手术后出院，按通常处理，平妹应到车站去接。导演现在的处理是，平妹没有去接，而是在村头伫望。她说怕车站人多，见到理和时要忍不住哭出来。这既符合那个时代，又符合平妹这个人物的身份、性格与情感表达方式。再例如，理和背着平妹去给儿子上坟，只见坟前已有烧过纸钱的灰迹。这是平妹已经来过了，这既表现了理和与平妹内心都深深地怀念着故去的儿子，同时又表现了他们夫妻之间相互理解、相互体恤，不愿使对方过于悲痛。仅仅一个镜头，就既表现了亲子之情，又表现了夫妻之情，一石两鸟，导演真是匠心独运啊！类似这样的细节影片中还有很多。

八十年代初拍摄的台湾影片《原乡人》，对于九十年代初的大陆观众仍然有着极其强烈的现实意义，我愿大声呼吁，希望有更多的人来看《原乡人》，也希望有更多的类似《原乡人》的优秀影片出现。

带着笑声的悲剧

——电影《老莫的第二个春天》观后

一张老夫少妻的结婚照，妻子比丈夫高出半个头，妻子的脸上洋溢着青春的气息，而丈夫的额头上则爬满了蚯蚓似的皱纹。这张尴尬的照片，使人发笑，又使人感慨万端。

影片叙述的是台湾老兵莫占魁在退伍以后，用多年的积蓄买了山地姑娘玉梅为妻，由于双方年龄悬殊太大，生活经历与文化背景差别又很大，所以婚后开始一段时间双方不太适应。老莫心怀戒备，总担心年轻的妻子会变卦，对玉梅正派、本分的作风和纯洁美好的心灵一下子还了解不深，加上自感年老体衰，不知是否委屈了玉梅，所以就产生了一系列的误会，待双方表明心迹，两颗善良的心有了更多的碰撞之后，他们终于消除误会，建立了相互的信任和依恋，此时老莫又得知玉梅终于怀孕了，并且是个儿子，他高兴地迎来了生命的第二个春天。

丰富的充满戏剧化的情节，生动通俗而又幽默的语言，精湛、略带夸张的表演，从内容到形式，在在都表现了这是出喜剧。然而，当我们看完全剧，略加思考以后，我们会得出一个结论：这是一出不折不扣的悲剧，只是它用的是喜剧表现手法，这也正是这部影片的独特和成功之处。

所以说它是一出悲剧，这是由它的题材和主题决定的。

大批的国民党退伍军人，过去长期待在部队，接受国民党反动宣传，以为很快就会反攻大陆成功，重新回到家乡。谁知一晃几十年，当年的年轻小伙子，如今都成了年过半百的半老头子。身居要职的高级军官年纪大了，尚可转到地方从政从商，而大批下级军官，则晚景凄凉，孤苦伶仃，仅靠一点退役金维持余生。

《老莫的第二个春天》正是通过老莫和老常这一对老兵的貌似不同的遭遇，表现了一大群退伍老兵的共同的悲剧命运。

影片所表现的老常的悲剧命运是显而易见的。老常所以不幸，似乎是由于他娶了一个品行不端的放荡女人，这自然也是个重要原因，如果他娶到一个像玉梅这样的好姑娘，不是也可以和老莫一样迎来"第二个春天"吗？我认为这是从现象上看问题。老常的婚姻悲剧从根本上说，是由于他老兵的悲剧命运决定的。老夫少妻，买卖婚姻，缺少共同的兴趣和爱好，加上性生活的不谐调，这样的婚姻很难幸福，加上玛娜太不自律，自由放荡，终于弄得不可收拾。

老莫的婚姻看来是幸福的，玉梅与玛娜不同，她安分知足，作风正派，勤俭持家。老莫心地善良，为人厚道，这对玉梅是有吸引力的，使玉梅对他产生了信任感、安全感。老莫开始对玉梅有很多疑忌，后来玉梅的行动证实了自己的正派、清白，使老莫感到内疚，也更加疼爱她。但是，我们能因此得出结论说：老莫和玉梅的结合是理想的、幸福的一对吗？我的回答是：否！我认为老莫和老常的婚姻在本质上是一致的，所不同的是，由于玉梅与玛娜品行不同，致使老常的婚姻有名无实，而老莫的婚姻尚能维系。

我们再进一步剖析一下老莫的"幸福的"婚姻，我认为他们的婚姻是靠道德和经济在维系着，而不是建立在情爱的基础上的。玉梅自认为是老莫"买"了自己，而避免了被卖到茶室去的更悲惨的命运，因此她感恩、知足。她没有追求爱情的觉醒和要求，她满足于老莫比她父亲大，"也比他好"。因为"我爸一喝酒就打人，你喝了酒，可是没喝醉，也没打人"。在经济上她尚不能独立，要依赖于老莫的供给。老莫提供给她本钱做番薯生意，使她高兴得不得了，因为当年她和妈妈挑砖得来的钱，妈妈就想拿去做番薯生意，结果被父亲偷去喝酒喝光了，后来她爸爸叫她们再去挑，她妈不肯，她爸就打她妈……鉴于这种对比，她觉得老莫比她爸爸好多了。至于老莫对玉梅也很难说是一种男女之间的爱情，他得知老家的妻儿均已死了，已不再盼望。而自己孤身一人，要传宗接代，延续香火，必须要找个女人。从某种意义上讲，他要找个女人，等于是要买个传宗接代的机器。当然，由于他为人善良、宽厚，他不会虐待玉梅，而且还会善待她。他对玉梅的感情有时使人感到不像夫妻之情，而更像父女之情。对于这种畸形的婚姻，罪责不在老莫，更不在玉梅，他们能够"凑合"着和谐地生活下去，已确是不易的了。我认为，把老莫婚姻的成功称为"第二个春天"，这本身就带有某种善意的调侃意味。通过老莫"幸福婚姻"的表象，深刻地揭示了广大退伍老兵的悲惨命运，这才是这部影片的题旨所在。

影片另一个比较引人注目的情节是，老莫非常珍惜他那只木箱，玉梅整理房间，移动了木箱的位置，引起他的警惕。直到最后，老莫夫妻前嫌尽释，他打开木箱，主动拿出地图给玉梅看，观众这时才看清楚，原来这是一张中国地图，老莫在仔细地计算着，从高雄到澎湖，是××海里，现在票价是×元，也就是一海里是×元。然后再算从基隆到青岛是×海里，再乘以每海里的价钱，就可得出回老家的船票钱了……看到这里，我想，不论是大陆，还是台湾，只要是中国人，能不怦然心动，为赤子的思乡之情而一洒同情之泪吗？

该片导演李祐宁是台湾八十年代初兴起的新电影的中坚人物之一。他曾去美国进修多年，八十年代初在哥伦比亚大学电影系获硕士学位。回台后，从事编导工作。他所以选择了这个题材，是由于他从小生活在农村，后服过兵役，对外省军人娶山地女子为妻的生活比较熟悉。在实地拍摄的时候，他又选择了在高雄六龟乡和多纳村拍摄实景，因为那里退伍军人娶山地女人为妻的很多，他还请了当地高山族同胞来客串剧中人物，"莫占魁"和"玉梅"的结婚照，也是请当地的老师傅来拍的，因此，充满了生活情趣和乡土气息。

吴念真是台湾著名的有成就的电影剧作家。成熟的剧本为这部影片的成功奠定了坚实的基础。鲜明生动的人物形象，除主角莫占魁、古玉梅外，老兵常若松、老营长夫妇虽着墨不多，但他们和老莫一样，富有仁爱之心，善良宽厚，但也一样晚景凄凉，令人难忘。

主角莫占魁、古玉梅的形象更是生动、风趣极了。莫占魁这个人物的性格特征和心理变化刻画得很细致。他是一个忠厚、善良而又具有浓厚封建传统观念的人，他把娶妻生子、传宗接代看得比什么都重要。但他毕竟又是一个接受过新思想，懂得男女平等，应该尊重别人自由的人，所以他尽管是花钱买了玉梅为妻，但他又很忌讳这个"买"字，特地纠正玉梅说："我是'娶'你！"他一方面听从了别人的劝说，从许多方面着手"管"好妻子，但另一方面，又觉得自己年龄太大，委屈了玉梅。正是出于这种心态，就闹出许多误会和笑话来。玉梅请金树帮她搬运东西，说"他比较壮，比较有气力"！夫权思想和自卑心理的结合，使他立刻把问题想歪了，马上给玉梅甩了一巴掌。当他看到金树是帮玉梅扛的一大包米和电动磨米机的时候，知道自己错了，晚上他看到熟睡的玉梅脸上还有巴掌的红印时，老莫又内疚极了，心疼极了。再有，当他听了玉梅的录音带后，自知误会了玉梅，自惭形秽，就打自己的耳光。这些使老莫这个形象十分丰满。

玉梅是一个涉世未深、纯朴、善良而又带有天真稚气的山地姑娘。有的细节对丰富人物性格、形成作品风格很有帮助。如玉梅曾和老莫一起去车站送老营长夫妇，看到老莫对老营长乘坐的列车举手敬礼。于是，后来在车站给老莫送行时，她就如法炮制，举手敬礼。这种细节使人发笑，但对表现玉梅无知但又纯朴可爱的性格极富表现力。

导演对男女主角演员的选择、人物造型的设计，均堪称一绝。孙越、张纯芳的精湛表演，使这部片子更加熠熠生辉。

聂华苓创作中的女性形象

在众多的海外华文女作家中，聂华苓无疑是出类拔萃的一个。她创作起步早，六十年代就以长篇小说《失去的金铃子》一举成名。几十年来，她在创作的园地里辛勤耕耘，创作了数量可观的长、中短篇小说，以及散文、翻译、作家评传等。特别应该提及的是，正当她创作精力非常旺盛的时期，她牺牲了自己大量宝贵的时间和精力，与她的丈夫保罗·安格尔一起创办了"国际写作计划"，每年9月至12月，邀请几十位世界各国的作家，去爱荷华聚会、交流、写作，为促进世界各国文化与文学的交流，以至推动人类相互之间的理解、团结和友谊，做出了巨大的贡献。安格尔和她先后担任"国际写作计划"主席达二十年之久，如此具有历史性的贡献必然要载入世界文学史册的。

新近发表的《鹿园情事》（即将由上海文艺出版社出版），是聂华苓夫妇所著的一部感情浓烈、形式新颖的文学回忆录。关于安格尔所写部分，是聂华苓从大量的资料、信件和文章中，进行编选整理、翻译出来的，她要求每个字必须是安格尔写的，但又得是篇篇完整的文字。可以想象，其工作量是多么巨大。

《鹿园情事》虽然还不能算是他们夫妇的很详尽、很完整的传记，但是，这是至今为止，我所见到的聂华苓所写关于她的家庭、个人经历，特别是关于她与安格尔的情感经历的最为具体、最为生动的记述。读了《鹿园情事》，再联系到她在散文集《三十年后》《黑色，黑色，最美丽的颜色》里的某些篇章，使我对聂华苓丰富、曲折、痛

聂华苓创作中的女性形象

177

苦，又极其幸福的人生，有了许多具体的、感性的认识。回过头来，再来读她的几部力作《失去的金铃子》《桑青与桃红》《千山外，水长流》，自然会有一番新的感受，特别是对她所塑造的一系列女性形象，似有再加以评述的必要。

一

每个作家在创作的过程中，都必然或多或少融进了自己生活的某些经历和体验，这个特点在聂华苓的创作中似乎特别明显。

不论是否作者的有意安排，也不论作者是否意识到，她的几部长篇小说的主人公皆为女性。除此之外，她还塑造了一系列的女性形象。通过这众多的女性形象，反映了自抗日战争、解放战争、台湾孤悬海外、到中国实行改革开放、开始走向世界的伟大历史变革。

《失去的金铃子》写的是少女苓子的成长过程。这个过程确实是庄严而痛苦的。抗日战争末期，苓子在高中毕业、参加高考以后，来到西南山区农村的三星寨，为的是看望在这里逃难的母亲。在这里，苓子不知不觉地暗暗恋上了"心地好，有教养，头脑清楚，医术也高明"的表舅尹之。对于人生刚刚才开始的 18 岁的苓子来说，她对尹之舅舅的感情，其实还算不上什么真正的爱情，只能算是对于异性的一种朦胧的爱慕与依恋之情。当她发现了尹之舅舅真心爱上的是新寡巧姨之后，她心中的"魔鬼"——嫉妒心蹿出来了。一次，当尹之舅舅与巧姨幽会时，她竟恶作剧似的嚷嚷开来，使得巧姨被撵出家门，尹之舅舅后又被巧姨的公公庄家姨爷爷栽赃贩卖烟土，而被抓走坐牢了。这样严重的后果是苓子原先所没有料到的，她的良心受到巨大的谴责。她决心用行动来弥补自己的过失，在一个暴风雪的夜晚，冒着生命危险去为尹之舅舅送信给巧姨。

这时，两个女人的"敌对"情绪，终于为理解、同情、信任和友爱所代替了。

巧姨跑进房来，我（笔者注：即苓子）一把抱住她，把脸贴在她胸口，一句话也说不出来。她坐在床沿，将我紧紧搂着。

　　在那一瞬间，不用说话，我知道我们的感受是一样的：世间所需要的就是爱，唯有靠着爱，生命才能变成一片光华。

　　生活是人生最好的教科书，这一段曲折的经历，使苓子进步了。难怪在她和母亲离开三星寨回重庆时，母亲带着喜悦和惊异的眼光看着她说："嗯，长大了，真的长大了！"

　　苓子说得对（这里实际上也是作者说的）："生活不是诗，而是块粗糙的顽石，磨得叫人疼，但也更有光彩，更为坚实。"

　　《失去的金铃子》的成功，不仅仅在于它成功地写出了一个少女在成长过程中的痛苦和喜悦，而且作者还通过少女苓子的视角，展示了那个年代三星寨妇女群体的生存状态，从而抨击了那个社会的不合理性。

　　在那个偏僻的山区农村里，妇女的天地极其狭小，除了家庭，谈不上还有什么事业，所以婚姻状况，不仅反映了她们在家庭中的地位，而且可以说，是反映了她们整个的生存状态。

　　纯洁美貌的巧姨丧夫以后，与善良、有教养的医生尹之相恋，但是他们只能偷偷地幽会，寡妇再嫁被视为大逆不道的事。丫丫因为是"指腹为婚"的，父母要把她许配给一个整年害哮喘病的男人，结果她和郑连长私奔了。可是因为战乱期间，外边生活环境过于恶劣，郑连长似乎又不是她所想象的人，丫丫又回到了三星寨。玉兰的命运更为凄惨，她尚未过门，男人就死了，她就得守望门节。这是一个被扭曲了的灵魂，她以变态的方式进行反抗，与长辈庄家姨爷爷勾搭成奸，结果生了小孩，只好把孩子闷死。事情败露后，族人惩罚她要喝硝镪水，九死一生。黎家姨妈因为不能生养，丈夫便堂而皇之地娶小老婆。庄家姨婆婆，因为惧怕丈夫，成年躲在床上装病。就是临时寄居这里的苓子的妈妈，年轻守寡，内心亦有难言的苦衷。

　　三星寨老中青三代妇女的婚姻，没有一个是幸福的！

三星寨这许许多多妇女的婚姻悲剧，反映了"这个世界根本有毛病"，作者通过尹之舅舅之口说出了这样耐人寻味的话：

> 我觉得我这个老家……有一股朽味，我觉得这个地方的毛病全在女人身上。……这个地方必须首先让女人像个"女人"，把女人的问题解决了……才会有进步。

这是为女人不幸命运的沉痛呐喊，也是为女人抗争的郑重宣言。

《桑青与桃红》被认为是聂华苓的代表作，学术界给予很高的评价。

这是一首浪子的悲歌。

它的时间跨度很大，从四十年代中期到七十年代初。它的时代背景是，从抗日战争末期到解放战争开始，蒋家王朝覆灭，逃到台湾孤岛上去，在台湾实行特务恐怖统治，到七十年代初美国社会物质文明掩盖下的腐朽堕落。

全书集中刻画了在这个动荡的年代，桑青如何从一个比较单纯的少女，逐步演变成庸俗的少妇，最后放逐到美国，堕落成为纵欲的荡妇、精神分裂症患者，整日乘车，逃避美国移民局的追逐，并改名为桃红。

作者分四个阶段，来展示桑青的人生悲剧。

第一部分。抗日战争末期，桑青偷偷从家里跑出来，想到大后方重庆去，那时，她还处在 16 岁花季的年龄。她与一群逃难的人，在长江峡谷的激流中搁浅在一艘木船上。由于她年轻幼稚，在这期间，糊里糊涂地与别人发生了性关系，丧失了少女应有的贞操。

第二部分。蒋家王朝覆灭前夕，解放大军兵临北平城下。桑青没有吸取前车之鉴，反而到北平去，和喜欢拈花惹草的沈家纲结婚，过着有性无爱的生活。作为一个女性，这是她人生旅程中又一重大失误。

第三部分。桑青和丈夫沈家纲逃亡到台湾。沈家纲因为挪用公款，被台湾当局通缉，一家三口终年藏在一个小阁楼上，过着惊慌不安的日子。

第四部分。七十年代初，桑青被放逐到美国，移民局追查通缉她，她与移民局展开了马拉松式的捉迷藏。她有家不能归，有国不能投。当移民局官员问她若被递解出境会去哪里时，她的回答是"不知道"！这句话道尽了中国被放逐的一代人的悲剧！桑青精神上受尽了折磨和痛苦，终于精神分裂，成为一个不顾廉耻、道德沦丧的纵欲狂。桑青变成了桃红，其实桃红就是桑青。

桑青——桃红这一形象是震撼人心的，它不只是个人的悲剧，更是时代的悲剧。

这部小说在艺术技巧上，有许多新的探索和追求，在不少方面取得了成功，得到评论界的赞许。但我认为，由于作者要表达的意象太多，运用的手法也过于庞杂，有些地方晦涩难懂，缺少生动连贯的故事情节，致使桑青这个人物，理念大于形象。作者说："小说中最重要的还是'人'。"① 作者倾尽全力塑造的这个"人"，却被作者自己损害了。

较之前面两部长篇，我更喜欢的是《千山外，水长流》，它的女主人公形象也更具有时代气息。小说通过中美混血儿莲儿，去到美国寻根问祖的故事，吟诵了一首中美两国人民美好情谊的颂歌。

小说里描写了众多的中外妇女形象，但我以为，写得最成功的是主人公莲儿和她的母亲柳风莲（笔者注：国内诸多评论皆将柳风莲写成柳凤莲。我依据的是 1985 年 1 月香港三联书店的版本，系"风"，非"凤"也）。

柳风莲原是抗日流亡学生，她美丽、善良、文静，起初对政治并不感兴趣。后来在左翼学生运动的推动下，逐渐加入革命的洪流中去。在共同投身进步的学生运动中，她和美国年轻记者彼尔相爱、结合了。但彼尔在一次采访活动中被误伤致死，给她留下了遗腹子

① 《浪子的悲歌》。

莲儿。

南京解放后，风莲怀着彼尔的孩子，与原来的老同学、地下党员金炎结婚了。1957年，金炎被打成右派，监禁劳改，风莲也被划为"内控右派"。"文化大革命"中，风莲，不用说，更是"双料反革命"，多次被批斗、抄家。最难堪的是，她的亲生女儿莲儿，在知道自己的身世后，也加入了批斗她的行列。

斗转星移，"四人帮"垮台后，她四处奔走，多次申诉，她的丈夫金炎终于得到了平反昭雪。但是，金炎的尸骨早已不知去向，只剩下一个空骨灰盒，和他在监狱里阅读的、上面写着密密麻麻心得的《毛泽东选集》……

柳风莲的一生可谓凄惨，但是她能以博大的胸怀，面对个人的不幸，她仍孜孜不倦地坚守在教师的岗位上，以自己的一技之长（外语），辛勤地培育下一代。她的一生就是：爱国，爱人。

莲儿是属于在"文革"中长大、去农村插队的知青一代，在那个特殊的年代，像她这样的出身，肯定是备受歧视和屈辱的。作为一个正处于青春期的少女，在下乡插队期间，又被几个"蒙面人"强奸了。正像一朵蓓蕾，尚未开放，即被杀手摧残了。她带着内心的伤痛，和对国家及自己亲生母亲的满腹怨气，踏上了去美国读书、寻根的路程。

她来到了美国的石头城——爸爸出生和生活过的地方，她看到了爸爸的房间、生前的许多遗物，以及安葬爸爸的墓园。爷爷老布朗亲切地认了这个从未见过面的孙女，可是奶奶玛丽却有偏见，因为儿子是在中国被中国人打死的，因此，她仇恨一切中国人，对这个来自中国的孙女也心存戒备和疑虑。莲儿呢，她离开中国，很大一个原因是为了逃避过去，可是当她来到这个陌生的、隐含敌意的异域，她感到日子也不好过，这里不是她可以安身立命的家。

但是，随着时间的推移，由于中美之间文化的差异和不了解所造成的隔膜、误解、怨恨等，逐渐为相互的了解和友善代替了。奶奶玛丽终于为莲儿的诚恳和善良所感动，莲儿也逐渐了解了爸爸家的家史，理解了奶奶因为爱子之心的执着所产生的对中国人的偏执情绪。开始逐渐适应那里的生活。另一方面，当莲儿一旦离开中国以后，她才深深体会到她与祖国的血脉之情，是无法割舍，也不能割舍的。通过妈妈给她的一束信件，她也消除了对妈妈的冷漠，她对妈妈的爱也由于了解和信任而更加炽烈了。

短短几个月的时间，莲儿像是经过了一个世纪似的，她成熟多了，她正在逐步淡化心头的阴影，以坚实的步伐走在人生的大道上。

时代前进了，环境变化了，聂华苓笔下的女主人公不再是那个看不到前途、充满绝望叫喊的"浪子"形象了，她的新的女主人公虽然经受了种种苦难，但是，她更多的是写了她们的坚强和韧性。《千山外，水长流》歌颂了中美两国人民之间的美好情谊，但我认为，它更是一曲中国女性自尊、自信、自强、自立的热情颂歌。

二

中国自古以来说，"文以载道"，中国最近有位作家说，"文以载人"。我理解，这个"人"，应是两个方面。一是文学是人学，文学归根到底要写人，要塑造人物形象；一是文学作品中的这个"人"，是作家这个"人"的理想情操、道德观念、知识教养以至生活习俗等等方面综合幻化出来的。作家这个"人"的境界，决定了作品和他的理想人物所能达到的境界，这个道理大概是不会错的。

聂华苓用众多的女性形象作为她作品的主人公，并通过她们来体现她的美学理想和追求，这绝不是偶然的，我想，有必要再对聂华苓这个"人"做一番了解和认识，以使我们更好地解读她的作品。

聂华苓的生活，用她自己的话说，是"充满了人世的沧桑"。

她没有快乐的童年。她出生在湖北宜昌的一个官宦世家，母亲是她父亲在外边娶的第二房太太，也是奉父母之命、媒妁之言的结果。婚后两年，母亲才发现父亲在家乡有妻子儿女，她曾想自杀，只因为看到刚满周岁的华苓趴在床上对着她笑，才使她打消了死的念头。

祖父中过举，父亲属国民党桂系。华苓从小的生活算是富裕。家里三代同堂：爷爷、奶奶、父亲、两个母亲，以及同父异母的兄弟姊妹。这样的家庭像旧社会所有这样的家庭一样：磕磕碰碰，牵牵绊绊，家里的每一个人都不快活。华苓不止一次地说过，她从小就没有安全感。她不喜欢自己的家，常感到家里气压太低了，暴风雨要来了。她常常一个人从家里溜出去，跑很远的路，到小朋友家去，为的是在那里可以自由自在、痛痛快快地"疯"它个半天。

她对共产党由怨到爱。她的父亲1934年去贵州当了八个月不到的官，红军长征经过那里，哪里分得清什么桂系、嫡系，把他给办了。这时华苓还不满十岁，但她已记事了，家庭的这个重大变化，是她心里多年解不开的疙瘩。她害怕共产党，害怕革命，这也是她1949年带着妈妈、弟妹一家五口亡命台湾的原因。她这个疙瘩还是到了美国以后，逐步地能够客观地看待海峡两岸的形势，了解了中国革命的历史，才慢慢解开的。

抗日流亡在她的生活中留下了深刻的印痕。由于日本帝国主义侵入中国，十四岁的华苓就当上了流亡学生，跟着她所在的湖北联合中学到处转移。一路上吃的是"八宝饭"——沙子、老鼠屎，什么都有。满身疥疮，净打摆子。她的中学和大学时代均是在战乱中度过的。异族入侵、国家危亡，生活迁徙不定，流亡学生高举抗日爱国的大旗。这一段生活成了她创作取之不尽的源泉。

她的首次婚姻破碎了。对方是她大学同学，虽然是自由恋爱，而且门当户对，但是由于志不同道不合，去台以后，生活出现了大变动，对方不能适应艰苦的生活环境，甚至连对家庭的起码责任也不承担。这样，婚姻就难以维系了。华苓不得不独自担当起赡养母亲、弟妹、两个女儿一大家子的生活重担。

她曾遭受国民党的政治迫害。她去台后，在《自由中国》杂志任职十一年。因为该刊倾向自由，并批评了蒋介石，结果主编雷震和三位同事被捕。她的家也被搜查了几次，不知道什么时候也会来抓她，她的行动在特务的严密监视下，日夜生活在恐怖之中。

1960 年前后，婚姻破碎、遭受政治迫害、母亲去世接踵而至，这是她一生中最黯淡的时期。

她和安格尔的美好姻缘，是历经磨难才争取得来的。1963 年，她和保罗·安格尔在台北相遇，并一见钟情，这对她是一生中的重大转折（对安格尔亦是如此）。虽然他们两心相许，但是他们的结合却是经过了许多磨难。

1964 年，华苓摆脱了特务的控制，去到爱荷华"作家工作室"。初去时，经济上的窘困，想为即将来美的两个女儿寻找一个栖身的住所，就够她愁眉难展的了。①

安格尔的妻子神经不正常，但不肯离婚，经常打电话骚扰华苓，一打就是几个小时。前夫也打电话来纠缠，也是一打几个小时。但是华苓看准了，认定了，说什么也决不动摇。

为了能和安格尔堂堂正正地结合，她整整等了七年！

她一方面要做两个女儿的工作，要使她们了解，并且相信，她和安格尔是非常认真地，是很严肃地对待婚姻问题的。

另一方面，她要承受巨大的舆论压力，有人称她是"安格尔的情人"。在老一辈的朋友中，对他们的结合多数都不看好，甚至有人因这件事说聂华苓"不能为人师表"。安格尔的朋友，有的因为她而和安格尔断交。

时间是最公正的老人，它把一切是是非非都滤清了。

1971 年 5 月，在安格尔宣布与他的前妻正式离婚半年后，他们在法院正式举行了婚礼，这时华苓已经 46 岁，她笑称，是两个女儿送妈妈去出嫁。

在庆祝婚礼的晚会上，华苓接到几个小孩为他们祝福所写的诗，她哭了，也笑了。

他们终于正式结合了，华苓说："好像在伤亡惨重的战争中终于

---

① 参见《"国"格与"人"格》，载《黑色，黑色，最美丽的颜色》。

185

聂华苓创作中的女性形象

打了一场胜仗。"①

从此以后，是聂华苓生活上最为幸福、事业上最辉煌的二十年。

1991 年，安格尔突然撒手西去。聂华苓从巨大的悲痛中挣扎出来，她悟出了她还得活下去的道理："既然得活，就要活得有尊严、有意义。"② 华苓终于拿起笔，又开始进行创作了，《鹿园情事》就是这阶段最出色的成果。

《鹿园情事》里最鲜活的形象就是聂华苓自己：一个历经人世沧桑，经过生与死的挣扎，敢爱也敢恨，爱祖国，爱人民，爱母亲，爱女儿的中国女性。

一个对爱情敢于大胆追求，执着、忠贞、至死不渝、外柔内刚的坚强女性。为了和安格尔相爱，她顶住了巨大的压力，她说："任何事，我拿定了主意，天下人骂我，我也不在乎。"③ 事实证明了，他们是对的。二十多年，他们相惜相爱，感情美好如初。安格尔走了，华苓说："我的'活'，也是为了他。""我感觉他仍在家里，没有死……他仍然活在我身边。"④ 华苓还说，安格尔走时，"我为他穿上我们结婚时的一身服装——乳黄上衣，杏黄领带，靛蓝裤子。我留着他所喜欢的那一袭水红嫁衣，时候到了，我将穿着和他再相聚"。⑤

一个学识渊博、视野开阔、才华横溢、融中西文化于一体的东西南北人，在她的安格尔家园用她的母语——中文，来写她作为边缘人的经验。从《鹿园情事》看，她的感情是那么真挚、强烈，文笔是那么清新、活泼，语言是那么自然、美丽，在艺术形式上，她又做了新的变化和追求，正如她要求自己的：决不重复别人，也不重复自

---

① 《鹿园情事》。
② 《爱荷华小简——致茹志鹃》。
③ 《鹿园情事》。
④ 《爱荷华小简——致茹志鹃》。

⑤ 《鹿园情事》。

己。她的创作永远是一步一个脚印在往前走。从生理年龄上看，她已进入古稀之年，但是，从艺术生命上看，她还正年轻着哪！

聂华苓真正可以算得上是一个已"在清水里泡三次，在血水里浴三次，在碱水里煮三次"① 的人，她有如此丰富的生活，有学识，有才情。回顾过去，她在创作上硕果累累，展望未来，她还有着很大的潜力。在新世纪即将来临的时候，我们满怀信心地期待着她：创作出更多更好的作品，塑造出更新更美的女性形象。

---

① 阿·托尔斯泰《苦难的历程》。

五四女性文学的奇葩

——论苏雪林《棘心》《绿天》的成就与不足

在伟大的五四运动中，一大批才华卓越的知识女性登上了文坛，她们为中国女性文学和新文学的崛起，做出了开拓性的奉献。在灿若晨星的女作家中，苏雪林就是其中光芒闪烁的一颗。

1919 年，五四运动爆发不久，她来到北京女子高等师范国文系读书，与黄庐隐、冯沅君同在一个班。颇具民主意识的系主任陈中凡聘请了一批新文化运动的前驱来授课，如胡适、李大钊、周作人、陈衡哲等，两年女高师的学习生活，使苏雪林深受新文化的熏陶，这对她的一生产生了重大的影响。① 她开始在报刊上发表一些诗歌、短篇小说、议论文等，但在文坛上真正产生比较大的影响的是长篇小说《棘心》和散文集《绿天》，十余年间出版了十几版，成为她的成名作和代表作。

《棘心》讲述女主人公杜醒秋为争取读书的权利，与封建家庭做斗争，她取得了胜利，不仅读到了大学，还出国留学。但她在婚姻问题上却屡遭挫折，由于封建势力的强大和个人的软弱与妥协，终致断送了个人的幸福。作者通过这样一个女性形象，真实地反映了在五四新文化思潮的冲击下，在新旧交替的历史时期："人"的意识的觉醒，"女性"意识的觉醒，在这嬗变的过程中，醒秋所经历的种种矛

---

　　① 见沈晖《苏雪林——文坛的一棵长青树》，《苏雪林文集》第一卷。

盾和痛苦，说明了与封建势力斗争的艰苦性与复杂性。

　　作者在这两本书中有一个有趣的现象，即是在《棘心》中表现的人物、情节、思想等，在散文集《绿天》的《小小银翅蝴蝶的故事之一、之二》里，则用寓言的形式，通过昆虫世界加以再现，某些方面比小说表现得更坦诚、更直率，因而也更真实。所以我要把这两本书放在一起来加以评述。

“为什么叔父兄弟们可以入校读书，她独不能呢？”①

　　醒秋生活在一个新旧政权交替的时代，在她那个偏远山区的封建大家庭里，主宰一切的是她那个顽固专制的祖母。叔父和兄弟们都到外面读书去了，而家里给她和长姐及堂妹规定的功课却是：刺绣。从“桃花”开始，先绣“小粉扑儿”或“小油拓儿”，再绣扇袋、眼镜套、表袋、荷包等等，一直绣到出嫁时，把这些绣品拿出来作为见面礼，送给夫家的长辈。

　　醒秋偏偏不接受命运给当时妇女做出的这样的安排，她偏偏喜欢去做被认为对女人没有用的事：读书。叔父兄弟们在外边读，她则借他们的书自己在家读；他们要读一个学期的书，醒秋几天便读完了。她如饥似渴，生吞活剥，居然读完三国、水浒、西游、封神，以至聊斋志异、阅微草堂笔记等；读了中国的历史书，还读了外国的历史书；不仅知道地球是圆的，还知道了法国的皇帝不好，法兰西人可以把国王送上断头台……

　　读书使她的精神世界无比地丰富起来了，她越读越感到不满足，她想到省城去读书了。为什么叔父和兄弟们可以到外地学校去读书，而她却独独不能呢？这是她百思不得其解的一个问题。省城女子初级师范招生了，她向家里提出要去上学。可是，这谈何容易！

　　祖母是一家之主，她向来不赞成女孩子念书。

────────

　　①　文中所有引文，均出自《棘心》与《绿天》。

乡里闲言碎语多起来了："外面女学堂专讲自由，也许她们会自己找个姑爷，倒省了家中长辈许多事哩。"

这两种势力结合在一起，成为阻挡醒秋上学的顽固堡垒。

醒秋可不是个软柿子，她不吃不睡，又哭又闹，整天在池塘边转悠。"不自由，毋宁死！"她决心以"死"来抗争。

祖母这下子吓坏了，知道孙女决心不可动摇，生怕酿出悲剧，终于退让了。

小鸟从此跳出了牢笼，她飞到了省城。初师毕业后，她又飞到了北京，考进了北京女子高等师范学校，这里可是五四运动的发源地啊！两年后，她又考取了中法学院，要去法国留学。为了减少阻力，她决定动身赴法前一天才发信告诉母亲。她怀着对母亲的百般依恋和对前途的无限憧憬，终于飞出了国门，独自去闯世界了。

"我们的婚约是母亲代订的，我爱我的母亲，所以也爱他。"

如果说醒秋在渴求知识、追求上进方面，表现得相当果断、激进的话，那么她在对待自己的爱情婚姻、追求自由幸福方面，却表现得十分犹疑、保守，甚至是十分荒谬的。

醒秋从小对于读书就十分有主见，但对于自己的终身大事却任人摆布。在没有到成人的年龄，家里已经给她许配了人家（订婚）。未婚夫是个什么样子，都没有见过，她却默默地恪守这桩包办婚姻。那时她年龄太小，对于男女之间的事不太懂，还情有可原。待她渐渐长大以后，接受的新思想新文化越来越多，先后在五四运动的发源地——北京和具有高度现代文明、思想十分开放的法兰西读书达五六年之久，可是她对待爱情婚姻的观念却非常保守、落后。她不是漠然视之，而是有着自己十分坚定的信念。她认为："恋爱，无论肉体和精神，都应当有一种贞操；而精神贞操之重要，更在肉体之上。她已经有一个未婚夫了，她将来是不免要和他结婚的，她是应当将全部的爱情交给他的。如果她现在将心给了他人，将来拿什么给她的丈夫呢?"她坚持对待爱情要忠贞,这无疑是一种高尚的情操,美好的感情。但问题是,她忠实承诺的对象并不是她自由选择的结果,而是封建家长制的包办婚姻强加于她的,所以她坚守的实际上是对封建专制主义的忠诚。

她果然自食苦果了。未婚夫是一个极端自私、狭隘、根本不解风情的人,对她是"永远的冷淡":写信"素不作一温柔语"。她怀着对未来美好婚姻生活的热烈向往,放下少女的矜持和尊严,热情地邀未婚夫在美国学业结束后取道欧洲,来和她见面,她准备就此结了婚,并期盼他能留在欧洲读一两年书,她打算陪他到欧洲其他国家去旅游……万万没有料到的是,未婚夫竟然冷冰冰地、潦草地断然加以拒绝。她伤心欲绝,气愤地提出要了断婚姻关系。本来这是她摆脱不合理的婚姻羁绊、重新选择自己未来的最好机遇。可是,在她因母病返国后,为了不违背母意,竟一百八十度大转弯,不仅顺从地和未婚夫完婚,而且据说婚后生活还很美满哩。最后第十七章《一封信》所表现的这个"大团圆"结局,显然是虚假的,因为它不符合前面人物思想性格的发展逻辑。

在醒秋面前只可能有两种结局:一是违背母愿,与未婚夫离婚,重新选择自己的真爱;一是信守"我们的婚约是母亲代订的,我爱我的母亲,所以也爱他",与未婚夫完婚,牺牲自己一生的幸福。不可能出现像结尾《一封信》中所表现的第三种结果:封建包办婚姻结出了美满幸福生活的硕果。这是作者在这里背离了现实主义的创作原则所造成的虚假现象。

我们再来看看《绿天》中的《小小银翅蝴蝶故事之一、之二》,可作为我们解读《棘心》的补充和佐证。它以拟人化的手法,真实、生动地描述了银翅蝴蝶(醒秋的化身)与蜜蜂(未婚夫的化身)之间艰涩痛苦的婚姻关系。小小银翅蝴蝶对待蜜蜂一往情深,可是蜜蜂回答她的始终是那一股子不近人情的"冷酷"。两个不同灵魂的人勉强结合,结果只能是长期分居,小小银翅蝴蝶只得和她姐姐黄裙蝶相依为命了。

"棘心夭夭，母氏劬劳。"

打开此书第一页，作者就在扉页上写下了《诗经·凯风》中的这两句话，作者的用心就非常清楚了。她在 1957 年再版此书时所写的"自序"中说："本书真正的主题，杜醒秋的故事尚居其次，首要的实为一位贤孝妇女典型的介绍，这位妇女便是醒秋的母亲杜老夫人。"又说："杜老夫人的行谊，一'忠'字可以括之。所以她的人格是完美的，纯粹的。"她称杜老夫人是"一代完人"。

尽管作者声明，本书"首要的"是介绍杜老夫人，写杜醒秋的故事是"居其次"。但我们只能从小说的文本出发，作者着笔最多、塑造得最丰满的形象还是杜醒秋。母亲只能"居其次"。这倒无关紧要，要紧的是醒秋母亲究竟是一个什么样的人物，从她的身上给了我们什么样的启示。

作者在扉页上又曾写道："我以我的血和泪，刻骨的疚心，永久的哀慕，写成这本书，纪念我最爱的母亲。"作者确以最大的虔诚、满腔的深情来写母亲，这是毋庸置疑的。

母亲自十六岁嫁到杜家起，一直就是婆婆身边一个没有写过契约的奴隶，没有半点享受，没有半点自由。她生性仁厚，又资禀聪明，做家务粗细都来得。她勤勉、节俭，又忍耐顺从，她立志做婆婆的好媳妇，相夫教子，做个贤妻良母。婆婆每天从清早一下床，媳妇便要捧着洗脸水，服侍她洗漱开始，直到晚上，婆婆上床了，媳妇还要开始为她按摩，直忙到深夜十一二点，不得片刻休息，把媳妇磨得真是头发都要开花，且天天如此，月月如此，年年如此。更为稀奇的是，婆婆生养的孩子，自己不喂奶，而要同时生养的媳妇来喂，而且要先喂饱她的孩子，才能再喂媳妇自己的孩子。对于如此专制、自私、狠毒的婆婆，醒秋母亲从未反抗，"婆婆一生她的气，她便吓得战战兢兢，怒若不解，她便扑通一声跪倒，流着眼泪，满口认罪不迭，只求婆婆息怒"。对于她如此这般的顺从和忍耐，我们在"哀其不幸"的同时，只有"怒其不争"了。母亲这种忍辱负重的德行中，实际上很大成分是封建主义的奴性。

这仅仅是问题的一个方面，更可悲的是，母亲在醒秋的婚姻问题上，充当了封建势力的卫道士，成为醒秋争取婚姻自由无法逾越的屏障。母亲支持醒秋读书，她深受妇女不识字的苦，甚至她自己也想读书。她把来之不易的私房钱也都贴补了醒秋。但是，她又认为封建包办婚姻是天经地义的，毁约是大逆不道的。她把醒秋从万里之外召回来，在她的病榻旁，用巨大的亲情掩盖着，迫使醒秋就范。醒秋与未婚夫的"前嫌"并未冰释，但在母亲面前却要装得很亲热的样子，母亲看到这样就有说不出的欢喜。呜呼，母亲就是这样亲手葬送了她最爱的小女儿的幸福！

母亲与醒秋一样，也是一个矛盾的复杂的形象。她是个好人，但又是一个罪人；是一个封建专制制度的受害者，又是一个封建专制制度的卫士；她真心爱女儿，但实际上却害了女儿。她当然不是什么"一代完人"，从她的身上我们看到，封建道德对人的灵魂的毒害又是多深！

"我知道明年还有春天要来，明年春天仍有蚂蚁和风呢！但是，我知道有落在土里的桐子。"

《绿天》散文集中有一篇《我们的秋天》，《我们的秋天》中有一篇小小的文章，叫《秃的梧桐》，总共才千把字，但是它脍炙人口，大半个世纪以来，一直为各种教材作为范文所选用。

秃的梧桐本来和其他的树木一样美丽，它的"清荫"可以遮阳，它在雨中所发出的"潇潇渐渐"的声音，给人以诗的享受。不幸，恶势力不容它自由地生长：蚂蚁不停地啮啃，雷雨狂风猛烈地打击，美丽的梧桐被劈断，只剩下秃秃的树身，人们估计它"怕再也难得活了"！

可是，春天一来，它又长出了许多绿叶。蚂蚁和狂风又来了，新叶又被啃断了。如此的打击迫害继续不断。"但勇敢的梧桐，并不因此挫了它求生的志气。"梧桐虽被摧残成了秃的梧桐,但它"仍然萌新的芽,吐新的叶"。这是一个多么坚强而又美丽的灵魂啊!

《秃的梧桐》用象征的手法,诗样的语言,热情讴歌了人在困境中的不屈不挠的精神,它像黑暗中的火把,寂静中的号,激励人们要永不向命运低头!

《棘心》是一部根据作者自身经历写成的自叙体小说,它真实而细腻地描写了女知识青年杜醒秋在成长过程中遭遇的种种矛盾和困扰,五四新思潮与封建传统文化在她身上发生的激烈冲突。在争取婚姻自主权方面,由于她对母爱的错误理解,导致了屈服和失败,这也从另一方面给人以警示。但惜于作者对此缺乏应有的批判和总结,甚至在全书的结尾和散文的一些篇章,如《绿天》《鸽儿的通信》中对婚后生活加以美化。作者在若干年后,为《绿天》所写的"自序"中坦承:"里面所说的话,一半属于事实,一半则属于上文所谓'美丽的谎'。"作者为什么要这样做呢?她在"自序"中也交代得很清楚了:"天生一颗单纯而真挚的'童心',善于画梦,渴求于爱,有时且不惜编造美丽的谎,来欺骗自己,安慰自己,在苦杯之中掺和若干滴蜜汁。"殊不知,她这样写法,既安慰不了自己,又欺骗了读者。

作者新旧文学的学养深厚,文辞优美畅达,描写自然尤其生动传神,它弥补了作者小说技巧上结构谋篇的不足。在散文艺术上,《绿天》可谓小巧精致,耐人玩味。

在五四时期的女作家群中,她不像冯沅君、丁玲的作品中多激烈的、叛逆型的新女性形象,她善于用美文来抒情达意,蕴藉委婉,哀而不伤。其风格与冰心有近似之处,但也不尽相同,冰心的风格清淡自然,苏雪林可能与她擅于绘画有关,色彩较为艳丽,重于刻画。

由于海峡两岸长期隔绝,以及其他种种复杂的原因,在现代文学史上,有着多方面成就的苏雪林消失了,现代文学史的教学也从来不讲苏雪林及其作品,这是极不正常的。自改革开放以来,过去一些被隐没了的作家,如钱钟书、张爱玲、曹聚仁、无名氏等,重新被提出

194

来加以评述，这是非常必要的。但是，有的则走向了另一个极端，一窝蜂地加以宣传，甚至炒作，不适当地拔高，这也是不正常的。我们要摒弃种种偏见，理性地、历史地、公正地来审视苏雪林的创作和研究，还她在中国现代文学史上应有的历史地位。

海外华文女作家与中华文化

这里所说的海外华文女作家，是指在祖国大陆和台港澳以外的国家和地区用华文（即汉语）从事写作的华人女作家。

二十世纪八十年代以来，海外华文文学呈现出空前繁荣的局面，在海外华文文学的作家队伍中，女作家的身影显得特别活跃，这似乎有点儿类似祖国大陆当代文学的作家状况："阴盛阳衰。"

海外华文文学大致上分作两大块：一是美洲、欧洲和澳洲；二是亚洲。其中作家人数比较集中、创作比较繁荣、作品影响力又比较大的是美国华文文学和东南亚华文文学。

二十世纪对于海外华文女作家是至为重要的一个世纪，她们中的很多人远涉重洋，到异国他乡求学、谋生，经历了建立生活家园的种种艰辛，更经历了建立精神家园的许多矛盾和困扰。

美华、欧华的女作家，她们中的大多数是在五六十年代，在强劲的西风东进的形势下，出于求学、谋生或婚姻关系等原因，到了美国和欧洲。她们有的来自台湾，有的是从大陆到香港、台湾，再去美国和欧洲。她们是自愿选择了移民的道路。她们之中的杰出代表是：美华文学有聂华苓、於梨华、陈若曦、李黎、黄娟、欧阳子、丛苏、喻丽清、简宛、吴玲瑶等。欧华文学有赵淑侠（瑞士）、龙应台（德国）、吕大明（法国）、林湄（荷兰）等。

东南亚的华文女作家，情况有所不同。除少数老一辈女作家是直接由祖国大陆移民去的，大多数如今活跃在文坛上的中年一代女作家，已是第二代或第三代移民了，即她们的父辈或祖父辈，当年出于政治或经济的原因去南洋谋生,成为所谓华侨。在五十年代初期,中国政府采取了鼓励华侨加入所在国国籍的政策,而不承认双重国籍。这样,东南亚国家的绝大多数华侨均成了所在国的合法公民。

东南亚华文女作家人数也相当多,在祖国大陆拥有众多读者的是:新加坡有尤今、淡莹、蓉子等,马来西亚有爱薇、戴小华,泰国有梦莉,菲律宾有林婷婷等。

祖国大陆在七十年代末、八十年代初实行改革开放以后,不少知识分子迫切希望了解世界,积极走出国门。有些女作家原来在国内已经在文学战线上有所建树,出国后更是创作出骄人的业绩,如美华文学的少君、日华文学的蒋濮等。

尽管她们个人的背景以及目前的处境不尽相同,但她们的共同特点是:她们绝大多数都受过高等教育,有的在国内大学毕业后,又去国外深造,普遍具有较高的文化素养,有的还是学有专长的教授、专家;她们都远离故土,在异国他乡落脚,都曾为建立自己的生活家园摔打拼搏;她们虽然已经成为所在国的公民,但一律都是少数民族;她们都坚持用母语——华文进行创作;在仍是男权主宰世界的今天,她们又都是女性,必然会遇到许多常人难以想象的困难。对于海外华文女作家的这种特殊处境,聂华苓曾用了"边缘、边缘、又边缘"这样的词来形容。

她们平时居住比较分散,缺少相互交流、相互砥砺的机会。为了更好地联络感情,交流写作经验,促进海外华文文学的发展,以陈若曦、於梨华为创会正副会长,于1987年发起成立了一个海外华文女作家的民间组织——海外华文女作家联谊会。经过一年多的筹备,于1989年7月在美国加州伯克利陈若曦的家里召开了第一届海外华文女作家会议,到会代表二十多人。第二届会议是在洛杉矶召开的,代表有五十多人。第三届是在马来西亚吉隆坡召开的,其时代表已有一百多人。在这次会上决定把该组织名称改为"海外华文女作家协会"。第四、第五届先后在台北和旧金山召开。2000年10月,在美国的北卡罗来纳召开了第六届会议。

"海外存知己，天涯若比邻"，代表了她们组织的宗旨。她们有了自己的组织，每隔两年一次的年会，不仅使她们有机会交流写作经验，相互倾诉写作甘苦，还可以建立和加强友谊，共同探讨海外华文女作家创作中特殊的或带有普遍性的问题，这是她们在艰苦、寂寞的华文创作道路上继续攀登的巨大精神支柱。

一、边缘人生与多彩人生

不管她们自己是否意识到，实际上从她们去国离家的那一天起，就开始了一种别样的人生。

人数比较集中、作品影响也比较大的美国华文女作家，大多是二十世纪中期到美国留学后在那里定居的。她们与老一辈华侨不同，不是出于被迫，而是选择了移居道路，认同一个新的国家，这是一辈子的选择，非同儿戏。从她们的作品中也可看出她们心态的变化，原来总是念念不忘要"叶落归根"，到七十年代以后，则强调要"落地生根"，并进一步主张和鼓励华人参政，以争取华人的合法权益。陈若曦的一段话较有代表性地表明了海外华文女作家对国家认同的普遍心态。她说，对一个国家的认同，"包括权利和义务，而最大的义务就是效忠定居国的政府，想做骑墙派，或者说'身在曹营心在汉'，那明显对所在国不公平，自己也问心有愧"。但同时她又以第二次世界大战中美国政府把日裔美国公民关进集中营的事实，提醒大家对所承受的种族歧视应心存警惕。①

这种独特的处境，常使她们觉得自己好像是一片无根浮萍，无所归依。这种无根的感觉在於梨华身上是产生得比较早的，她被称为"留学生文学的鼻祖"、"无根的一代"的塑造者。其实，"无根""漂泊"正是於梨华自己心态最深切的感受。在《归去来兮》里她写道：一次回台湾省亲，与昔日的朋友相聚，待到朋友们要回家时，

---

　　① 马来西亚《星洲日报》，1993 年 11 月 14 日。

"我这才猛烈地觉得别人是有家可归的，而我永远是浪迹天涯。回到台湾，亲戚朋友以客相待，关切地问：'你们不会在此长居吧'？"① 几乎完全相同的情感经历也发生在聂华苓、戴小华等其他华文女作家身上。

聂华苓是美国公民，可是在美国，美国人叫她"中国人"；在中国，老乡又叫她"美国人"。她说："1978 年我回到大陆，那儿不是我的家了。1988 年回到台湾，那儿也不是我的家了。虽然我到两边都感到非常亲切，就像回到了娘家一样，可是，我的家在哪儿？"②

因为婚姻关系从中国台湾移民到马来西亚的华文女作家戴小华在《八千里路云和月》里说：

> 在台湾，有人说我是外省人。
> 在马来西亚，有人说我是外来移民。
> 在中国，有人说我是外国华侨。
> 似乎自己站在哪儿，哪儿的土地就不属于我，但是当我踏出了那块土地，我却代表了那里土地的全部。

时间的推移逐渐在改变她们的情感，时间把她们与所在国变得密不可分了。

聂华苓、於梨华在经历了一番曲折以后，都在美国建立了美满的小家庭。聂华苓对自己的问题做了答案："我的家就在我可以用自己的母语——中文写我作为边缘人的经验的爱荷华。"③ 戴小华更是把身心融入了马来西亚社会，她说："马来西亚可爱，台湾可恋，大陆可亲，只要是落地生根的地方就是家园。"她初嫁到马来西亚时，那种落寞、惶惶不安的感觉逐渐消失了，她说她和她的女儿"血液里

① 《於梨华自传》第 110 页，江苏文艺出版社 2000 年 1 月版。
② 马来西亚《星洲日报》，1993 年 11 月 14 日。
③ 马来西亚《星洲日报》，1993 年 11 月 14 日。

虽然流着华族的血，但整个灵魂和心已属于马来西亚了"。①

国家认同，建立生活的家园，对于东南亚的华文女作家显得并不太困难。如今活跃在文坛上的多为当年华侨的第二、第三代，她们生于斯，长于斯，虽然她们知道自己的祖籍在中国广东、福建或其他什么地方，但她们早已成为所在国公民，思想感情早已与新土地融为一体，那里便是她们快乐的家园。但这不等于说，在这个地区不存在种族歧视，不同种族、不同文化之间的隔阂、矛盾是永远存在的，而是因为东南亚地区是世界上华人聚居最多的地方（约有两千万）；再则，不同种族之间的文化差异不像西方文化之间的差异那么强烈，所以相对而言，她们在这方面所承受的压力要好一点。

如果说，国家认同、建立生活家园已属不易，那么文化认同、建立精神家园则更要艰难复杂得多了。

许多海外华文女作家已在海外生活了二三十年，有的已将近半个世纪，超过了她们在本土生活的时间，然而使其无法忘怀的仍是她们的母语，对其最有吸引力的仍是中文读物，她们认同的主要是中华文化，似乎只有中华文化才能使其心灵有归属感。但她们长期生活在强大的西方文化氛围之中，接受的是西方文化知识与价值观念教育。母体文化与客体文化差距比较大，必然会有激烈的碰撞，要能相互理解、宽容，以至达到兼容互补，这是一个长期嬗变的过程。在这个过程中，必然带有矛盾和痛苦。美华女作家伊犁说得很生动：中国传统文化对海外华人有时是很重的"包袱"，有时又是珍贵的"宝藏"。"为了'适者生存'，我们得赶上时代，与现实缩短距离，学习祖国的文学、习俗、法律条文……'入乡随俗'嘛。于是一方面我们得学习洋化，如奉公守法，如在洋人圈子中怎样做一番事业，如避免和洋人出现误会或冲突。而回到家里关上门后，还是吃中国饭，说中国话，要子女学习伦理道德……种种矛盾，处处冲突，真如精神分裂病患者。有时不知何谓对何谓不对，何谓真何谓假，何谓先进何谓落

---

　　① 《天涯行踪》第 193 页。

后，何谓自由何谓专制……"①

所谓文化，要给它下一个准确的定义是不容易的。根据我的粗浅理解，它所包括的内涵是极其丰富的，大到生死、宇宙观念、人类理想，小到饮食起居、生活习俗、行为举止等。文化是与生俱来、深入骨髓的东西，要想改变它，不是绝对不可能，但却是非常困难、非常复杂的。

这一批海外华文女作家，基本上都是已经在国内接受了高等教育，世界观、人生观已基本成型，一下子投入与东方文化有巨大反差的强大西方文化世界里，处处矛盾、冲撞，难以适应是必然的。为了在西方世界生存下去，不得不尽可能去适应，改变自己。开始从浅表的生活细节做起，以求"融入"主流社会中去。比如美国人喝汤不能出声，洗过的衣服不能拿到外面晾晒，他们特别注重个人隐私，忌讳问及年龄、婚姻和财产状况。不能穿透明的衣服，女人不能穿半截不过膝盖的尼龙丝袜。诸如此类，你都得用心去做。

美国文化常被人们形容成一个色彩纷呈的大熔炉，来到美国的各种族裔都带来了自身的民族文化，各不相同。但是慢慢就会彼此融合起来，你中有我，我中有你，那种最后让人说不出色彩的色彩，就是美国文化的精髓。这是一种美好的过于乐观的评价。

有不少人开始时积极努力，苦心追求"融入"，在过了若干时间以后就会发现，不管你如何努力，黄皮肤、黑头发、黑眼睛，使你永远也不可能变成"他们"。即使入了籍，他们也仍然认为你是"Chinese"，永远不可能"融入"白人的"主流社会"。更可悲的是，你还会发现，到头来你什么也不是，你会连中国那边也回不去了（文化意义上的），这就是"无根""没有灵魂家园"的边缘人的悲观心态。

我认为，作为海外华文女作家，对于自己作为"边缘人"的处境要坦然对待，抑制自己的劣势，发挥自己的优势。她们至少都掌握

① 马来西亚《星洲日报》，1993 年 11 月 14 日。

了两门语言（母语和英语或其他语种），基本上都是认同中华文化，又可以吸收西方文化的长处，她们经验丰富，视野开阔，可以博采众长，兼容并蓄。她们独特的生活体验和心路历程，是分隔于中美两国境内的所谓两个主流社会的人们所不具备的，是专属于她们的宝贵财富，要学会珍惜它，善于利用它。

作为海外华文女作家，她们所反映的社会生活和读者对象都是华人，所以她们要经常回到华人社会来"充电"。她们的作品基本上都是在祖国大陆和台港澳地区出版，那里有她们的热心读者和"书迷"，有专门研究她们的学者和机构，在那里她们有很高的知名度。她们常常回去做学术演讲，参加学术会议。有时特地为她们召开各种形式的作品研讨会，她们的才情和智慧可以尽情发挥。

文化认同问题，既有普遍的规律，又因人而异。我想，关键在于自己的心态，在确定了自己的文化归属以后，就可从容大度地对待异族文化的冲击，取其所长，避其所短。这样就不会再有一种茫然无所依归的感觉，边缘人生也可以成为多彩人生、快乐人生，无根的浮萍可以成为在大洋两岸之间经常飞来飞去的快乐的季候鸟。

至于在东南亚地区，文化认同没有成为困扰那里女作家的突出问题，因为这个地区聚居的华人最多。在新加坡，华人在四个民族中人数最多，占76%以上。在马来西亚和泰国，华人虽然属于少数民族，但人数众多，马来西亚有600万，泰国有500万。他们那里有各自的华人社会，使用华族的语言，有华文报刊和出版物。在那里保留了华族的生活习俗，中华文化得到尊重、继承和发扬。印尼的华文文学处境最为困难。自苏哈托执政以来，对华文采取了全面限制和取缔的做法：焚烧华文书籍，图书馆禁止华文书报进口。虽然这个国家的华人有600万，但只占总人口的3%。环境的恶劣以及华人没有地位、华文教育被取缔，导致了华文文学发展的阻滞，但并不等于印尼的华文文学已经消亡。1996年在南京召开的第八届世界华文文学年会上，有8位印尼华文女作家到会，这就是印尼华文文学的希望之光。

二、与中华文化的血缘联系

有人说，中华文化的精神有如一池温度永远相宜的春水，浸泡其中，深沁体肤，便有一种心安舒适、有信有靠的感觉。

中华文化有着五千年光辉灿烂的历史，对于以儒释道为核心的中华传统文化，我们要进行鉴别和选择，去其糟粕，取其精华部分发扬光大。

海外华文女作家绝大多数都认同中华文化，同时也能吸收西方文化的优点。她们与中华文化的血肉联系是怎么也割不断的。其主要表现在：

1. 强烈的民族与家国意识

她们去国离家越久，对于故土、亲人的怀念越深。她们以作为炎黄子孙而自豪，故国的强大和进步是她们最大的心愿，时刻不忘自己是一个中国人（文化意义上的），对于曾经生于斯、长于斯的故土表现了无限的眷恋和深情。这是她们作品中最为普遍、也最为动人的主题。

如陈若曦在小说《向着太平洋彼岸》中，女主人公以贞的丈夫德清临死前叮嘱她，他的墓碑一定要面向着太平洋，因为太平洋的彼岸是祖国和家乡。如有可能，一定要把骨灰送回去并安葬在家乡的土地上。丛苏在小说《中国人》中，借书中人物的口，强烈地表述了她对"中国"意识的认知："家和中国就在每一个中国人的心里！中国，中国人！这多么荣耀，又多么沉重的名词呀！中国，这闪烁着过去荣耀和未来许诺的名词，中国不应该只是一个地理名词，中国不只是一个政治体系，中国是历史，是传统，中国是黄帝子孙，孔孟李杜，中国是一种精神，一种默契，中国就在你我的心里，有中国人的地方就是中国，有说中国话的地方就是中国，中国是亿万中国人对自由民主、人性理性的希望和向往。"赵淑侠在其长篇小说《我们的歌》中，充分表达了她对民族文化面临危机的忧患情怀。小说描写了在急剧西化的时代，一些中国人想尽一切办法要走出国门，已经在国外的中国人，则竭力要打进西方人的圈子，想拿绿卡，要变成外国人。在这种形势下，一个逆潮流而动的音乐家——江啸风深感中国人在文化上的殖民心态造成了一个民族的集体"失语"——失去了自己的声音。于是，他摆脱一切诱惑，专心创作"我们的歌"——中国人的歌。最终放弃了居留外国的机会，回到国内，从事乡村音乐教育，培养下一代的中国意识。法国华文女作家吕大明，诗文写得极为美丽，文风细腻婉约，但不善言辞，在去国经年后，1995年初次来到上海参加"海外华文女作家作品研讨会"时，国内代表陪她去参观了上海市容，她竟激动得彻夜难眠。会议上，她要发言，结果仍然是因为久离故土的人，回到亲人怀抱时那份难以抑制的激动，泪流满面而不能说一句话。这个场景给与会代表留下了难以忘怀的记忆。

对国家和民族有一种强烈的责任感和使命感，所谓"天下兴亡，匹夫有责"。这是中国知识分子自先秦两汉直到现代的一贯的优良传统。

2. 始终坚持用母语进行创作

在海外，在强劲的西方文化的氛围里，始终坚持用母语创作，这不是一件小事，而是一种重要的人生抉择。可以想象，她们定居在西方的语言环境里，每天使用的也是居住国的语言，然而她们创作时却坚持用母语，周围几乎完全没有读者，这是怎样的一种孤独和寂寞啊！

语言文字是文化的载体，汉语言文字更是中华文化几千年积淀的结果，它是世界上使用人口最多的语言之一，它在形象、声音、书写及表情达意方面，有自己许多独特的优势。

据我所知，海外华文女作家中许多人也精通英语，可以用英语创作，甚至还得过奖，但最终她们还是选择了用母语创作。我想，这可能有种种原因，但其中最主要的一条仍是难以割舍的故国情怀。她们许多人以做中国人为荣，立志写中国人，为中国人写。她们最熟悉的还是中国的土地和人民，对她们最关痛痒的是中国人民的喜怒哀乐；她们觉得汉语最适于表达，她们的心声和理想情操只有通过汉语才能痛快淋漓、细致入微、准确无误地表达出来。只有通过汉语写成的作品，才能使她们的精神生命得以延续。

於梨华是一个相当成功的海外华文女作家，诺贝尔奖获得者杨振宁赞赏她创造了"既清畅可读又相当严谨的一种白话文风格"。但是於梨华对自己却并不满意，她在和殷久芃的谈话录里，就流露了觉得自己的语言运用不及张爱玲、白先勇那般中国化，担心在美国生活久了，受西洋的影响多，会影响自己的中国风格。[①]

母语是海外华文女作家的生命线，是她们联系中华文化的最坚韧的纽带。

3. 与中国传统文化、传统文学的血缘亲情

淡莹是新加坡、东南亚乃至整个华文文学界的重要女诗人，她创作的诗歌数量不算多，但质量高，影响大。她的祖籍在广东梅县，属华人的第三代移民。她在台湾接受大学教育，后又去美国留学，后来回到新加坡，在高等学校执教。她和许多海外华文女作家一样，学贯中西，对中西文化均很了解，但她认同的和主宰她创作的仍是中国传统文化。她的有些诗作，只要看它的题目，如《太极拳谱》《楚霸王》，就可看出与中国传统文化的联系。《楚霸王》是以楚汉之争的历史为题材，以无限惋惜之情为西楚霸王唱了一曲悲壮的挽歌："大江东去，他的头颅跟肢体，价值千金万邑，及五个诰封，浪淘尽千古风流人物，他的血在乌江呜咽。"

再看另一首《中秋调寄润华》。中秋月圆，亲人团聚，共同赏月，品尝月饼，这是中华文化圈的人们的共同习俗。1985 年，她的夫君王润华应邀赴美参加爱荷华的"国际写作计划"，适逢中秋佳节

---

① 《於梨华自传》第 332—333 页，江苏文艺出版社 2000 年 1 月版。

来临，淡莹写下了《中秋调寄润华》，寄托了对夫君的无限思念："那天，我才开始吃双黄，一刀下去，两个黄灿灿的月亮，一个在爱荷华，一个在狮子城，遥相凝望，是甜也是咸。"

东南亚另一位有影响的女散文家是泰国的梦莉，她是泰国中华总商会和国际贸易商会顾问，泰国商界著名的"女船王"。她是一位非常敬业的、成功的企业家，但又在繁忙的商务之余，辛勤笔耕，写下了许多优美、动人的散文。她虽然出生在泰国，但童年是在中国度过的。她的散文集《烟湖更添一段愁》《在月光下砌一座小塔》《人在天涯》等，内容多为对过去生活的回忆，充满了悲伤、哀怨的情调，这是与她曲折、多难的人生经历分不开的。饶芃子为她的《烟湖更添一段愁》所写的序言中说："我们读她的作品，常常有一种对人生的深刻的忧伤，浸透着作者的心灵。她写的苦恋和离情，都不是狭隘的，而是与变动的社会和残酷的战争联系在一起，她笔下的男女主人公所承受的精神痛苦，并非来自对方和自己，而是历史和现实对他们的心灵和感情的长期压抑，这就使她的这些抒情性的作品，具有了一定的社会和时代的色彩，有了比较厚实的生活的底子。"这里所说的战争，是日本的侵略战争，它给中国社会带来的变动，以及给梦莉的个人生活和情感经历直接造成的伤害，使她终生难忘，所以梦莉的散文内容首先是离不开这个特定的中国政治文化。

再从梦莉散文的风格来看，《云山远隔愁万里》《春梦了无痕》《寒夜何迢迢》《寸草心》《片片晚霞点点帆》……仅从这些散文的题目来看，即可看出作者深受中国古典文学的影响，散文中的诗情画意，情感表达方式，意境的创造等等，都带有中国古典诗词、诗论的印记，其中所表达的人生观、价值观更是与中国的传统文化分不开。

三、在家庭角色与社会角色的矛盾中力求平衡

海外华文女作家这一独特的群体，既有与海外华文男作家共同的问题，同时还有在男性中心社会里作为女性所有的特殊问题。在异国

他乡，她们不仅要承受种族歧视的压力，同时还要承受来自性别歧视的压力。

男尊女卑，女人是男人的附属品，这是中华文化绵延几千年的糟粕，人们为男女平权奋斗了几个世纪以后，在古老的东方和中国，妇女的地位已有了很大的提高。在物质文明高度发达的西方，其文化中的糟粕，在对待妇女问题上，表现得比东方有过之而无不及。我认为这其中核心问题是妇女就业和经济独立。当今的西方社会，仍然主要是男主外女主内，男人赚钱养家，女人相夫教子。男人不仅在社会上是中心，同时也是家庭的主宰。对于海外华文女作家，由于其职业的特殊性和经济地位的低下，在承担社会角色和家庭角色中常常矛盾比较尖锐，以致婚姻和家庭不够稳定。

海外华文女作家们的名字在祖国大陆和台港澳地区比较响亮，但在西方却是另一种情况。她们结婚以后，都要抛弃自己原来的姓，跟随丈夫姓。陈若曦在美国的名字是 Lucy Duan，因她丈夫姓段。吴玲瑶，也不姓吴了，叫 Lin Yao Chen。赵淑侠自己说，在瑞士，没有人知道"赵淑侠"这个名字，这是双重歧视的结果。

海外华文女作家极少是专业的，大多数担任一份社会职业，有的则依靠丈夫的收入来维持生计。在家庭中，她们是一个普通的女人，是妻子、母亲、女儿、姐妹，是家庭中的擎天柱；但是，她们又不是一个普通的女人，她们是以自己的精神产品来影响社会的力量之一，她们是用语言文字来表达其社会理想和对人类的赤诚爱心。因此，她们常常为把她们的思想观点付诸笔墨，必须集中精力，殚精竭虑。因为写作，她们必须付出很多时间；因为写作，她们生活可能没有规律；因为写作，也许她们还有许多怪癖；因为写作，耽误了丈夫、儿女的开饭时间；因为写作，烧干水壶是常有的事。

如何解决这个矛盾，来自社会和家庭的理解非常重要。必须全面地看待她们，社会上只视她们为作家，家庭里又只要求她们做一个贤妻良母，这都是片面的。赵淑侠说："在家庭中，她固为人妻人母，但家人应认识到，这位为他们掌管日常琐碎的妻、母是个用文字创造精神生命的作家。要懂得尊重她，更要肯定她的成就，否则，如果连这点起码的了解和默契也达不到，这位女作家在家庭中的结局可能是悲剧性的。"於梨华在《重访水城》一文中，详细地抒写了她第一次婚姻失败的原因和痛苦心情："老天，我们除了妻子、母亲之外，更是一个人，有一个人的正常需要。我希望我的丈夫也是我的朋友，抽点他工作之余的时间陪我谈谈心……耐心地听听我如何构思我的短篇小说。我希望他能陪陪我，偶尔陪我这个电影迷去看场电影，然后去窗幔低垂的小咖啡室，一起分析导演的手法。我希望他爱好自然，能在秋天的午后，金光灿烂的季节。自动建议：走，我们看枫叶去！"

"在他的生活一切需要得到满足以后，他有责任，给予他的伴侣在完成了妻子与母亲的任务以后，一些小小的精神粮食。不是狐皮大衣，不是林肯轿车，不是巨型钻戒，只是一些了解、同情、体贴的给予。"①

海外华文女作家中不少婚姻、家庭不稳定的，原因多出于此。我们更要从这种现象背后看到，这不仅是某个个人的问题，更是社会经济和文化的问题，"家和万事兴"，既在事业上获得成就，同时也拥有家庭温暖和情爱，这是所有海外华文女作家的共同追求。

四、多元文化的交流、共存与互补

在二十一世纪，要求实现世界经济一体化，而在文化上希望实现多元共存，这已逐渐成为多数人的共识。罗素早在 1921 年来中国演讲时就说过："不同文化的交流是世界文化发展的动力。"由于高科技的迅速发展，人类进入了信息时代。彼此生活在一个地球上，不同的文化之间，要提倡相互交流、理解、宽容和合作互补，以利于不同的国家和民族共同发展。

乐黛云在就《远近丛书》答记者问时说："他们主张文化多元化，认为只有承认并保护文化差异，促进各种文化体系之间的相互理

　　① 《於梨华自传》第85—86页，江苏文艺出版社2000年1月版。

解、吸取、借鉴，并在相互参照中进一步认识自己，人类文化才能发展，才能避免灾难性的文化冲突及其所可能导致的战争。"她还说："当前一些西方学者认为西方文化体系正面临一个转折和更新的时期，他们需要找到一个参照系、一个他者，以便用一种'非我的''陌生化'的眼光来重新审视自己，突破过去的'自我设限'，寻求新的发展；另一方面，第三世界在挣脱殖民主义的枷锁之后，也急需在新的基础上，在与西方的平等对话中，更新自己的古老文明，完成自己文化的现代转型。"①

各种文化都有自己的文学，而文学是通过情感的潜移默化来影响人的心灵的。文学是文化中最活跃的因素，人是感情动物，不同的文学正是通过诉诸情感而比较易于实现沟通和理解。我们正是要通过不同文学的交流，来促进不同文化之间的沟通，实现人类文化的多样发展，改进人类的文化生态和人文环境，那么未来的世界必然是一个多元共存、和谐互补、共同进步的新世界。为了这一神圣、崇高的理想，我认为，海外华文女作家在二十一世纪任重而道远，有着施展自己学识与才华的广阔天地。

首先，她们应继续不断地调整自己的心态，正确地对待中西方文化。中华文化有精华有糟粕，西方文化也同样如此。同时文化传统也并非是凝固的，随着时间的推移，它也是不断发展变化的。所以既要保持自己的独立性，继承和发扬中华文化中的精华，扬弃糟粕，同时也要以宽阔的胸怀，兼容并蓄地吸取西方文化的长处，补自己的不足，认同可以或应该认同的东西。

其次，由于她们站在中西文化的交汇点上，应更好地发挥自己的独特优势，扩展视野，提高素质，充当中西文化与文学交流的和平使者，提倡协商和对话，为各族人民之间更好地沟通、理解与和平共处起到桥梁作用。

---

① 《文艺报》2000 年 5 月 30 日第 4 版。

汤淑敏学术年表

一、著作与编著

1986《天然生出的花枝》（陈若曦散文集）

1990《台湾港澳与海外华文文学词典》（合作）

1993《海外文坛星辰》（评论集）

1993《坐对一山愁》（张拓芜散文集）

1999《三毛传》

2000《最美丽的颜色》（聂华苓自传）

2002《我与世界华文文学》（合作）

2006《陈若曦：自愿背十字架的人》（评传）

2010《纸婚》（陈若曦小说）

二、评论文章选

1982《陈若曦与她的小说》，获省哲学社会科学三等奖

1985《探索·痛苦·希望——评陈若曦创作的三个阶段》

1986《这就是她——评陈若曦的散文》

《爱人吧，伸出你援助的手——读〈温柔的夜〉》

1987《谈吃穿与陈若曦风度》

《陈若曦与衣食住行》

《〈失恋者〉从小说到电影》

《不该遗忘的悲剧——读〈尹县长〉》

《陈若曦之恋》

1988《论陈若曦·琼瑶·三毛与中国文化》

1989《用生命书写的——张拓芜和他的散文》

1990《我们的心愿——台港与海外华文文学〈评论和研究〉发刊辞》

1991《愿人世间有更多的爱——谈席慕蓉的创作》

《戴小华的情结》

《他不会消逝——悼何紫》

1993《寓教于乐 雅俗共赏——关于〈醉红尘〉〈今晨无泪〉的对话》

《春蚕到死丝方尽——电影〈原乡人〉观后》

《带着笑声的悲剧——电影〈老莫的第二个春天〉观后》

1997《聂华苓创作中的女性形象》

2000《海外华文女作家与中华文化》

2010《真善美的激情颂歌——评介陈若曦的〈纸婚〉》

三、重要的会议及活动

1984 参加全国第二届台港文学研讨会，同年 7 月参加广州台港文学讲习班。

1986 经有关部门批准，与陈若曦及中国友谊出版公司一行人去东北、山东五十天，收集资料。

1988 赴新加坡参加第二届东南亚华文文学国际会议，发表演讲：《论陈若曦·琼瑶·三毛与中国文化》，收入大会论文集，并被新加坡等地报纸刊登。

1989 倡议、申请成立江苏省台港与海外华文文学学会。

1990 参与创办华文文学理论刊物《台港与海外华文文学"评论和研究"》，即今之《世界华文文学论坛》，申请刊号成功。

1996 负责承办第八届世界华文文学国际学术研讨会。

2000 赴韩国参加中国学国际研讨会，发表演讲《海外华文女作家与中华文化》，后被收入大会论文集。